ROBISON WELLS hat während seines Studiums viel lieber gelesen und geschrieben, als etwas über Finanzwirtschaft zu lernen. Dabei herausgekommen sind diese spannenden Actionthriller. Das Studium hat er dennoch beendet. Robison Wells lebt mit seiner Frau und drei Kindern in Holladay, Utah.

Weitere Informationen zum Kinder- und Jugendbuchprogramm der S. Fischer Verlage finden sich auf *www.blubberfisch.de* und *www.fischerverlage.de*

ROBISON WELLS

IHR SEID NICHT ALLEIN

THRILLER

Aus dem Amerikanischen
von Alice Jakubeit

FISCHER Taschenbuch

Erschienen bei FISCHER Kinder- und Jugendtaschenbuch
Frankfurt am Main, November 2016

Die amerikanische Originalausgabe erschien unter dem Titel
›Feedback‹ im Verlag HarperTeen, New York

Satz: Dörlemann Satz, Lemförde
Druck und Bindung: CPI books GmbH, Leck
Printed in Germany
ISBN 978-3-596-81294-3

Für Dan, Brandon, Ben und Nate,
die Jungs, die mir beigebracht haben,
wie man schreibt.

1

Wie versteinert starrte Jane mich an. Sie war älter, als ich sie in Erinnerung hatte – älter als die Jane, die ich kannte. Ihre Haut, die immer glatt und makellos gewesen war, war jetzt mit Sommersprossen übersät, Wangen und Nase waren von der Kälte gerötet.

»Ich dachte, du wärst gestorben«, sagte sie noch einmal.

Ich schüttelte den Kopf, unfähig zu sprechen.

Sie kam auf mich zu, und ich zuckte zurück. Ich wusste, was sie war. Sie war vielleicht nicht Jane 117C, aber sie war etwas in der Art. Eine ältere Version, vielleicht ein anderes Experiment. Ein Feind.

Becky war allein da draußen im Wald und starb, und ich war direkt in eine Falle getappt.

»Sie werden nach dir suchen«, sagte sie. »Sie brauchen bestimmt nicht lange.«

Ich zögerte und starrte sie an. Sie war genau wie Mason oder Carrie oder Mouse oder irgendeiner der anderen aus der Schule – sie wusste nicht, was sie war. Sie glaubte, sie half mir. Ich machte einen Schritt zurück.

»Geh nicht«, bat sie. »Wir können dich verstecken.«

»Nein.« Ich nahm die Segeltuchplane, die zu meinen Füßen lag und deretwegen ich in diese Scheune gekommen war – etwas, was Becky warm halten würde. Dann wich ich zurück Richtung Tür.

»Warte«, sagte sie flehentlich.

»Es ist nicht wahr«, sagte ich und legte die Hand auf den alten hölzernen Türgriff. »Alles, was du glaubst. Es ist gelogen.«

Ich wusste nicht, was ich sonst sagen sollte. Wie erklärte man jemandem, dass er nicht echt war?

»Warte«, wiederholte Jane. »Ich weiß es. Ich weiß Bescheid über die Roboter.« Sie öffnete den Reißverschluss ihrer dünnen Baumwolljacke, zog sie halb aus und hielt den Unterarm hoch.

Aus einer Tasche ihrer Schürze zog sie ein Teppichmesser und hielt die Klinge in die Flamme der Laterne. Dort, wo der Unterarmknochen dicht unter der Haut lag, war der Arm mit Dutzenden dünner Narben übersät – einige waren glatt und rosig und verheilt, andere noch frisch und verschorft.

Ich war sprachlos.

»Ich bin ein Mensch«, sagte Jane. »Wir sind alle Menschen.«

Sie nahm die Klinge aus der Flamme und hielt sie an ihre Haut.

2

»Du kannst das«, sagte ich. Ich legte den Arm um die zitternde Becky und versuchte, sie aufrecht zu halten. »Nur noch über den nächsten Hügel, und dann ruhen wir uns noch mal aus.«

»Ich verstehe das nicht«, wiederholte sie und nuschelte dabei ein bisschen. Obwohl es sehr kalt war, war sie heiß vom Fieber. Das konnte nur bedeuten, dass die Wunde an ihrem Arm sich entzündet hatte.

»Wir müssen weiter«, sagte ich.

Sie nickte, doch sogar das wirkte halb bewusstlos, als hätte sie allmählich nicht einmal mehr die Kraft, den Kopf hoch zu halten.

»Fünfzig Meilen?«, flüsterte sie.

»Das wissen wir nicht. Das haben wir nur immer angenommen. Aber nach allem, was wir wissen, stoßen wir vielleicht in zwei, drei Meilen auf einen Highway.«

Ihr fielen im Gehen die Augen zu. Sie döste langsam ein. Sie hatte zu viel Blut verloren.

»Wo hast du die Plane her?«, fragte sie. Das hatte sie mich schon einmal gefragt, und ich hatte versucht, es ihr zu erklären.

»Da ist eine Ortschaft«, erwiderte ich.

»Warum gehen wir nicht da hin?«

»Das können wir nicht.«

»Du hast mit ihnen gesprochen? Mit den Leuten in diesem Ort?«

»Ja. Wir können da nicht hin.«

Sie wurde immer langsamer, und ich versuchte, ihr zu helfen, schneller zu gehen.

»Wissen sie über die Schule Bescheid?«

Sie rutschte auf nassem Laub aus. Ich fing sie auf, aber als ich sie dabei fest umfasste, schrie sie vor Schmerzen. Der Stofffetzen, der um ihre Wunde gewickelt war, war dunkel von ihrem Blut.

»Ich schaffe es nicht«, murmelte sie.

»Doch, du schaffst es.«

»Lass mich hier.« Erschöpft sank Becky auf die Knie. Sie riss die Augen weit auf und versuchte, den Blick auf mein Gesicht zu konzentrieren. »Lass mich mit ein paar Sachen hier – die Plane, ein bisschen Essen. Geh und hol Hilfe.«

»Die Schule sucht nach uns«, erwiderte ich. »Sie werden dich finden.«

»Dann beeil dich.«

»Das könnte tagelang dauern. Ich lasse dich nicht allein.«

»Was ist mit diesem Ort?«

Ich zögerte und wusste nicht, was ich ihr antworten sollte.

Jane hatte sich in ihr eigenes Fleisch geschnitten. Die geschwärzte Spitze des sterilisierten Teppichmessers hatte ihre Haut am Unterarm zerteilt und den rosig-blutigen Knochen darunter freigelegt. Sie war zusammengezuckt, aber sie hatte es getan ohne zu zögern. Sie hatte das schon mal getan, ein paar dutzend Mal. Womöglich sogar mehrere hundert Mal.

Becky fielen die Augen wieder zu. Ich kniete mich neben sie und nahm ihr schmutziges Gesicht in die Hände, um sie wachzuhalten.

»Was ist mit diesem Ort?«, fragte sie wieder. »Hast du es der Polizei gemeldet?«

»Es gibt da keine Polizei.«

Ich spürte, wie ihr Körper an meinem bebte, als sie nach Luft rang. »Warum nicht?«

»Wir müssen weiter.« Ich half ihr hoch und versuchte, sie zum Gehen zu zwingen. Ihre zittrigen Beine stolperten vorwärts, aber sie wehrte sich.

»Sag mir, was da ist.« Jetzt sah Becky mich an. Ihr Gesicht war beinahe ebenso weiß wie die Schneeflocken auf ihrem Haar. Sie wirkte nicht verängstigt. Sie wirkte nicht beunruhigt oder grimmig oder zuversichtlich oder irgendetwas. Sie sah mich bloß an. Sie war nur noch halb bei Bewusstsein. Nur noch halb lebendig.

»Jane ist da«, sagte ich. »Und andere.«

Sie blinzelte. »Jane ist tot.«

»Diese Jane nicht. Sie ist echt. Ein Mensch. Alle, die in der Schule Roboter waren … hier sind sie Menschen.«

»Es kann nicht Jane sein. Das ist auch ein Roboter«, entgegnete Becky. »Es ist eine Falle.« Der Schock angesichts meiner Neuigkeit schien sie vorübergehend wieder wacher zu machen.

»Sie ist ein Mensch«, sagte ich. »Sie hat sich in den Arm geschnitten. Ich habe den Knochen gesehen.«

Mit weit aufgerissenen Augen sah Becky mich an.

»Es sind Menschen«, wiederholte ich. »Sie hat mir nicht alles erklärt – dafür war keine Zeit. Aber sie haben da etwas in ihren Köpfen. Sie sind mit den Robotern verbunden.«

»Wenn sie mit den Robotern verbunden sind, dann sollten wir nicht dort hin.«

»Nein, das ist es nicht.« Ich wusste nicht, was ich sagen sollte. Ich hatte keine befriedigenden Antworten. »Sie hat gesagt, sie kontrollieren die Roboter nicht. Sie … ich weiß nicht … sie sind einfach mit ihnen verbunden.«

»Es ist eine Falle. Wir dürfen das nicht tun.«

»Ich weiß. Wir gehen einfach weiter.«

»Sie finden mich bestimmt nicht«, sagte sie, es

klang beinahe flehentlich. »Es schneit. Ich kann hier warten.«

»Wenn wir nicht weitergehen, stirbst du.«

Ihr Körper bebte, als sie weinte. Wir wussten beide, dass es die Wahrheit war. Sie hatte zu viel Blut verloren. Ich hatte ihr den Arm verbunden, aber die Wunde war tief und klaffend; sie war so groß, und es lag so viel Muskulatur frei, dass ich mich fragte, ob man sie überhaupt zunähen konnte.

Ich schob sie ein wenig weg von mir und sah ihr in die Augen. Sie erwiderte meinen Blick, unsere Gesichter berührten sich beinahe. An ihren Wimpern hingen Tränen. Sie war bleich und grau im Gesicht.

»Du wirst wieder gesund.«

Sie schwieg.

»Ich kümmere mich um dich. Ich weiß, das klingt verrückt, aber ...«

Plötzlich schlich sich ein verwirrter Ausdruck in Beckys Gesicht, und sie legte den Kopf schräg. »Pst!«

Ich lauschte, bemühte mich zu hören, was sie gehört hatte. Jetzt sah sie nicht mehr mich an, sondern ihr Blick zuckte wild und panisch im Wald umher.

»Was ist?«

»Isaiah«, wisperte sie. »Er kommt.« Sie versteifte sich und packte meinen Arm. »Wir müssen zurück in den Wohnbereich! Bevor sie die Türen verriegeln!«

Ich fühlte mich, als hätte ich einen Schlag in den Magen erhalten. Sie halluzinierte. Wir hatten nicht mehr viel Zeit.

»Becky, wir müssen uns beeilen.« Ich bekam die Worte kaum heraus, so zittrig war meine Stimme.

Sie nickte, wieder liefen ihr Tränen über die Wangen. »Lass nicht zu, dass er mich holt. Ich bin keine Verräterin.«

»Keine Angst, das lasse ich nicht zu.«

Wir stolperten durch den Wald. Meine Spuren von vorhin hatte der heftige Schneefall schon wieder vollständig zugedeckt, aber ich roch den Holzrauch, und im zunehmenden Licht konnte ich in der Ferne den Rauch aus den Schornsteinen ausmachen.

»Er wird mich töten«, murmelte Becky. »Zu uns war er immer am strengsten. Er hat gesagt, wir müssten es eigentlich besser wissen.«

»Isaiah kommt nicht«, erklärte ich ihr. »Isaiah hat nicht mehr das Kommando.«

Sie schüttelte den Kopf. »Nein.«

»Wir haben ihn in der Schule zurückgelassen, an einen Heizkörper gefesselt.«

Becky blieb stehen. »Ihr habt was?«

Ihr Blick hatte sich verändert; ihr gesamter Gesichtsausdruck hatte sich verändert. Es war, als hätte ich einen anderen Menschen vor mir.

Jane hatte versprochen, dass sie Becky helfen konnten. Ich musste ihnen einfach vertrauen. Ich hatte keine andere Wahl.

Beckys Augen waren fast geschlossen, und ich trug sie mehr, als dass sie sich selbst vorwärtsbewegte. »Kannst du Isaiah nicht hören?«

Ich spähte in den Wald vor uns. »Wir sind fast da«, sagte ich. Ich konnte das Dorf noch nicht sehen, aber es musste ganz in der Nähe sein. Becky stolperte, und ich verstärkte meinen Griff um ihre Taille.

Ich hatte ihr das angetan.

Allen hatte ich das angetan. Isaiah hatte recht gehabt. Er hatte mir vorgeworfen, ich würde ein Lotteriespiel spielen – dass es mir gleichgültig sei, wie viele starben; Hauptsache, ich sei einer der Glücklichen, die fliehen konnten. Ich hatte entgegnet, er irre sich. Dass wir alle entkommen könnten. Dass, wenn wir als Gruppe flohen, sie uns nicht aufhalten könnten.

Über fünfzig hatten zu fliehen versucht, aber nur Becky und ich hatten es geschafft. Einige waren gleich am Zaun gestorben – wieder sah ich vor mir, wie Oakland in die Brust geschossen wurde, wie Gabby in einer Blutlache auf der Erde lag.

Und sie alle waren zum Zaun gegangen, weil ich sie dazu überredet hatte.

»Stopp«, sagte Becky und löste sich von mir. »Bleib

stehen. Stopp.« Sie nuschelte, doch für einen Moment sah sie mir direkt in die Augen.

»Wir müssen …«

Sie hob die Hand. Es schien sie ihre gesamte Kraft zu kosten. »Hör doch!«

Ich konnte meinen eigenen Atem hören, regelmäßig und leise, sowie ihren, stockend und flach. Beinahe meinte ich, meinen eigenen Herzschlag zu hören, aber das bildete ich mir wohl ein.

Sie riss die Augen auf und deutete in den Wald – doch jetzt hörte ich es auch selbst: den Motor eines Quads, irgendwo hinter uns.

»Verdammt!« Ich ließ die Plane fallen und nahm Becky auf den Arm. Sie vergrub das Gesicht an meiner Brust, und ich rannte los. Dabei versuchte ich gar nicht erst, unsere Spuren zu verwischen. Wir konnten lediglich versuchen, uns so weit wie möglich von dem Quad zu entfernen, und hoffen, dass unsere Spur vom Schneegestöber zugedeckt wurde.

Irgendwann verlor Becky das Bewusstsein. Ich merkte es daran, dass ihr Körper erschlaffte, ihr einer Arm von meiner Schulter fiel und schlaff herabhing.

Vor uns blitzte etwas Rotes auf, der verblichene Anstrich eines alten Hühnerstalls.

»Wir sind gleich da«, flüsterte ich.

3

Am Waldrand blieb ich stehen und versuchte, wieder zu Atem zu kommen. Vor uns lag das Dorf still im Licht der aufgehenden Sonne. Jane stand am Scheunentor, genau da, wo ich sie verlassen hatte. Sie schien uns noch nicht entdeckt zu haben.

Die Jane in der Schule war hübsch gewesen, mit samtweicher Haut und perfektem Make-up. Diese Jane – die echte, menschliche Jane – war zäher und kräftiger. Sie war womöglich noch dünner geworden, die einst weichen Arme nach Jahren täglicher körperlicher Arbeit muskulös.

Sie war immer noch schön. Vielleicht sogar noch schöner.

Zwei weitere Personen tauchten am Scheunentor auf. Die erste war ein stämmiger Typ mit einem struppigen Ziegenbärtchen und rasiertem Kopf. Er konnte nicht viel älter sein als ich. Er stritt mit Jane und gestikulierte dabei erregt.

Die zweite Person stand schweigend neben ihnen. Es war jemand, den ich niemals vergessen würde.

Im Gegensatz zu Jane sah Mouse genauso aus wie ihre Roboterausgabe. Groß, tief gebräunt, mit braunen Haaren. Wunderschön und gefährlich. Sie stand mit verschränkten Armen da, beachtete die beiden anderen gar nicht und blickte zum Wald. Als ich Mouse zuletzt gesehen hatte, lag sie auf der Erde, die Roboterbrust von einer Machete durchbohrt.

Anscheinend hatten sie hier keine Uniformen. Alle drei trugen Jeans und schwere Arbeitsschuhe, Jane hatte sich außerdem eine Schürze umgebunden, die ihr bis auf die Knie ging, und sie trug eine dünne Baumwolljacke. Mouse steckte in einer Lederjacke, die ihr zu groß war – ihre Finger reichten nicht bis zum Ärmelrand. Der Glatzkopf hatte nicht einmal eine Jacke – er trug nur ein dickes, langärmeliges Hemd.

Mouse berührte den Typen am Arm und deutete auf mich.

Ich atmete ein letztes Mal tief durch und lief aus dem Wald heraus auf sie zu.

Als ich näher kam, legte Jane den Finger an die Lippen.

»Gehen wir rein.«

Ich nickte.

Janes Lächeln erlosch, als sie sich Becky zuwandte. »Lebt sie?«

»Ja.«

Jane ging vor mir her und versuchte, im Gehen einen Blick auf Beckys Verband zu werfen.

»Wie schlimm ist es?«

»Ich weiß nicht. Sie ist auf einen Baumstamm gefallen und hat sich den Arm ziemlich übel an einem Ast aufgerissen. Hat eine Menge Blut verloren. Und ich glaube, es hat sich entzündet.«

Ich rechnete damit, dass der Glatzkopf mir mit Becky helfen würde, aber er sah sie nicht einmal an.

»Verfolgen sie euch?«, fuhr er mich an.

»Sie sind irgendwo da draußen«, sagte ich schwer atmend. »Wir haben Quads gehört. Ich glaube aber nicht, dass sie unsere Spuren gefunden haben, sonst wären sie schon hier.«

Er fluchte und drehte sich zu Mouse um. »Hol die Kühe raus und versuch sie in den Wald zu locken, um die Spuren zu verwischen.« Mouse nickte und lief zurück zur Scheune.

Ich beobachtete Janes Gesicht, während sie sich an Becky zu schaffen machte, ihr den Puls und die Stirn fühlte. Sie benahm sich wie eine Sanitäterin, aber ich wusste, das meiste davon war Show. Die Roboter-Jane war sechzehn gewesen – diese Jane wirkte ein, zwei Jahre älter. Sie war keine Ärztin.

»Wie lange ist sie schon bewusstlos?«, fragte Jane

und sah mich an. Alles an ihr war anders, bis auf die Augen – ein helles, leuchtendes Grün. Ich wandte den Blick ab.

»Erst ein paar Minuten.« Ich merkte, wie mir langsam eine Träne über die Wange lief. Mit Becky auf dem Arm konnte ich nichts dagegen tun. Ich wusste nicht einmal, weswegen ich weinte – wegen Becky? Jane? Weil ich überhaupt nichts erreicht hatte?

Mit eisiger, finsterer Miene deutete der Glatzkopf auf meinen Arm. »Krempel deinen Ärmel hoch.«

Ich zögerte verwirrt.

»Leg sie auf den Boden«, sagte er, als redete er mit einem Idioten. Ich reagierte nicht. Der Schnee lag mittlerweile fünfzehn Zentimeter hoch, und Becky war bewusstlos. Ich würde sie nicht auf den Boden legen.

»Tu's«, sagte er und tat einen Schritt auf mich zu.

»Gehen wir doch rein.«

In entschiedenem Ton sagte er: »Die Quads kommen.«

Jane sah erst mich an und dann den Typen, aber sie sagte nichts.

Vorsichtig ging ich in die Knie und wünschte, ich hätte die Plane nicht im Wald gelassen. Jane begegnete meinem Blick. Sie setzte sich in den kalten, nassen Schnee und nahm Beckys Kopf auf den Schoß.

Als ich wieder aufstand, hielt der Glatzkopf ein Teppichmesser in der Hand.

»Krempel deinen Ärmel hoch.«

Ich nickte. Damit hatte ich gerechnet – er würde mir genauso in den Arm schneiden, wie Jane es bei sich getan hatte. Sie mussten sich vergewissern, dass wir echt waren und nicht irgendwelche Maulwürfe, die die Schule geschickt hatte. Ich schob den Ärmel meines Sweatshirts bis zum Ellbogen hoch. Seine Miene verfinsterte sich, und er fluchte.

»Bist du völlig bescheuert?«

»Was ist denn?«

Er packte mein Handgelenk und wechselte einen Blick mit Jane.

»Was?«, fragte ich erneut.

»Die Uhr«, sagte Jane leise und tonlos.

»Du hast sie direkt zu uns geführt«, sagte der Glatzkopf wütend.

Ich starrte die ramponierte Uhr an, die Becky am Tag meiner Ankunft an meinem Handgelenk befestigt hatte.

»Ich dachte, die öffnen nur die Türen.«

»Sie orten dich damit«, fuhr er mich an.

»Das wissen wir nicht«, warf Jane leise ein. Sie sprach mit ihm, nicht mit mir. »Wir sind immer davon ausgegangen, aber wir wissen es nicht sicher.«

»Natürlich orten sie die Leute damit«, beharrte er.

»Dann schneid sie doch ab.« Ich konnte nicht fassen, dass ich so dumm gewesen war.

»Jetzt ist es zu spät.«

Ich sah ihn an. »Vielleicht hat Jane recht. Vielleicht können sie uns damit nicht orten. Wir waren die ganze Nacht im Wald, aber wir sind wahrscheinlich nur ein, zwei Meilen von der Mauer entfernt. Wenn sie wüssten, wo wir sind, hätten sie uns innerhalb von Minuten gefunden.«

Er starrte mich an, dann sah er zu Jane. Es kam mir vor wie eine Ewigkeit. Zum Streiten war jetzt keine Zeit. Mouse trieb die Kühe – es waren fünf – an uns vorbei. Die Quads konnten jeden Augenblick hier sein.

Ich klopfte auf meine Uhr und redete auf ihn ein. »Wir schneiden sie ab, und wenn sie hier nach uns suchen, könnt ihr sagen, wir hätten hier kurz Halt gemacht und wären dann weitergezogen.«

Er riss ein Streichholz an seiner Hose an und hielt es an die Klinge des Teppichmessers. »Sag mir, warum wir für euch unsere Köpfe hinhalten sollten.«

Ich wusste nicht, was ich darauf erwidern sollte, und stammelte irgendetwas. Ich hatte gerade erst Dutzende von Leuten dazu gebracht, ihr Leben zu riskieren, und sie hatten alle dafür büßen müssen. Aber wenn diese Leute hier uns nicht halfen, dann würde Becky sterben.

Ich atmete tief durch.

»Ihr seid hier gefangen«, sagte ich. »Oder?«

»Natürlich.«

»Was hält euch hier fest? Es gibt keinen Zaun, keine Mauern. Habt ihr alle so einen Peilsender? Wenn ihr diesen Ort verlasst, jagen sie euch dann?«

Der Typ fuhr sich mit der Hand über den rasierten Kopf und sah zum Wald. »Schlimmer. Na, und?«

»Also, was es auch ist, Becky und ich haben es nicht«, sagte ich. »Schneid mir die Uhr ab, und ich kann euch helfen, zu fliehen.«

»Du kannst uns helfen, indem du jetzt abhaust.«

Mouse gesellte sich wieder zu uns, eine schwere Gartenschere in der Hand.

»Hier.« Sie nahm mein Handgelenk.

Der Glatzkopf hielt meine Hand ruhig. Mouse schob eine Scherenklinge unter das metallene Uhrarmband und schnitt es durch. Es fiel geräuschlos in den Schnee neben meinen Füßen.

Dann hockte sie sich neben Becky und schnitt behutsam ihre Halskette durch. Becky rührte sich nicht einmal.

Ich hob beide Peilsender auf.

»Wenn ihr Becky helft, werde ich alles tun, um einen Weg hier raus zu finden.«

Der Typ rührte sich nicht vom Fleck. Ich konnte alle seine Gefühle nachvollziehen – die Paranoia, die Wut –, aber ich durfte nicht nachgeben.

»Sie ist ein Mensch«, brach Jane das Schweigen. Sie hatte den Verband um Beckys Oberarm so weit heruntergezogen, dass sie die klaffende Wunde untersuchen konnte. Von dort, wo ich stand, konnte ich nichts sehen, aber mir war klar, dass Jane Beckys Knochen und Muskulatur untersuchte.

Der Glatzkopf sah kurz nach unten und beobachtete Jane. Schließlich kniete er sich neben sie.

Ich wollte etwas sagen, aber es klang schon in meinem Kopf alles zu streitlustig. Ich brauchte ihre Hilfe, also musste ich die Klappe halten.

Nun bückte sich Mouse zu ihm hinab. »Wo sollen wir sie unterbringen?«, fragte sie leise und nervös.

Er starrte Beckys Wunde eine Weile an, tief in Gedanken versunken. Schließlich stand er wieder auf und packte mein Handgelenk.

»Halt still«, sagte er mit unveränderter Miene. Er hielt das Teppichmesser dort an meinen Unterarm, wo der Knochen am dichtesten unter der Haut lag. »Das tut jetzt weh.«

Mouse und der Glatzkopf gingen die unbefestigte Straße entlang, die unter dem Schnee nur an den tiefen, jetzt gefrorenen Furchen im Schlamm zu erkennen war. Jane und ich folgten ihnen; Becky trug ich wieder. Vielleicht lag es ja am Adrenalin, aber sie kam mir leichter vor.

Wir kamen an landwirtschaftlichen Gebäuden, Hühner- und Kaninchenställen sowie ein paar Schuppen vorüber, dann gelangten wir ins Herz der Anlage, wo fünf grüne, rechteckige Holzgebäude standen, die mich an zu viele Kriegsfilme erinnerten – sie sahen aus wie Baracken für Kriegsgefangene.

Dahinter erhoben sich zwei gedrungene Betonkonstruktionen, die beide mehrere Jahrzehnte älter als die grünen Gebäude wirkten. An der Tür des größeren der beiden hing ein Schild, auf dem *MAXFIELD CASINO* stand. An dem anderen, dessen Wände oben von einer Reihe schmaler Fenster gesäumt wurden, stand: *WASCHHAUS*. Durch eine zerbrochene Fensterscheibe drang Dampf nach draußen.

»Kasino?«, flüsterte ich.

Jane zögerte kurz, ihr Blick zuckte nervös von Tür zu Tür. »Das ist ein altes Wort für Kantine. Hier ist alles alt.«

Während sie vor mir herging, konnte ich an nichts anderes denken als an jene Nacht erst vor wenigen

Wochen, als Janes geschlagener, kaputter Android von mir fortgestolpert war und ich die Wahrheit über sie erfahren hatte.

Die Wahrheit. So etwas wie Wahrheit schien mir jetzt ein Ding der Unmöglichkeit. Was war die Wahrheit, und wie sollte ich es je herausfinden? Ich hatte gedacht, zwischen ihr und mir wäre etwas gewesen. Und dann war sie tot gewesen. Doch sie war gar nicht tot – sie hatte nie gelebt. Ich hatte ein Computerprogramm zur Freundin gehabt. Ich hatte eine Maschine geküsst.

Aber jetzt *war* sie echt. Ich begriff das nicht.

Die Tür des Waschhauses öffnete sich. Zwei Mädchen kamen heraus und blieben wie angewurzelt stehen. Die eine stützte sich am Türrahmen ab. Ich kannte sie beide: Shelly und Tapti. Tapti – eine von den Variants wie ich – hatte sich gestern Abend als Roboter herausgestellt. Shelly war Bandenmitglied bei der Society gewesen, und gestern Abend hatte ich gemeint, sie auf unserer Seite kämpfen zu sehen.

Die Mädchen starrten uns an. Ich wusste nicht, wie ich reagieren sollte.

»Schon gut«, sagte der Glatzkopf im Vorbeigehen mit gedämpfter Stimme zu ihnen. »Behaltet's für euch. Wir berufen nachher eine Versammlung ein.«

»Tapti war eine von ihnen«, flüsterte ich Jane zu, als

wir am Waschhaus vorüber waren. »Wie …« Ich geriet ins Stammeln und brach ab.

»Wie ich«, sagte sie, den Blick auf die Straße gerichtet.

Ich nickte verlegen. »Aber ich dachte, Shelly nicht. Sie hat gestern Abend nicht gegen uns gekämpft.«

»Es ist bei einem nach dem anderen passiert.« Ihre Stimme klang gequält. »So wie es nötig war.«

»Was heißt das?«

»Die Shelly, die du kanntest, war ein Roboter. Sie war bloß noch nicht durchgeknallt.«

Der Typ warf ihr einen wütenden Blick zu. Wir waren zu laut. Jane rückte näher an mich heran, ihr Flüstern war kaum mehr zu hören. »Die meisten Roboter sind am Zaun durchgeknallt.«

»Was bedeutet ›durchgeknallt‹?«

»Das ist, wenn die Verbindung zwischen uns und den Robotern abreißt und jemand anderes die Kontrolle übernimmt.«

Ich nickte nachdenklich. Ich hatte gesehen, wie es passierte – der leere Blick, mit dem Mason Becky angegriffen hatte, oder als Carrie Oakland erschossen hatte. Sie waren plötzlich nicht mehr sie selbst gewesen. Ich spürte, wie Becky in meinen Armen kurz die Muskeln anspannte. Es war nicht viel, aber ich wertete es als gutes Zeichen. Es bestand noch Hoffnung für sie.

»Wohin gehen wir?«, fragte ich. Die Straße war abschüssig und verschwand in einer dichten Baumreihe.

»Auf der anderen Seite des Bachs ist es sicherer«, sagte Jane. »Und auch wärmer.«

Ich beugte den Kopf und berührte Beckys Stirn. »Wir sind gleich da«, flüsterte ich. »Du wirst wieder gesund.«

Sie reagierte nicht.

Hinter den Bäumen verbarg sich ein schmaler Wasserlauf, vielleicht vier bis fünf Meter breit und seicht. Es gab keine Brücke, lediglich eine Furt, und das Wasser war nicht völlig zugefroren.

Jane überquerte den Bach leichtfüßig, indem sie wie selbstverständlich von Stein zu Stein hüpfte. Mit Becky auf dem Arm wagte ich es nicht, über die schlüpfrigen Steine zu balancieren und watete durch das eisige Wasser. Es war nur wenige Zentimeter tief – gerade tief genug, um in meine Schuhe zu sickern –, aber mir liefen eisige Schauder die Beine hinauf.

Jane wartete am Rand der Bäume, und ich holte zu ihr auf. Mouse und der Glatzkopf liefen zwanzig Meter vor uns auf der unbefestigten Straße weiter.

»Da ist es«, sagte Jane. »Wo alles angefangen hat.«

Schwer atmend starrte ich das große Lehmziegelgebäude an, das auf einer weiten Lichtung stand. Es war nur eingeschossig, aber die Seitenlängen betrugen vermutlich mindestens dreißig Meter. Von dort aus, wo ich stand, wirkte der Grundriss quadratisch. An jeder Ecke befand sich ein gedrungener Turm, zwei waren allerdings eingestürzt. Die einzige Tür bestand aus Holz und Eisen, und sie war gewaltig. Außer der Tür unterbrachen nur winzige Fensterschlitze alle drei bis vier Meter die dicken braunen Mauern. Die Schlitze konnten höchstens zehn, zwölf Zentimeter breit sein. Fensterscheiben gab es keine, doch vor jeder Fensteröffnung war eine Eisenstange angebracht.

Ich hatte dieses oder ganz ähnliche Gebäude schon oft gesehen – in jedem John-Wayne-Western.

»Fort Maxfield«, sagte Jane. »Hier werdet ihr sicher sein.«

Wir gingen über das Schneefeld auf die Tür zu, wo Mouse und der Glatzkopf schon standen.

Als wir näher kamen, erkannte ich, dass dies kein Nachbau eines alten Westernforts war – das Ding war wirklich alt. An vielen Stellen war der Putz abgeplatzt, und die raue, braune Lehmmauer trat zutage. Sogar die massive Tür schien auseinanderzufallen, und ich entdeckte ein paar Reparaturen, die neueren Datums waren: Eine der Türangeln bestand aus glänzendem Messing und passte überhaupt nicht zu den alten, schwarz angelaufenen Metallteilen, und an einer Seite war ein Kantholz senkrecht auf die Tür genagelt worden, um die morschen Bretter zusammenzuhalten.

Ein Stück über Augenhöhe hing ein längst vertrockneter Blumenkranz.

Dieses Fort war ganz und gar nicht das, was ich mir erhofft hatte. Es war weder sicher noch einladend.

In diesem Moment schwang knarrend die Tür auf, und ein weiterer Typ stand da: groß und hager, die dichten schwarzen Haare zu Dreadlocks geflochten.

»Alle überprüft, Birdman?«, fragte der Neue.

Der Glatzkopf nickte. »Sie sind echt. Bring sie in den Keller.«

Der Typ mit den Dreadlocks sah mich an und lächelte überschwänglich. »Ich bin Harvard. Brauchst du Hilfe?«

Ich nickte erschöpft, und er nahm mir Becky ab. Ich folgte ihm über einen groben Gehweg aus Holz. In der Mitte des Forts befand sich ein großer offener Innenhof, der im Augenblick unter einer Schicht aus unberührtem Schnee lag. Wenn ich recht sah, lagen an jeder der vier Seiten Zimmer, wie in einem Motel.

Je weiter wir gingen, desto älter wirkte das Fort. Die Lehmziegelwände zerfielen allmählich, und die Holzbohlen unter unseren Füßen waren von Rissen durchzogen; etwa jede fünfte fehlte ganz. Harvard lief unbekümmert und geschickt darüber hinweg, trat von links nach rechts und wich Schwachstellen aus, ohne darüber nachzudenken. Ich folgte ihm so gut ich konnte, aber selbst so spürte ich, wie die Bretter sich unter meinem Gewicht durchbogen.

Während wir um den Hof herum zur anderen Seite des Forts gingen, sah ich Gesichter durch Spalten in den Jahrhunderte alten Türen spähen. Ich suchte nach weiteren bekannten Gesichtern wie Mouse und Jane, doch ich konnte die Leute nicht gut genug sehen.

»Beobachten sie euch?«, fragte ich.

Harvard schüttelte den Kopf. »Früher haben sie es versucht, aber wir passen ziemlich gut auf. Wir haben Leute, deren Job es ist, nach Kameras Ausschau zu halten. Gegen die Tiere im Lager können wir nicht viel tun – du weißt über sie Bescheid?«

»Ja«, sagte ich. Allerdings hatten wir es erst am Vortag herausgefunden. »Waschbären und Rehe und so.«

»Genau«, sagte Harvard. »Die gute Nachricht ist, wir können sie aus dem Fort fernhalten. Und bis jetzt haben wir noch nie einen Vogel mit einer Kamera gefunden.« Er blieb stehen und nickte in Richtung eines Raums. »Kannst du mal aufmachen?«

Ich öffnete die Tür – der alte Messingknauf war eisig – und hielt sie Harvard auf.

Becky schien zu schlafen, ihr Gesicht war entspannt, ihr Mund stand ein Stück offen. Als wir den stillen, dunklen Raum betraten, hörte ich deutlich, wie mühsam sie atmete.

»Warte«, sagte jemand hinter mir, und ich drehte mich um. Jane kam zu uns gelaufen. Sie lächelte mich verlegen an und eilte an mir vorbei.

Nach der verschneiten weißen Landschaft draußen, die selbst im frühen Morgenlicht blendend hell war, dauerte es, bis meine Augen sich an die Dunkelheit gewöhnten, aber nach einem kurzen Moment zündete Jane eine Laterne an, und der Raum wurde von warmem gelbem Licht erleuchtet.

Er war kleiner als die Zimmer in der Schule. Die einzigen Möbel waren ein Bett – schmal und niedrig, wie ein Kinderbett –, ein kleiner Holztisch und ein Stuhl. In einem Karton am Fuß des Bettes befanden sich zusammengefaltete Kleidungsstücke, und in einer Ecke unter einem schmalen Fensterschlitz waren Konservendosen gestapelt. Überall an den Wänden hingen Zeichnungen in verschiedenen Größen, manche auf Papier, andere auf großen Stoffstücken. Einige Bilder zeigten das Dorf – also das Fort, die Scheune, den Bach –, doch ich sah auch Vertrautes: die Schule und ihre Kantine, die Mauer und das Tor. Es gab drei Zeichnungen von Curtis, dem Anführer der Vs. Er war immer noch in der Schule, und ich wusste, dass er ein Mensch war. Ehe ich mich nach ihm erkundigen konnte, gesellten sich Birdman und Mouse zu uns und schlossen die Tür hinter sich.

»Wir gehen ein großes Risiko ein«, sagte Birdman und sah mich im Vorbeigehen aus dem Augenwinkel an. Er schob das Bett an die andere Seite des Raums und stieg darauf. »Nicht jeder in diesem Dorf darf im Fort leben, aber ich will euch im Auge behalten. Nichts, was du siehst oder hörst, verlässt diesen Raum, klar?«

Ich nickte. Selbst hier gab es also Geheimnisse. Es überraschte mich nicht.

Birdman hob ein großes Stoffbild an – einen regelrechten Wandbehang – und machte sich an der Wand darunter zu schaffen.

»Es gibt nicht viele Stellen, an denen man etwas verstecken kann«, sagte Harvard grinsend, während er Birdman zusah. »Aber letztes Jahr hatten wir eine Idee. Diese Lehmziegelwände sind dick. Die meisten Wände sind über dreißig Zentimeter tief, aber weil hier auf der anderen Seite ein großer Kamin ist, ist diese Wand sogar fast eineinhalb Meter dick. Wir haben Monate dafür gebraucht, aber wir haben den oberen Teil der Wand ausgehöhlt.«

Birdman löste eine quadratische Holzplatte aus der Wand und schob sie in das Loch, das sie verdeckt hatte. Er sah sich zu mir um. »Perfekt ist es nicht.

Wenn sie unter dem Wandbild nachsehen, ist es nicht schwer zu entdecken.«

»Nett.« Ich lachte gezwungen. *»Die Verurteilten.«*

Er nickte. »Nur dass dieses Loch nirgendwo hinführt.« Er winkte mich zu sich, immer noch mit finsterer Miene, doch sein Blick war nicht mehr ganz so grimmig. »Am besten, du kletterst zuerst da rein, damit wir sie dir hineinreichen können.«

Das Loch befand sich so weit oben in der Wand, dass ich sogar vom Bett aus nur knapp hineinschauen konnte. Ich stellte mich auf dem wackeligen Bettgestell auf ein Bein und kletterte mit dem anderen voran in die Öffnung. Es war eher eine Höhle als ein Zimmer. Die Lehmziegelwände waren kahl – trockener, unebener Lehm –, und als Boden hatten sie ein paar abgebrochene Holzdielen hineingelegt. Es war eng, wahrscheinlich nicht einmal einen Meter zwanzig breit. Die Decke war so niedrig, dass ich mich hinkauern musste. An beiden Enden fiel durch je einen winzigen Schlitz Licht herein.

»Das nennt ihr einen *Keller*?«, fragte ich.

Jane reichte mir einen Stapel Decken. Harvard antwortete: »Nur ein kleiner Witz. Falls jemand uns belauscht, wenn wir darüber reden. Dann denken sie, wir hätten einen Tunnel gegraben oder so was.«

Ich drehte mich von der Öffnung weg und legte

eine der Decken – die dickste – auf die rauen Bretter. Nichts war so, wie es hätte sein sollen. So hatte unsere Flucht nicht verlaufen sollen. Wir sollten unterwegs sein, anstatt uns hier zu verstecken.

Harvard und Birdman standen jetzt beide auf dem Bett, während Mouse den Wandbehang weghielt. Sie hoben Becky hoch, und ich zog sie behutsam zu mir hinein. Ich bemühte mich, ihren Arm nicht hängen zu lassen oder zu sehr an ihrer Schulter zu ziehen, aber es war ein unbeholfenes Manöver. Dann rutschte meine Hand von ihrem nassen Pullover ab. Ich konnte sie zwar auffangen, aber es gab trotzdem einen Ruck, und sie stöhnte.

Immerhin war sie jetzt bei mir im Keller. Ich legte ihr die Hand auf die gerötete, heiße Stirn. Ihr Haar war feucht vom Schnee und Schweiß, und ich strich es ihr aus dem Gesicht. Jane kletterte zu uns ins Loch, einen Plastikbeutel mit Verbandszeug und Medikamenten in der Hand.

Birdman schaute zu uns herein und sagte zu Jane: »Wir räumen das Zimmer – wir müssen uns vergewissern, dass das keiner gesehen hat.« Jane nickte, und Birdman stieg vom Bett. Ich hörte das Bett über den Boden kratzen, als er es zurück an seinen ursprünglichen Platz schob. Mouse ließ den Wandbehang wieder über die Öffnung fallen.

»An beiden Enden sind Belüftungsöffnungen, und in der Decke ist auch eine«, sagte Jane. In der Dunkelheit konnte ich sie kaum sehen, aber ich erahnte, wohin sie zeigte.

Ich kroch ans eine Ende des Raums und sah, dass der helle Schlitz durch ein loses Brett verursacht wurde. Ich zog es heraus und legte ein etwa dreißig Zentimeter langes und sieben oder acht Zentimeter hohes Loch frei. Von hier aus überblickte ich den verlassenen Innenhof des Forts sowie die Türen und den Bohlenweg auf der anderen Seite des Hofs. Zwei Mädchen standen dort und unterhielten sich. Ich erkannte sie nicht.

Jane kroch zum anderen Schlitz und entfernte dort das Brett. Sie sprach als Erste wieder, leise und in gequältem Ton.

»Ich dachte, ihr wärt gestern Nacht gestorben – ihr beide.«

Sie kroch zurück zu Becky, sah dabei aber mich an.

»Wie meinst du das?«

Sie zwang sich zu einem kleinen, freudloses Lachen. »Wir sehen ein bisschen von dem, was unsere Doubles – unsere Doppelgänger – tun.« Sie öffnete den Beutel, holte blaue Latexhandschuhe heraus, zog sie an und begann, den blutverkrusteten Verband um Beckys Oberarm abzuwickeln. »Als dich zuletzt jemand gesehen hat, war Mason hinter dir her, und dann ist sein Double durchgeknallt. Wir dachten, er hätte euch getötet.«

»Sie ist auf einen Baumstamm gefallen«, sagte ich, plötzlich zu Tode erschöpft. »Da war ein abgebrochener Ast – der hat ihren Arm aufgespießt.«

»Gestolpert?«, fragte Jane hoffnungsvoll.

Ich schüttelte den Kopf und hatte die Szene wieder lebhaft vor Augen. »Mason hat sie geschlagen, und sie ist gestürzt.« Es tat weh, auch nur seinen Namen auszusprechen. Er war mein Freund gewesen, mein Zimmergenosse. »Ist er auch hier?«

Sie nickte. »Aber du musst etwas begreifen. Das ist nicht der Mason, den du gekannt hast!« Jane hob den Verband an und sah sich die klaffende Wunde darunter an. »Der, der ... der das getan hat – das ist nicht er. Das ist nicht sein wahres Ich. Als er das getan hat, war er schon durchgeknallt.«

Sie deutete auf einen Karton in der Ecke. »Da drin müsste eine Laterne sein.«

Ich durchsuchte den Karton, offenbar eine Notausrüstung: Streichhölzer, Verbandszeug, Päckchen mit Crackern, eine Milchflasche mit Wasser. Alles war voller Staub und Lehmbröckchen.

Die Laterne sah uralt aus – sie war aus Glas und hatte einen Stoffdocht –, aber sie kam mir nicht allzu kompliziert vor. Ich drehte an der Kurbel, damit der Docht ein Stück herauskam, wie ich es Jane Minuten zuvor hatte tun sehen, und zündete ihn dann mit einem Streichholz an. Eine helle, gelbe Flamme leuchtete flackernd auf.

»Kein Strom?«, fragte ich und bewegte die Laterne in Janes Richtung.

»Hier nicht«, antwortete sie abwesend, den Blick auf Beckys Verband gerichtet. »Aber im Waschraum und im Kasino gibt es fließend Wasser und Licht.«

»Weshalb ist das so?«

Jane entfernte das letzte Stück Stoff von Beckys Arm und sah wieder zu mir. »So haben wir mehr zu tun. Damit wir nicht auf dumme Gedanken kommen. Von wegen ›Müßiggang ist aller Laster Anfang‹ und so.«

Im Licht der Laterne sah die klaffende Wunde noch größer und tiefer und viel gefährlicher aus, als ich sie in Erinnerung hatte. Es war keine saubere Stichwunde – der abgebrochene Ast hatte Becky den Muskel aufgerissen. Ihre Haut war mit getrocknetem Blut verkrustet, doch nun, da der Verband entfernt war, sickerte frisches Blut aus der Wunde, dunkelrot und dickflüssig.

Mir drehte sich der Magen um.

»Kommt sie wieder in Ordnung?«

Jane biss sich auf die Lippe und schob die Laterne dichter an die Wunde.

Irgendwo läutete eine Glocke. Sie klang wie die alten Glocken in der Kathedrale zu Hause.

Janes Kopf fuhr hoch, und sie sah mir in die Augen, Panik im Blick.

»Du musst mir etwas versprechen«, sagte sie.

»Was denn?«

»Falls ich bewusstlos werde, schieb mich aus dem Loch und mach es wieder zu.«

Beinahe hätte ich gelacht, doch ich merkte, es war ihr ernst damit. »Wie meinst du das?«

»Wenn du mir versprichst, dass du das tust«, sagte sie, »bleibe ich hier und säubere ihren Arm. Wenn nicht, muss ich jetzt gehen.«

Obwohl ich nicht verstand, worum es ging, nickte ich, und sofort wandte sich Jane wieder Becky zu.

Ich wollte zusehen, mich vergewissern, dass alles seine Richtigkeit hatte, aber jedes Mal, wenn ich einen Blick auf Beckys Arm warf, wurde mir ganz anders: Übelkeit stieg in mir auf, Panik, Schuldgefühle. Das war nicht richtig. Das lief nicht so, wie es hätte laufen sollen.

Jane arbeitete schnell. Mit einer Zahnbürste, die sie mit Reinigungsalkohol getränkt hatte, entfernte sie das getrocknete Blut, die Holzsplitter und den Schmutz.

Becky zuckte, trotz der Bewusstlosigkeit spürte sie offenbar Schmerzen. Ich hockte zu ihren Füßen; der Keller war zu schmal, um mich an ihren Kopf zu setzen, solange Jane neben ihr saß. Ich konnte mich lediglich über sie beugen und ihre unversehrte Hand halten, während Jane den verletzten Arm versorgte.

Jane hielt inne, warf einen Blick auf meine Finger, die mit Beckys verschränkt waren, und konzentrierte sich dann wieder auf die Wunde.

»Du musst sie nachher neu verbinden.« Sie war noch nicht fertig mit dem Säubern der Wunde. »Es blutet stark, aber ich glaube, das ist ein gutes Zeichen.«

»Was ist mit Wundbrand?«

»Ich weiß nicht.«

»Hat sie sich entzündet?«

»Ich weiß es nicht«, wiederholte sie erregt. »Ich bin keine Ärztin.«

Sie legte die Zahnbürste zur Seite und nahm ein kleines silbernes Tütchen aus dem Beutel.

»Was ist das?«

Jane riss den oberen Rand des Tütchens ab und streute weißen Puder in die offene Wunde. »Das gehört zu den Vorräten, die sie uns schicken. Gutes Zeug. Ganz erstaunliches Zeug.«

Sie legte ein Stück von etwas, das wie Alufolie aussah, über die Wunde, und riss dann ein Päckchen Mull auf. Sie sah mich an. »Hilfst du mir mal?«

Ich nickte und ließ Beckys Hand los.

»Da drin sind Handschuhe.« Sie deutete auf den Beutel. Der Stoff vor dem Eingang zu unserem Versteck bewegte sich, und ein Gesicht spähte zu uns herein. Carrie.

Ich erstarrte. Als ich Carrie das letzte Mal gesehen hatte, hatte sie sich gegen uns gewendet, Curtis die Pistole abgenommen und Oakland in die Brust geschossen. Jetzt fielen mir die Zeichnungen an den Wänden des Zimmers unter uns wieder ein. Drei von Curtis. Das musste Carries Zimmer sein.

Diese Carrie war ein Mensch. Die an der Schule war ein Roboter gewesen. Das beruhigte meine Nerven kaum.

Sie sah mich nicht an. Ihre Stimme klang zaghaft und leise. »Birdman hat die Glocke geläutet.«

»Ich hab's gehört«, sagte Jane. »Ist schon gut.«

Carrie nickte grimmig, dann ließ sie den Stoff wieder an seinen Platz fallen.

Ich zog die Latexhandschuhe an. »Was ist denn los?«

Jane hielt den Blick gesenkt und zog Beckys Arm vom Körper weg. »Kannst du ihn so halten?«

Das konnte doch nicht alles gewesen sein – es hatte

keine Operation gegeben, die Wunde war nicht genäht worden –, aber während ich nun Beckys Arm hielt, legte Jane eine dicke Mullrolle auf die Wunde und begann dann behutsam, den weichen weißen Verband um den Arm zu wickeln.

Plötzlich hielt sie inne und sah mich mit weit aufgerissenen Augen an.

»Du …«

Dann brach sie zusammen und fiel vornüber. Darauf war ich nicht vorbereitet, und ich ließ Beckys Arm los, um Jane aufzufangen. Becky zuckte vor Schmerzen.

»Carrie«, rief ich, dann biss ich mir auf die Zunge. Hoffentlich war ich nicht zu laut gewesen. Ich legte Jane auf die Seite – ihre Augen waren noch immer weit offen – und spähte durch das Loch ins Zimmer unter mir.

Carrie lag mit dem Gesicht nach unten an der Tür auf dem Boden.

Ich fluchte leise, panische Angst befiel mich. Was ging da vor sich? Vielleicht waren sie doch alle Roboter – per Fernsteuerung abgeschaltet. Ich konnte es kaum ertragen, Jane anzusehen; ihr lebloser Körper mit dem toten Blick war etwas, was ich schon einmal gesehen hatte, etwas, von dem ich nie gedacht hätte, dass ich es noch einmal sehen müsste.

Plötzlich fiel mir wieder ein, worum sie mich gebeten hatte. Ich begriff zwar nicht, wieso, aber ich wollte kein Risiko eingehen. Ich setzte sie auf und schob dann ihre Füße durch die Öffnung. Es war eine unbeholfene, mühsame Angelegenheit – ich musste mich rittlings über Becky knien, um überhaupt genügend Kraft entwickeln zu können –, aber Stück für Stück schob ich Jane durch die Öffnung, mit den Füßen voran. Ich hatte vor, sie unter den Armen zu halten und so langsam in den Raum hinabzulassen, doch sie war völlig schlaff, und nachdem ich Becky so lange getragen hatte, zitterten mir die Arme vor Erschöpfung, und der Schnitt an meinem Unterarm schwächte mich zusätzlich.

Draußen war ein Motor zu hören – es klang nach etwas Größerem, größer als ein Pkw, sogar größer als ein Pick-up. Und es kam näher.

Ich packte Janes Handgelenke und schob sie sanft mit dem Fuß hinaus. In dem Augenblick jedoch, in dem sie mit einem Ruck über den Rand rutschte, konnte ich ihren einen Arm nicht mehr festhalten. Sie stürzte ab, nur noch am zweiten Arm gehalten, und ich wusste sofort, dass ich ihre Schulter verletzt hatte. Doch sie gab kein Geräusch von sich, rührte sich nicht. Sie lag zusammengesackt unten am Boden.

Der Motor draußen war jetzt noch lauter zu hören

und lief im Leerlauf. Das Fahrzeug musste unmittelbar vor dem Fort stehen.

Ich nahm die Holzplatte, die die Öffnung verdeckt hatte, und setzte sie wieder ein. Falls jemand hinter das Wandbild sah – falls derjenige sich fragte, warum Jane da lag, wo sie lag, und über sich an die Wand sah –, würden wir auf dem Präsentierteller sitzen.

Ich blies die Laterne aus.

4

Langsam, um auf den Brettern kein Geräusch zu verursachen, kroch ich an Becky vorbei zum Fensterschlitz am anderen Ende des Verstecks, durch den man die Straße sehen konnte.

Ein kurzer Tieflader mit Bauholz hatte vor dem Eingang des Forts angehalten. Ein Mann kletterte an der Beifahrerseite aus der Fahrerkabine – und ich erkannte ihn sofort: Iceman. Der Mann, der uns täglich in der Schule die Anweisungen und unseren Stundenplan gegeben sowie die Strafen verhängt hatte. Ich hatte mich gefragt, ob auch er ein Roboter wie Ms Vaughn war, und jetzt sah er eindeutig so aus. Trotz der Kälte und des Schnees trug er nicht einmal einen Mantel, bloß dieselbe Uniform, in der er immer auf den Bildschirmen in der Schule zu sehen gewesen war.

Er holte eine Kettensäge von der Ladefläche und riss am Starterseil. Im zweiten Versuch sprang die Säge an, und er ging damit zur schweren Eingangstür des Forts, wo ich ihn nicht mehr sehen konnte. Die Säge heulte kurz auf, er sägte also irgendetwas durch, und dann verstummte der Motor wieder. Mit einem dumpfen Knall prallte die Holztür gegen die Wand.

Unterdessen legte der Fahrer des Lastwagens – ich konnte ihn nicht richtig sehen – einen Gang ein und rumpelte weiter, durch die Bäume und die Furt, Richtung Baracken.

Behutsam und leise – ich wagte kaum zu atmen – kroch ich wieder zur anderen Seite des Raums und dem Fensterschlitz dort.

Auf dem Hof konnte ich Iceman nirgends entdecken. Wir befanden uns oberhalb des Vordachs über dem Gehweg, daher konnte ich zwar sämtliche Türen an der anderen Seite des Forts, die Zimmer an der linken und rechten Seite sowie den schneebedeckten Innenhof sehen, aber nichts, was sich an unserer Wand befand.

Becky stöhnte, und ich zuckte zusammen. Ich kroch zurück zu ihr. »Pst«, flüsterte ich und legte ihr die Hand an die Wange. Ihre Haut glühte vom Fieber.

Erneut stöhnte sie. Dabei bewegte sie sich und belastete versehentlich ihren verletzten Arm.

Hastig legte ich ihr die Hand auf den Mund, um ihren Schmerzensschrei zu dämpfen. Meine Lippen berührten fast ihr Ohr, als ich ihr zuflüsterte: »Alles ist in Ordnung, Becky. Ich bin hier. Alles wird wieder gut.«

Sie wand sich, und ich nahm die Hand von ihrem Mund, damit sie atmen konnte.

»Alles in Ordnung«, wiederholte ich fast flehentlich.

»Bense«, sagte sie.

»Ich bin hier, Becky. Aber du musst jetzt mal eine Minute ganz still sein, okay?«

Draußen krachte irgendetwas. Es klang, als wäre es ganz in der Nähe.

»Wo sind wir?«

Ich legte meine Wange an ihre und fürchtete trotzdem noch, zu laut zu flüstern. »Es ist alles in Ordnung. Ich erklär's dir später. Vertrau mir.«

»Sind wir in Sicherheit?«

Ich wünschte, ich hätte sie in die Arme nehmen und ihr sagen können, alles sei in bester Ordnung. Stattdessen strich ich ihr über die Haare. Sie waren schweißfeucht, aber sie rochen noch ganz schwach nach ihrem Shampoo.

»Wenn wir still sind«, antwortete ich.

Ich lauschte nach Iceman. Hin und wieder hörte ich Schritte, dann ein Klopfen, dann wiederum eine Tür, die geöffnet wurde, aber keine Stimmen – weder seine noch sonst jemandes. Ob es allen so ging wie Carrie und Jane?

An Beckys Atmung hörte ich, dass sie wieder eingeschlafen war. Ich setzte mich auf und berührte ihr fieberheißes Gesicht. Ich musste zurück zum Fensterschlitz und verfolgen, was da passierte, aber ich konnte mich fast nicht dazu überwinden, mich die knapp eineinhalb Meter von Becky zu entfernen. Sie war so verletzlich, so hilflos.

Ich küsste sie auf die Wange.

Als ich wieder durch den Schlitz in der Wand blickte, blies mir kalte Luft ins Gesicht.

Da lag jemand am Boden. Es war nur eine dunkle Masse im tiefen Schnee – ich hatte keine Ahnung, wer es war. Iceman kam in Sicht. Er ging zu einer Tür und drehte den Knauf. Die Tür ließ sich problemlos öffnen, und Iceman ging hinein. Gleich darauf kam er wieder heraus und zerrte einen schlaffen Körper an den Armen hinter sich her. Es war ein Mädchen in einem kurzärmeligen T-Shirt und einer Schlafanzughose, und er ließ sie auf den verschneiten Innenhof fallen. Sie rührte sich nicht. Iceman ging zurück in ihr Zimmer.

Kurz darauf kam er wieder heraus und holte den Bewohner des Zimmers nebenan. Es war Mash, einer der Havoc-Jungs. In der Schule hatte er sich nicht als Roboter zu erkennen gegeben. Er war sogar bei dem Kampf am Zaun dabei gewesen, aber auf unserer Seite.

Mash war groß und übergewichtig, er hatte einen

massigen Körper, doch Iceman zerrte ihn mühelos hinaus auf den Innenhof und ließ ihn dort in den Schnee fallen.

Nachdem er Mashs Zimmer durchsucht hatte, ging Iceman eine Tür weiter. In diesem Zimmer befanden sich zwei Leute – ein Junge, den ich nicht kannte, und Taylor, eines der Mädchen von der Society. Auch bei ihr hatte ich nicht gewusst, dass sie ein Roboter war.

Iceman suchte nach uns, er durchsuchte jedes Zimmer.

Hatten sie unsere Spuren gefunden? War Beckys Blut auf dem Weg hierher auf die Holzplanken getropft?

Er würde etwas finden – ich wusste es. Und was sollte ich dann machen? Wenn ich hier wartete, würden sie so lange suchen, bis sie uns beide gefunden hatten. Aber wenn ich wegrannte, würden sie vielleicht nur hinter mir herjagen und Becky in Ruhe lassen. Wussten sie, wie schwer sie verletzt war?

Iceman tauchte wieder auf und ging zur nächsten Tür. Sie klemmte, und er drückte sie mit der Schulter auf.

Das Herz schlug mir bis zum Hals. Mir war heiß, und ich hatte das Gefühl, mir würde gleich übel.

Er zog ein Mädchen an einem Arm aus dem Zimmer. Er schleppte sie nicht so weit auf den Hof wie die anderen, und ein Fuß blieb auf dem Bohlenweg hängen, während der Rest ihres Körpers im Innenhof am Boden lag. Sie trug eine Jacke, aber keine Schuhe. Ihre langen Haare lagen ausgebreitet auf dem pulvrigen Schnee und sahen aus wie eine Blutlache.

Mit angehaltenem Atem verfolgte ich, wie er zurück ins Zimmer ging, um es zu durchsuchen.

Becky tat einen tiefen, geräuschvollen Atemzug, aber ich konnte die Augen nicht von der dunklen Türöffnung losreißen.

Auch das war alles meine Schuld. Vielleicht hatten die Leute, die mir zum Zaun gefolgt waren, dies aus freiem Willen getan – vielleicht –, aber die Leute hier im Fort hatten gar nichts getan! Ich war hier hereingeschneit, und jetzt wurden sie gequält und durchsucht. Wir versuchten alle bloß zu überleben, aber mir folgte der Ärger auf Schritt und Tritt. Nein, mehr als Ärger. Tod und Leid.

Iceman kam wieder heraus. Er bemerkte, dass der Fuß des Mädchens auf dem Gehweg lag, und trat ihn hinunter. Dann ging er zur nächsten Tür.

Aus diesem Zimmer holte er ein kleines, mageres Mädchen, das er auf einen Schneehaufen warf. Es war Lily! Ich hatte keine Ahnung, ob sie eine menschliche Ausgabe einer mir bekannten Roboter-Lily war, oder ob die Lily, die ich kannte, ein Mensch war, und sie bei ihrem Fluchtversuch gefangen genommen worden war. Ich blickte da noch nicht durch.

Aus anderen Zimmern wurden Mason und Tapti gezerrt. Dann kam ein Havoc-Typ, den ich nicht kannte, und ein paar Mädchen von der Society.

Ich betrachtete Mason eine Weile und versuchte, ihn nicht zu hassen. Es war nicht seine Schuld. Oder vielleicht doch. Vielleicht war alles, was Jane mir erzählt hatte, gelogen.

Wieder tat Becky einen mühsamen, geräuschvollen Atemzug, und ich kroch zu ihr zurück. Ihr Gesicht hatte sich ein wenig entspannt, aber sie durfte jetzt keinesfalls aufwachen. Ich setzte mich neben sie, bereit, jederzeit ihren Mund zu bedecken oder ihren Körper ruhigzuhalten.

Eine weitere Tür wurde geöffnet, ganz in der Nähe. Das musste gleich auf der anderen Seite der Mauer sein – der Raum neben uns. Ich hörte ihn jemanden herauszerren, und irgendetwas polterte laut. Dann war er wieder im Zimmer. Etwas krachte, dann krachte es noch einmal lauter. Etwas schepperte – vielleicht leerte er einen Eimer aus? Oder einen Karton? Schließlich ertönte ein noch lauteres Krachen und dann ein Scharren, als würden Möbel verschoben.

Und dann Stille.

Carries Tür wurde geöffnet, und unter uns krachte

es. Beckys Augen sprangen auf, und sie holte Luft, um etwas zu sagen.

Hastig legte ich ihr die Hand auf den Mund und sah ihr in die weit aufgerissenen, verängstigten Augen. Ich legte einen Finger an die Lippen und lauschte. Iceman zerrte eines der Mädchen aus dem Zimmer – wir hörten sein Schlurfen und über die Dielen schleifende Absätze –, dann kehrte er zurück, um das andere Mädchen zu holen. Er kam noch ein drittes Mal zurück. Carrie hatte da unten kaum Möbel, es gab also fast nichts, was er durchsuchen konnte.

Plötzlich ertönte ein gewaltiges Krachen, als hätte er Carries Bett umgeworfen. Mit der unversehrten Hand packte Becky meinen Arm. Wir hielten beide den Atem an.

Jetzt stampfte er umher – klopfte er etwa den Boden ab?

Stimmen. Dutzende, draußen auf der Straße. Ich hätte gerne nachgeschaut, aber ich wagte mich nicht zu rühren.

Der Lastwagen näherte sich wieder.

Iceman stampfte noch ein bisschen im Zimmer umher, dann war er fort.

Ich sah Becky an.

Lautlos fragte sie mich: *Wo sind wir?*

Ich flüsterte ihr ins Ohr. »Ich erklär's dir später.

Bleib hier.« Dann huschte ich zurück zu dem Schlitz, der auf den Innenhof hinausging.

Alle waren wieder bei Bewusstsein, zitterten und rappelten sich benommen hoch. Jane war zur Mitte des Innenhofs gegangen, hatte sich auf den zerfallenden Rand eines Brunnens gesetzt und knetete ihre Schulter. Einige der anderen Mädchen setzten sich neben sie. Mason stand abseits.

Ich zwang mich, jemand anderen anzusehen. Carrie hatte sich ebenfalls aufgesetzt, still und für sich allein. Anscheinend waren die einzigen Leute, die miteinander redeten, die, die ich nicht kannte. Alle, die ich von der Maxfield Schule kannte, hatten düstere, wie versteinerte Mienen.

Durch das Haupttor strömten weitere Jugendliche ins Fort. Offenbar hatte der Fahrer des Lastwagens die Leute aus den grünen Baracken geholt. Im Gegensatz zu denen, die hier ihre Zimmer hatten, trugen sie alle Mäntel oder Jacken.

Viele von ihnen kannte ich aus der Schule. Bei einigen wusste ich, dass sie Roboter gewesen waren – Joel war dabei –, aber bei anderen hatte ich keine Ahnung. Walnut und Jelly standen nebeneinander. Waren sie Roboter gewesen, oder waren sie durch den Arrest hierhergekommen?

»Ruhe!«

Das war Iceman, auch wenn ich ihn nicht sehen konnte.

»Heute Morgen sind zwei Schüler ins Dorf gekommen«, sagte er mit unnatürlich lauter Stimme. »Sie haben Hilfe erhalten. Jemand hat ihnen die Ortungschips abgeschnitten. Sie haben wahrscheinlich nach Nahrungsmitteln gesucht, möglicherweise auch nach Verbandsmaterial.«

Keiner sprach oder rührte sich.

»Der Erste, der mir Informationen zu diesen Schülern liefert, wird belohnt.« Immer noch nichts.

»Zusätzliche Lebensmittel. Neue Kleidung. Wärmere Jacken.«

Die Leute guckten zu Boden, in die Luft oder sonst wohin, nur nicht zu Iceman. Er schien warten zu können.

Dann tat sich irgendetwas da unten, etwas, das ich nicht sehen und kaum hören konnte. Ich sah mich nach Becky um. Sie hatte sich aufgesetzt. Sogar im Dunkeln unseres Verstecks konnte ich die roten Fieberflecken auf ihren Wangen erkennen.

»Da ist niemand gekommen«, sagte jemand – es klang nach Birdman.

Iceman erwiderte in scharfem Ton: »Die Ortungschips wurden in der Scheune gefunden.«

»Dann sind sie eben in die Scheune gegangen«,

sagte Birdman. »Wahrscheinlich haben sie da Werkzeug gefunden, haben die Dinger abgeschnitten und sind weitergelaufen.«

Jemand schrie, und fast alle zuckten zusammen. Gleich darauf sah ich Iceman mitten durch die Menge marschieren. Er zerrte Mouse am Arm mit sich. Sie wehrte sich, versuchte, seine Hand von ihrem Arm zu lösen, während sie sich zugleich bemühte, im Schnee nicht den Halt zu verlieren, doch er zog sie so mühelos mit sich, als wäre sie ein Kind.

Er ging auf Jane zu. Mein Herz hämmerte wie wild, und meine Finger krümmten sich reflexartig zur Faust.

Iceman schleuderte Mouse zu Boden, und sie prallte gegen den Brunnen, auf dem Jane saß. Ich konnte jedes Wort von Iceman klar und deutlich hören, sogar vom anderen Ende des Hofs.

»Spielt keine Spielchen. Wir wissen, dass ihr beide zur gleichen Zeit in der Scheune wart wie sie.«

Mouse sagte etwas, und Iceman bückte sich und ohrfeigte sie, ehe sie zum Ende gekommen war.

Jane blieb still. Alle anderen wichen zurück und bildeten einen weiten Kreis um sie herum. Mouse lag schwer atmend mit dem Gesicht im Schnee.

Becky berührte mich am Arm, aber ich wandte den Blick nicht vom Innenhof ab.

Schließlich sprach Jane. Ich konnte sie nicht hören. Niemand rührte sich.

Alle sahen Iceman an und warteten auf seine Antwort.

Ich streckte die Hand nach Becky aus, und sie ergriff sie. Ihre Hand fühlte sich glühend heiß an – entweder vom Fieber, oder weil meine eigene Hand blutleer und eiskalt war. Oder beides.

Iceman bückte sich, packte Jane an der Jacke und schleuderte sie mit unmenschlicher Kraft rund sechs Meter weit. Sie fiel in den Schnee. Schließlich stürzte Birdman vor.

»Lassen Sie sie in Ruhe!«

Iceman drehte sich um. Lily war zu Jane gelaufen, sie bückte sich zu ihr hinab, behielt aber Iceman im Auge, der wieder das Wort ergriffen hatte.

»Ich muss Sie nicht daran erinnern, dass Sie uns auf Gnade und Ungnade ausgeliefert sind. Sie haben hier zwei Verpflichtungen: zu leben und uns nicht zu behindern. Wenn Sie eins davon nicht mehr tun, sind Sie für uns nicht mehr von Nutzen.«

Jane zitterte heftig. Ihre Nase blutete, und sie umklammerte das linke Handgelenk mit der Rechten.

Mouse saß nun aufrecht, reglos, mit dem Rücken an den Brunnen gelehnt.

Becky stieß mich mit der Schulter an, und ich rückte zur Seite, damit sie hinaussehen konnte.

»So«, sagte Iceman, rückte sein Jackett zurecht und zupfte an den Ärmelaufschlägen. »Zwei letzte Tagesordnungspunkte. Wir haben die erste von mehreren Lieferungen Bauholz am Kasino abgeladen. Sie werden zwei weitere Unterkünfte im Stil der bereits vorhandenen bauen müssen. Hoffentlich erledigen Sie diese Aufgabe besser als Ihre Vorgänger. Denken Sie daran: Sie sind diejenigen, die darin leben müssen. Und je schneller Sie diese bauen, desto eher müssen Sie Ihre Zimmer und Betten nicht mehr mit den neuen Jugendlichen teilen.«

Birdman fragte: »Es kommen noch mehr Leute?«

Iceman ignorierte ihn. »Der zweite Tagesordnungspunkt …« Sein Blick wanderte über die Gesichter vor ihm, er suchte jemanden. Als er ihn gefunden hatte, deutete er auf ihn.

Dylan. Er war mir bisher nicht aufgefallen – er sah ganz anders aus als an jenem Abend, als er Jane geschlagen hatte. Sein Gesicht war hager und grau, und er stand ausdruckslos und still da, als Iceman auf ihn deutete.

Jane kämpfte sich auf die Beine und wandte sich schluchzend ab. Lily umarmte sie.

Dylan fiel zu Boden. Er gab keinen Laut von sich,

es gab keine Gegenwehr. Er brach einfach zusammen.

Aus seinen Ohren quoll Blut.

Becky entfuhr ein leises »Nein!«, doch ihre Stimme ging im Lärm der anderen Jugendlichen unter. Ein paar ließen sich weinend zu Boden fallen; andere kreischten. Iceman ignorierte sie alle. Er hob Dylans Leiche auf und schlenderte außer Sicht.

Kurz darauf heulte der Motor des Lastwagens auf.

5

Becky schlief ruhig, als ich den Keller verließ. Ich wusste nicht, ob der Puder, den Jane in ihre Wunde gestreut hatte, ein Antibiotikum oder ein Schmerzmittel war, aber er schien eindeutig zu helfen.

»Wo willst du hin?«

Birdman stand einige Türen von Carries Zimmer entfernt und unterhielt sich mit Harvard. Mouse saß auf einer Holzbank neben ihnen, mit zwei blauen, halb zugeschwollenen Augen. Ich stammelte etwas, zu abgelenkt von Mouse' Anblick, um klar denken zu können.

»Verstehst du jetzt, warum ihr nicht hättet kommen sollen?«, fuhr Birdman mich an.

»Wir gehen, sobald Becky gesund ist.«

»Nein, das werdet ihr nicht«, sagte Mouse gedämpft. Ihre Stimme klang gequält. »Ihr werdet uns verdammt nochmal hier rausholen.«

Birdman legte ihr die Hand auf die Schulter. Er wandte sich an Harvard.

»Wann willst du die Grenze untersuchen?«

»Es muss morgen früh sein«, antwortete er, »oder spät heute Nacht. Ich will erst gehen, wenn das Unwetter vorbei ist. Und ich will mit ihm zuerst bei den Greens vorbeigehen.«

»*Greens*, wie ›grün‹?«, fragte ich.

Harvard lächelte. »Die Leute in den anderen Gebäuden. Du warst doch ein V, oder? Stell dir dieses Fort vor wie die Vs. Jeder, der es will, darf hier wohnen, aber wenn du hier bist, dann kämpfst du. Die Greens wollen das nicht.«

Mouse schien von Harvards Vergleich des Forts mit den Vs angewidert zu sein, aber sie sagte nichts.

Ich nickte und wandte mich ab.

»Wo willst du hin?«, fragte Birdman erneut.

»Ich bin auf der Suche nach Jane.«

»Fünfte Tür rechts«, sagte Harvard. »Und stell dich auf heute Nacht ein.«

»Wie du meinst.«

Langsam ging ich zu Janes Zimmer und versuchte währenddessen, die Panik, die in mir aufstieg, niederzukämpfen.

»Was hast du für ein Problem?«

Ich drehte mich um. Birdman war mir gefolgt, Mouse kam nur ein paar Schritte hinter ihm.

»Ich hab kein Problem«, sagte ich und ging weiter. Er packte mich an der Schulter und riss mich zurück.

»Wenn ich dir eine Frage stelle, antwortest du mir.«

Er stand direkt vor mir. Birdman überragte mich vielleicht um vier, fünf Zentimeter. Vor einem Monat hätte ich es mit ihm aufnehmen können, vielleicht sogar noch gestern, aber jetzt konnte ich mich kaum noch auf den Beinen halten.

Das Weiße in Mouse' Augen war komplett rot, so dass ihr geschwollenes und mit dunklen Flecken übersätes Gesicht etwas nahezu Dämonisches hatte. Ich zwang mich, meine Fäuste wieder zu öffnen – sie schienen sich ganz von selbst zu ballen.

Dann atmete ich langsam und tief durch.

»Wie war noch die Frage?«

Birdmans Ton war eisig. »Was hast du für ein Problem?«

»Du weißt, was gestern Abend in der Schule passiert ist?«, fragte ich. »Es sind Leute gestorben.«

»Glaubst du, das wüssten wir nicht?«, fuhr Mouse mich an und deutete auf ihren Kopf. »Wir waren dabei; eine Menge von uns sind gestorben. *Ich* bin da gestorben, verdammt. Also tu nicht so, als wärst du das Opfer oder so was. Du bist der Glückspilz.«

»Ich weiß nicht mal, was das ist.« Ich warf die Hände in die Luft und wandte mich ab.

Nochmals packte Birdman mich an der Schulter. Ich wirbelte herum und schlug mit der Faust nach ihm.

Mit einer fließenden Bewegung wehrte er mich ab und traf mich seinerseits mit der Faust an der Kopfseite. Ich brach neben dem Bohlenweg im Schnee zusammen.

»Dreh mir nicht den Rücken zu«, knurrte er.

»Du bist genauso schlimm wie sie«, sagte ich. »Genauso schlimm wie Iceman.«

Birdman packte Mouse am Arm und schubste sie zu mir. »Guck dir ihr Gesicht an, Kleiner. Das ist deine Schuld, nur weil du hier aufgetaucht bist.« Er baute sich vor mir auf und sah drohend auf mich herab. »Ich werde alle hier rausbekommen, ob du uns hilfst oder nicht. Aber wenn du uns nicht hilfst, dann hau verdammt nochmal ab aus meinem Dorf. Wir haben genug Probleme, auch ohne dich und deine kranke Freundin.«

Mein Kopf schmerzte, und meine Beine fühlten sich an wie Gummi, als ich aufstand. »Du glaubst, du tust allen einen Gefallen«, sagte ich. »Aber du wirst nur erreichen, dass sie sterben. Ihr Blut wird an deinen Händen kleben, wenn du sie in den Tod führst. Genau wie … genau wie …« Ich brach ab. Aber ich sah die Gesichter aller vor mir, die ich getötet hatte, indem ich sie zu einem Ausbruchsversuch überredet hatte. Wir konnten diese Schule nicht besiegen, nicht wenn sie zu dem in der Lage war, was Iceman getan hatte.

Mir fiel auf, dass Harvard ein Stück von mir entfernt auf dem Weg stand und mich beobachtete.

Ich wünschte, ich hätte Becky niemals hierher gebracht, ich wünschte, ich hätte sie niemals aus der Schule fortgebracht. Ich wünschte, ich hätte nicht einmal herausgefunden, dass Jane ein Android war.

Ich machte mich auf den Weg zu ihrem Zimmer.

Janes Zimmer war genauso groß wie Carries, aber es wirkte viel bewohnter. Ihr Tisch war mit Nippsachen übersät – aus Holz oder Seife geschnitzte Figürchen, Windrädchen aus Blechdosen, Tonfiguren. Die Wände waren in leuchtenden Farben bemalt; da waren Wandgemälde von Wolkenkratzern, Brücken und Bäumen. In einer Ecke stapelten sich Kartons mit, wie es aussah, der medizinischen Ausstattung der gesamten Siedlung.

Ich lehnte mich mit dem Rücken an die Lehmwand. Sie fühlte sich kühl an, sogar durch mein Sweatshirt.

Jane massierte sich geistesabwesend das Handgelenk und sah zu Boden.

»Ist das Baltimore?« Ich deutete auf die Wände.

Ihre Mundwinkel wanderten nach oben. »Du weißt es noch.«

Es gelang mir nicht, ihr Lächeln zu erwidern. Ich

war aus einem bestimmten Grund zu ihr gekommen. »Ja. Warum haben sie Dylan getötet?«

Ihr Lächeln erlosch langsam. »Es ist dieses Ding in unseren Köpfen«, sagte sie. Sie blickte wieder nach unten und zupfte Fusseln von ihrem Bettüberzug. »Es verkorkst einen.« Ich beobachtete, wie sie an der Decke herumspielte, die Finger rot von der Kälte. Sie wollte nicht über Dylan sprechen, doch ich musste es wissen.

»Aber warum kümmert es sie, ob er verkorkst ist?«, fragte ich. »Ihr seid alle Gefangene – ich wette, alle sind verkorkst.«

»Oh«, sagte sie mit zittriger Stimme. »Das ist anders. Hast du Hunger?«

Ich setzte mich auf die Bettkante und nahm ihre Hand. Sie war kalt, die Finger rau von jahrelanger Arbeit und dem Aufenthalt im Freien.

Sie begegnete meinem Blick, dann brach sie in heftige Schluchzer aus. Ich kletterte übers Bett und setzte mich neben sie. Ich legte ihr den Arm um die Schultern, und sie ließ sich gegen mich fallen. Sie weinte so heftig, dass es sie schüttelte.

Sie war nicht die Jane, die ich kannte, aber in diesem Augenblick wollte ich sie ewig festhalten. Ich vergrub mein Gesicht in ihrem Haar, atmete ihren Geruch ein und erinnerte mich.

»Die Jane in der Schule«, sagte ich. »Wie viel von ihr warst du?«

Sie schnappte stockend nach Luft, es klang beinahe wie ein Lachen. Ihre Finger krallten sich in mein Sweatshirt.

»Ich weiß nicht«, sagte sie. »Ich habe nicht alles gesehen. Ich habe sie nicht kontrolliert.«

»Wie funktioniert das?«

Sie lehnte sich ein wenig zurück, ihr Kopf lag noch an meiner Schulter, aber sie war entspannter.

»Die Doubles haben irgendeine Art von künstlicher Intelligenz, die alles kontrolliert, was das Double macht.«

»Und inwiefern steht ihr dann in Verbindung?«

»Über Gefühle.« Sie drückte meine Hand. »Auch über manche Erinnerungen und die Persönlichkeit, aber hauptsächlich über die Gefühle. Aber du darfst nicht vergessen – das ist zum Teil geraten. Die Maxfield hat es uns nie erklärt.«

»Die Jane, die ich kannte, das warst also nicht du.«

»Wir haben am gleichen Punkt angefangen«, sagte Jane und atmete langsam aus. »Sie stecken einem dieses Ding in den Kopf und machen ein Double von dir, und sie übertragen Erinnerungen an das Double. Nicht alles, aber die wichtigen Sachen.«

»Wie Baltimore. Und du warst wirklich obdachlos?«

»Immer mal wieder«, sagte sie und fuhr rasch fort, weil sie wohl nicht darüber reden wollte. »Von daher waren wir vor zweieinhalb Jahren ziemlich gleich. Das Einzige, was ich tun musste, war, dem Double Gefühle zu geben.«

»Sie hat gefühlt, was du gefühlt hast? Richtig gefühlt?«

»Harvard meint, wenn das Double irgendeine emotionale Reaktion empfinden muss – Angst oder Wut oder Trauer –, dann sagt ihm das Implantat in meinem Kopf, was es tun soll.«

»Wenn das Double also etwas Beängstigendes gesehen hat, hat es dein Gehirn gefragt, wie es reagieren soll, und du hast ihm gesagt, es soll Angst haben?«

»So in der Art. Aber es ist noch unheimlicher. Sie hat gefühlt, was ich gefühlt habe, aber ich habe auch gefühlt, was sie gefühlt hat.«

»Wie meinst du das?«

Jane lachte, eine dicke Träne lief ihr über die Wange. »Ich weiß nicht, was ich meine. Ich kann dir nur sagen, wie es sich anfühlt. Wenn diese Jane richtig glücklich war, konnte ich ihr Glück spüren. In solchen Augenblicken konnte ich die Schule sehen. Immer wenn das Gefühl wirklich stark war.«

»Wie funktioniert das?«

»Ich weiß nicht. Manchmal war es, als würde ich

durch ihre Augen sehen – als ob ich blind geworden wäre und nur noch hätte sehen können, was das Double sieht; das ist immer dann passiert, wenn die Gefühle am stärksten waren. Bei anderen Gelegenheiten war mir bloß … irgendwie bewusst, was passierte. Ich wusste, dass etwas geschah, aber ich konnte es nicht richtig sehen – ich lag zum Beispiel hier im Bett, konnte aber Gespräche hören, die mein Double führte, oder ich wusste, was sie tat. Und manchmal habe ich gar nichts gesehen, aber später davon geträumt. Und wenn wir uns alle treffen und über die Träume sprechen, dann gibt es Gemeinsamkeiten, also sind manche Sachen aus unseren Träumen auch real.«

»Und was *hast* du gesehen?«

»Eine ganze Menge«, sagte sie. »Es kam in Wellen. Da waren ein paar gute Zeiten, und eine Menge schlechte. Im Krieg war mir mein Double fast immer bewusst.«

Ich lehnte den Kopf an die Wand. Es war schwer, sich das vorzustellen – dass so viele der Leute, die ich dort gekannt hatte, nicht real gewesen waren, dass aber dennoch *jemand* irgendwie in ihnen gewesen war.

»Ich erinnere mich an dich«, sagte sie schließlich. »Die Zeit mit dir war meine Lieblingszeit dort. Ich war mir deiner Gegenwart oft bewusst.«

Ich sagte nichts. Auf der anderen Seite des Forts lag Becky und litt Schmerzen.

»Es gab Zeiten …«, begann Jane, dann brach sie ab.

»Was?«

»Ach, das ist dumm.« Sie lehnte immer noch an mir, hatte sich aber ein wenig aufgerichtet.

»Was ist denn?«

Sie sah wieder nach unten, auf unsere verschränkten Finger.

»Ich wünschte bloß manchmal, ich wäre wieder an der Schule.«

Ich wollte etwas darauf sagen, aber ich wusste nicht, was. Daher wechselte ich das Thema.

»Was ist das Letzte, woran du dich erinnerst?«

Ich spürte, wie sie zu atmen aufhörte. Sie schien wie eingefroren, so lange, dass ich mich schon fragte, ob Iceman zurückgekommen war. Aber als ich mich von ihr löste, um sie anzusehen, wischte sie sich bloß über die geröteten Augen.

»Ich erinnere mich an fast alles aus jener Nacht, fast an den ganzen Tag. Ich erinnere mich daran, wie wir herausfanden, dass Lily weg war, und wie wir uns für den Ball fertig gemacht haben.« Sie lachte verlegen. »Ich erinnere mich daran, wie du mich – mein Double – eingeladen hast, mit dir zum Ball zu gehen.«

»Und das Ende?«

Sie nickte. »An alles. Ich war bei dir, und dann kamen Laura und Dyl…« Ihre Stimme brach.

Ich drückte ihre Hand und wartete.

»Deshalb haben sie ihn getötet«, flüsterte sie kaum hörbar. Sie sah mich an, unsere Gesichter waren nur Zentimeter voneinander entfernt. »Hier waren wir Freunde, Dylan und ich. Er hat gehasst, wie sein Double war, aber er konnte nichts daran ändern. Dylan – der echte Dylan – war manchmal wütend; er war jähzornig. Und sein Double hat daraus etwas Grauenvolles gemacht. Sein Double war ein Mörder.«

Sie hielt inne, versuchte, sich wieder zu fassen.

»Ich war nicht die Erste«, flüsterte sie. »Er hatte schon andere getötet. Im Krieg, im Auftrag von Isaiah.«

»Das wusste ich nicht.«

Jane schüttelte den Kopf. »Niemand an der Schule wusste das, außer Isaiah. Aber der echte Dylan – der Dylan hier – wusste es, und es hat ihn fertiggemacht. Es war ein Teufelskreis – er hasste, was sein Double tat, also wurde er noch wütender, und sein Double hat von dieser Wut gezehrt und immer schlimmere Sachen angestellt. Als sein Double mich getötet hat, hat Dylan das nicht verkraftet.«

Sie ließ meine Hand los und rieb sich mit beiden Händen durchs Gesicht. »Wir haben ihm gesagt, dass das nicht er gewesen war, aber er hat uns nicht geglaubt. Er hat gesagt, wenn seine Gefühle das Double dazu gebracht hätten, einen Mord zu begehen, dann sei das seine Schuld. Er hat das Fort verlassen. Mal hat er im Freien geschlafen, mal in der Scheune. Und er hat mit niemandem mehr gesprochen. Er hat aufgehört zu essen.«

»Sie hätten ihn nicht töten müssen.«

»Hast du Iceman heute gehört?«, fragte sie, und ihre Stimme wurde wieder kräftiger. »Wir haben nur zwei Regeln. Wir sollen keinen Ärger machen, und wir sollen unser Leben leben.«

Ich nickte. »Ich fand das seltsam.«

»Das ist aber das Wichtigste hier.« Sie weinte nicht mehr. Sie war wütend, richtig wutentbrannt. »Sie haben Dylan getötet, weil er so deprimiert war und auf fast nichts mehr reagiert hat. Wir haben ihn gewarnt – wir wollten ihm helfen, aber er hat sich nicht helfen lassen.«

»Warum kümmert die das?«

»Weil sie nur dann ein Double von dir machen können, wenn du psychisch gesund bist – zumindest so gesund, dass dein Double sich normal verhalten kann. Mit Dylan konnte die Schule nichts mehr anfangen, deshalb haben sie ihn getötet.«

6

Wir gingen nach draußen, und Jane schloss die Tür. Es schneite nicht mehr, doch ein starker Wind fegte über den Innenhof und schleuderte pulverfeine Eisstückchen in die Luft, wie Glitzer. Jane sagte, es gebe eine Versammlung, zu der wir gehen müssten.

»Benson!«

Ich drehte mich um und sah Lily aus einer Tür auf der anderen Seite des Forts kommen. Sie rannte über den Innenhof und wirbelte dabei den Schnee auf.

»Du machst Ärger, wo du gehst und stehst, was?«, fragte sie grinsend.

Ich zögerte. »Bist du …«

»Der wahre Jakob«, sagte sie. »Ich war dort ein Mensch; ich bin auch hier ein Mensch.«

»Also bist du über die Mauer geklettert?«

Sie nickte. »Ich bin viel weiter gekommen als ihr, bis sie mich gefangen haben.«

Ich lächelte. »Noch haben sie mich nicht.«

Lily war die beste Paintballspielerin an der Schule gewesen, eine Expertin im Tarnen, schnell und klug.

Wenn jemand es aus dem Wald heraus hätte schaffen können, dann sie.

»Die Schule hat uns erzählt, du seist gestorben.« Ich trat auf sie zu und umarmte sie.

»Ich weiß«, sagte sie grinsend. »Wie ich höre, hat das alle möglichen Probleme verursacht.« Sie sah Jane an, die still lächelte.

»Na komm.« Jane stupste mich an. »Raus aus der Kälte.«

Der Versammlungsraum befand sich in der Nähe des Forteingangs. Er war etwa vier oder fünf Mal so groß wie die Schlafzimmer. Schwere Holzpfeiler trugen das Dach, und acht Holzbänke standen mit Blick zu einem Podium am anderen Ende. Der Raum erinnerte mich an eine Kirche.

Wir waren die Ersten, und Lily machte sich daran, die Laternen anzuzünden. Jane zog die Vorhänge vor den kleinen Fensterschlitzen zurecht. Sie wirkten weniger dekorativ als funktional – schwere, dunkle, lichtundurchlässige Wolle.

»Und was ist mit den anderen?«, fragte ich und sah ihnen bei der Arbeit zu. »Mouse war auf der Schule, aber was ist mit Birdman? Wo ist sein Double?«

»Er hat auch eins«, sagte Jane. »Es ist bloß nicht aktiv. Das ist bei einer Menge Leute hier so. Die Schule hat Doubles von jedem hier, aber sie setzen sie nur ein, wenn sie sie brauchen.«

Erschöpft setzte ich mich auf eine der Bänke. Ich hatte noch immer nicht geschlafen. »Ich wette, ihr seid froh, dass das aus euren Köpfen raus ist.«

Jane wechselte rasch einen Blick mit Lily.

Lily ließ sich neben mich auf die Bank fallen.

»So ist das nicht«, sagte Lily mit gedämpfter Stimme, obwohl wir beide wussten, dass Jane zuhörte. »Es heißt, es ist ätzend, wenn dein Double stirbt. Es ist, als würdest du selbst sterben.«

Jane sah mit einem schwachen Lächeln zu uns. »Na ja, es ist nicht genauso. Aber es ist ätzend.«

Lily stellte einen Fuß auf die Bank vor uns. »Du musst das verstehen – man fühlt alles, was sie fühlen. Wenn dein Double Angst hat, hast du auch Angst. Wenn es traurig ist, bist du auch traurig. Und du kannst nichts dagegen tun.«

»Das klingt furchtbar.« Müde rieb ich mir das Gesicht, während Jane herüberkam und sich vor mich setzte.

»Es ist nicht immer schlimm«, sagte sie leise.

Ein Schweigen entstand. Sie wollte noch etwas sagen, und ich konnte mir vorstellen, was.

Lily kam uns zu Hilfe. »Jemand hat mir erzählt, es sei wie eine Droge.«

Jane lachte – endlich ein echtes Lachen. »Es ist nicht wie eine Droge. Aber es ist wie … Ich weiß auch nicht. Du hast dieses andere Leben, in dem du andere Freunde hast, und immer wenn du bei ihnen bist, ist alles sehr intensiv. Und dann ist plötzlich alles weg. Es ist vorbei. Du wirst nie mehr …« Sie sah mich an und brach ab.

»Ich hatte bis jetzt nur Träume«, sagte Lily.

Ich sah sie an und entdeckte zu meiner Überraschung eine Träne in ihrem Auge. Sie wischte sie weg und verzog das Gesicht.

»Es gibt ein Double von dir?«

Sie nickte. »Jep. Ich hab dir doch gesagt, sie machen von allen hier ein Double.«

»Und wo ist es? Was tut es?«

Ehe sie antworten konnte, ging die Tür auf. Kalte Luft drang in den Raum, und Leute kamen herein.

Ich erkannte eine Menge von ihnen. Mason sah mich lange an und öffnete den Mund, als wollte er etwas zu mir sagen, doch dann ging er an meiner Bank vorbei nach vorne. Joel winkte mir allen Ernstes zu, ehe er weiterging, und ich fragte mich, ob er wusste, dass ich derjenige war, der ihn getötet hatte – nun ja, der sein Double getötet hatte, nachdem er sich gegen uns gewendet hatte. Ich hatte ihn mit einer Gartenschere erstochen.

Mir fiel auf, dass mehrere von denen, die hereinkamen, Mull auf ihre Arme drückten. Jemand musste an der Tür stehen und alle mit einem Teppichmesser überprüfen.

Laura kam herein, und ich wandte mich an Lily. »Ist das die echte Laura? Die, die Arrest bekommen hat?«

»Sie ist waschecht, dieselbe Laura, die du kanntest«, sagte Lily. Sie dämpfte ihre Stimme noch mehr. »Wir waren zusammen im Arrest – sie ist einen Tag nach mir da aufgetaucht. Die kleine Prinzessin dachte, sie würde belohnt für das, was sie … na ja, für das, was sie getan hat.«

Laura war nicht wie Dylan. Sie wirkte nicht deprimiert oder schuldbewusst. Vielmehr ging sie mit hoch erhobenem Kopf bis ganz nach vorn.

Mir war klar, dass sie mich reizen wollte, und es gelang ihr auch. Dylan hatte gedacht, er sei schuldig, weil sein Double etwas getan hatte; aber Laura war wirklich – sie war wirklich dort gewesen. Sie hatte versucht, mich zu töten.

Jane legte ihre Hand auf meine, und ich merkte, dass ich sie wieder einmal zur Faust geballt hatte.

»Schon gut«, sagte sie sanft.

»Ich war dabei«, flüsterte ich. Die Brust wurde mir eng.

»Ich auch.« Ihre Worte klangen bitter, aber ich konnte nicht sagen, ob meinet- oder Lauras wegen.

Lily beugte sich zu mir. »Mach dir keine Sorgen wegen Laura«, sagte sie. »Schau doch.«

Als Laura nach vorne gegangen war, war es mir nicht aufgefallen, aber als sie sich nun umdrehte und hinsetzte, sah ich, dass ihre Handgelenke mit Ketten gefesselt waren. Mouse zog eine weitere Kette durch Lauras Fesseln und befestigte sie an einer runden Metallöse in der Wand.

Ich kam nicht mehr dazu zu fragen, wer sie in Ketten gelegt hatte – die Maxfield Academy oder das Dorf –, denn jetzt erhob sich Birdman und blickte wütend um sich, damit wir still wurden.

Ich sah mir die versammelte Menge an. Ich kam auf rund vierzig Leute, und die Hälfte von ihnen kannte ich von der Schule. Mir fiel auf, dass Jelly und Walnut zusammen hinten saßen, womit es jetzt insgesamt vier Personen waren, die ich wirklich von der Schule kannte – vier Schüler, die dort Menschen und keine Doubles gewesen waren.

»Ruhe«, brüllte Birdman, und sofort wurde es still im Raum. Er sah zu Harvard, der an der Tür stand. »Wer fehlt?«

»Carrie. Und wir haben Lance, Chris, Kaitlyn und Trena draußen auf Wache.«

Birdman nickte und ließ den Blick über die Leute wandern. Er legte ein großes Stück Stoff auf die Bühne und zog einen Bleistift aus der Hemdtasche.

»Ihr wisst alle, dass Benson Fisher und Becky Allred hier sind. Lasst mich eins klarstellen: Niemand sagt außerhalb dieses Raums ein Wort über sie. Sie sind wertvoll, und jeder, der das vermasselt, wird es bereuen. Ist das klar?«

Niemand sagte etwas, aber ich sah ein paar Köpfe nicken.

»Okay«, fuhr er fort. »Hören wir uns die heutigen Berichte an, mal sehen, ob wir ein paar Lücken füllen können. Jemand seit gestern Abend durchgeknallt?«

Ein Mädchen, das ziemlich weit vorn saß, hob schüchtern die Hand. Ich erkannte sie als eine von der Society: Taylor. Sie war eine der Jüngeren. Das Einzige, woran ich mich bei ihr erinnerte, war, dass sie immer lächelte. So waren die Society-Kids – entweder sie lächelten sorglos oder sie blickten finster und missbilligend drein.

Birdman deutete auf sie und schrieb etwas auf sein Stück Stoff. »Was ist passiert?«

Taylors Stimme klang zaghaft. »Es war spät gestern Abend«, begann sie. »Ich habe alles gesehen – ich hatte schreckliche Angst. Alle wurden zum Arrestraum getrieben.«

Lily flüsterte: »Nach dem Kampf am Zaun gestern Abend haben sie die Überlebenden zusammengetrieben und zurück zur Schule gebracht. Wir haben uns schon gedacht, dass sie zum Arrest runtergebracht werden.«

»Was ist denn da unten?«

Lily grinste. »Dort findet der große Zauber statt. Wenn du da hinkommst, stecken sie dir ein Implantat in den Kopf und machen ein Double von dir.«

Taylor sprach weiter, ihre Stimme bebte. »Es haben nicht alle auf einmal in den Raum gepasst, also haben sie sie in mehreren Ladungen nach unten gebracht.«

»Wer alles?«, fragte Birdman.

»Ms Vaughn war da«, sagte Taylor. »Und die anderen Doubles, die durchgeknallt waren. Tapti, Hog, Mash … und Grace, glaube ich? Jedenfalls, alle kamen zum Arrest, und ich war in der letzten Gruppe. Wir waren ungefähr zehn. Es war … es war beängstigend.«

Birdman machte sich zu allem Notizen, und wenn er sprach, klang seine Stimme ausdruckslos. »Was dann?«

»Mit jeder Gruppe ist eines der Doubles runter zum Arrest gefahren, deshalb waren nur noch Mash und Ms Vaughn bei uns. Vier von uns – von ihnen – haben versucht, die Doubles zu überwältigen.«

»Wer?«

»Ich und drei Vs«, antwortete sie.

Mir war, als würde mir die Luft aus der Lunge gesaugt. Jane drückte meine Hand.

»Hector, Anna und Catherine«, sagte Taylor.

Birdman schrieb die Namen auf den Stoff und sah dann hoch. »Und?«

»Anna hatte ein Messer. Ich weiß nicht, wo sie das herhatte. Sie hat Ms Vaughn erstochen.« Taylor hielt inne. Es war völlig still im Raum. »Das ist alles, woran ich mich erinnern kann. Dann bin ich durchgeknallt.«

Birdman nickte und machte sich weitere Notizen, während wir anderen warteten. Shelly hob die Hand, und als Birdman schließlich aufblickte, erteilte er ihr das Wort.

»Hector ist tot«, sagte sie.

Lily fluchte. Ich fühlte mich, als hätte ich einen Schlag in den Magen erhalten. Soweit ich wusste, war Hector – der Hector, den ich gekannt hatte – ein Mensch gewesen. Er war ganz real gestorben.

Sogar Birdman wirkte entsetzt. »Bist du sicher?«

Shelly nickte. Taylor drehte sich um, ihre entsetzte Miene sprach Bände. Sie fragte sich, ob sie das getan hatte. Birdman fragte weiter, ehe sie etwas sagen konnte.

»Du bist nicht durchgeknallt, Shelly?«

Sie schüttelte den Kopf. »Noch nicht. Mein Double ist immer noch da unten.«

»Wie ist Hector gestorben?«

Es dauerte lange, bis Shelly sich zu einer Antwort durchrang, und kurz darauf stand Taylor auf und verließ die Versammlung.

»Aber es war ja nicht die echte Taylor«, flüsterte ich Jane zu. »Es waren nicht mal ihre Gefühle, die das Double dazu gebracht haben, oder? Sie war durchgeknallt, es war also bloß die künstliche Intelligenz.«

Jane nickte. »Aber das hilft ihr jetzt nicht.«

»Sollte es aber.« Ich spürte, wie Wut in mir aufstieg. Die Schule hielt nicht bloß Leute gefangen, tötete sie nicht bloß. Sie machte die Leute psychisch fertig.

Lily antwortete an Janes Stelle. »Es ist genauso, wie wenn man sein Double verliert. Es ist ätzend. Taylor hat ihres gestern Abend verloren, und jetzt weiß sie, dass es ihren Freund umgebracht hat.«

»Hector war nicht ihr Freund«, sagte ich wütend. »Sie war bei der Society.«

»Den Scheiß kannst du dir hier sparen«, zischte Jane mit finsterer Miene. »Hier zählen die Banden nicht.«

Sie irrte sich. Egal was Jane sagte, diese Siedlung war geteilt. Die Leute, denen Birdman traute, scharte er im Fort um sich, und er glaubte keinem, dass er ein Mensch war, bis er es mit einem Messer überprüft hatte. Vielleicht waren das hier keine Banden, aber Utopia war es auch nicht.

Birdman klopfte mit dem Bleistift auf den Stoff. »Wer ist sonst noch aktiv?«

Sieben Jugendliche, darunter auch Shelly, hoben die Hände. Ich kannte sie alle, allerdings nicht besonders gut. Nur einer war ein V. Die meisten waren bei Havoc gewesen.

»Will noch jemand was berichten?«

Mucus, ein dicker Havoc-Junge, hob die Hand. »Wir sind jetzt alle im Keller. Ich war bei der zweiten Gruppe, die zum Arrest geschickt wurde, und sie haben uns in die Zellen gebracht.«

»Einzeln oder in Gruppen?«, fragte Birdman ohne aufzublicken.

»In Gruppen.«

Harvard meldete sich von hinten zu Wort. »Ich glaube nicht, dass sie genügend Einzelzellen haben, um so viele Leute unterzubringen.«

Ich wandte mich an Lily. »Woher wissen sie das?«

Sie lächelte. »Darum geht es doch bei diesen Versammlungen. Jeder hier im Dorf ist mit dem Arrestaufzug in die große unterirdische Anlage unter der Schule runtergefahren. Als ich hierherkam, haben sie mich sofort darüber ausgequetscht. Sie haben eine ganze Karte angefertigt.«

»Was soll das nützen?«

Lily zuckte die Achseln. »Wissen ist Macht, denke ich. Wir sammeln so viele Infos, wie wir können. Für den Fall, dass wir jemals zurückgebracht werden.«

Birdman befragte immer noch Mucus. »Und was passiert jetzt?«

Der schüttelte den Kopf. »Weiß nicht. Mein Double schläft, glaube ich.«

»Ist schon jemand unters Messer gekommen?«

»Nicht dass ich wüsste.«

Birdman sah sich im Raum um. »Hat noch jemand was anderes gesehen?«

Stephanie, die letzte aktive V, meldete sich zu Wort. »Sie haben die Verletzten versorgt, aber nur da, im Zellenbereich.«

Jetzt kamen wir zu dem, was ich wissen wollte – was ich wissen musste. »Wer ist gestern Abend gestorben? Von den Menschen, meine ich.«

Alle Augen im Raum richteten sich auf mich. Birdman sah auf seinen Stofffetzen.

»Was ist mit Curtis?«, fuhr ich fort. »Und mit Gabby?«

»Curtis lebt«, sagte jemand. »Aber es geht ihm schlecht.«

Dann spach Birdman mit lauter Stimme, und es wurde still im Raum. »Sechzehn sind gestorben.«

Nein, das konnte nicht wahr sein. Ich stand auf, aber meine Beine zitterten. »Keine Doubles«, sagte ich. »Keine Leute, die durchgeknallt sind.«

»Ich weiß«, erwiderte Birdman. »Sechzehn Menschen sind am Zaun gestorben.«

Er las die Namen vor. Sieben von der Society. Sechs von Havoc. Drei Vs. Ich kannte diese Leute. Sie hatten mir zugehört. Sie waren alle dabeigewesen in der Eingangshalle, als wir beschlossen hatten, uns zu wehren.

»Sie glauben, Curtis verliert vielleicht ein Bein«, murmelte Shelly. »Niemand rechnet damit, dass Gabby es schafft.«

»Nein«, sagte ich.

Jane stand auf und wollte meine Hand nehmen, aber ich schüttelte sie ab.

»Ihr irrt euch.« Ich drängelte mich durch die Bankreihen.

»Benson,« rief Birdman mir nach, aber es kümmerte mich nicht. Harvard hielt die Hände hoch, um mich aufzuhalten, aber ich schubste ihn gegen die Wand und stieß die Tür auf.

Sechzehn Tote. Bald auch Gabby, und wer wusste, wie viele noch.

Ich rannte über den verschneiten Innenhof auf die andere Seite des Forts und stieß Carries Tür auf. Sie sprang vom Bett auf.

»Sie schläft«, warnte sie mich, doch ich ignorierte sie. Von der Hälfte der Zeichnungen an den Wänden starrte mich Curtis' Gesicht an. Wie lange war Carries Double mit Curtis zusammen gewesen? Jahre? Und Carrie empfand jedes Gefühl doppelt so stark wie ihr Double?

Wusste Carrie, was ihr Double getan hatte, nachdem es durchgeknallt war?

Ich stieg aufs Bett, zog die Holzplatte aus der Wand und kletterte in den Keller; in meinen erschöpften Muskeln pulsierte Adrenalin, in meinem Herzen Schuldgefühle.

Hinter mir ließ ich das Stoffbild wieder vor die Öffnung fallen und sperrte Carrie aus.

Becky lag still da, die Augen fest geschlossen. Ich nahm ihre Hand und küsste sie auf die feuchte Stirn.

»Es tut mir leid«, sagte ich weinend und vergrub das Gesicht in den Händen. »Es tut mir so leid.«

7

Es war schon seit Stunden dunkel, als Harvard in Carries Zimmer kam.

Er zog das Stoffbild beiseite und spähte zu uns herein. »Fertig?«

Ich hatte neben Becky gelegen und ihre Atmung beobachtet. Dass ich irgendwohin musste, hatte ich völlig vergessen.

»Glaub schon.« Meine Muskeln protestierten, als ich mich aufsetzte. Ich hatte keine Ahnung, wie Becky auf diesen Brettern schlafen konnte, Blutverlust hin oder her.

Ich zog mein Pittsburgh-Steelers-Sweatshirt wieder an und schnürte die Schuhe zu. Irgendwann musste ich die Kleidung wechseln und duschen.

»Wie spät ist es?«

»Kurz nach Mitternacht«, sagte Harvard.

Er trat von der Öffnung zurück, und ich krabbelte hinaus. Eine sehr benommene Carrie stand in einem abgetragenen blauen Schlafanzug in der Ecke.

»Hast du eine Jacke?«, fragte Harvard. Er steckte in einem abgewetzten dicken Parka und trug eine Wollmütze sowie Arbeitshandschuhe aus Leder mit abgeschnittenen Fingern.

»Nur das«, sagte ich und zog mir die Kapuze meines Sweatshirts über den Kopf.

»Wir werden eine ganze Weile draußen sein. Lass uns in Dylans Zimmer nachschauen. Das hat noch keiner ausgeräumt.« Die Vorstellung, Dylans Kleider zu tragen, gefiel mir überhaupt nicht, aber als ich hinaus in die kalte Nachtluft trat, wurde mir klar, dass es vermutlich klüger wäre.

Lily wartete schon auf uns.

»Bereit, ihnen den Stinkefinger zu zeigen?«, fragte sie. Ihr Atem erzeugte weiße Wölkchen vor ihrem Mund.

»Klar«, sagte ich und folgte Harvard.

»Für heute Nacht stehen mehrere Punkte auf dem Programm«, sagte er bemerkenswert vergnügt. »Zuerst eine Jacke. Dann besuchen wir die Greens und reden mit Shelly; danach gehen wir raus zur Grenze.«

»Freut mich, dass ich behilflich sein kann«, murrte ich.

»Mann, ich warte seit Jahren auf dich.«

»Warum?«

Vor einer Tür, die einige Zentimeter weit offen stand, blieb Harvard stehen.

»Kleiner, du hast keins von diesen Dingern im

Kopf.« Er riss ein Streichholz an und entzündete Dylans Laterne. »Du bist Gold wert.«

»Ich dachte, Dylan wäre aus dem Fort ausgezogen.«

»Er ist umhergezogen«, sagte Lily. »Wir haben immer gehofft, dass er zurückkommt.«

Dylans Zimmer war kahl und leer. Das Bett war gemacht, aber zerwühlt, und Dylans wenige Habseligkeiten befanden sich in einem Karton am Fenster. Im Gegensatz zu den anderen Zimmern, die ich bisher gesehen hatte, waren die Wände hier nicht bemalt. Genau genommen sahen sie aus, als wären sie kürzlich erst getüncht worden.

»In der Schule hieß es immer, Arrest bedeutet Tod.«

Harvard lächelte. »Es kann den Tod bedeuten, wenn du stur bist und gegen sie ankämpfst. Für dich hätte es das wahrscheinlich bedeutet. Aber, nope, sie bringen einen bloß mit dem Aufzug runter, verpassen einem ein Implantat und schaffen einen hierher.«

»Willkommen auf der Freak-Farm«, sagte Lily.

Ich fand eine Windjacke. Sie war dünn, aber neu und robust und groß genug, um sie über mein Sweatshirt zu ziehen.

»Die Hälfte der Leute heute bei der Versammlung kannte ich nicht«, sagte ich. »Warum sind ihre Doubles nicht alle aktiv?«

»Wissenschaft«, sagte Harvard genießerisch, als

wäre dieses Wort für ihn genauso aufregend wie *Flucht*. »Wenn man Roboter testet, will man keine ganze Schule voller Roboter. Unsere Annahme ist, dass der Sinn der Roboter darin liegt, mit der wirklichen Welt zu verschmelzen – ganz natürlich mit den Menschen zu interagieren. Wenn die Schule größtenteils aus Robotern bestünde, wäre das ein miserables Experiment.«

Er zog ein Paar dicker Wollsocken aus Dylans Karton und steckte sie in seine Jackentasche. Lily blies die Laterne aus.

»Und wo ist dann dein Double?«

»Als ich es das letzte Mal wahrgenommen habe, war es in einem dunklen Raum irgendwo in der unterirdischen Anlage. Sah aus wie ein Schrank.«

Ich sah zu Lily. Sie nickte. »Meins auch.«

Wir verließen das Zimmer und steuerten auf die massive Eingangstür des Forts zu.

Harvard klopfte an eine Tür und sagte einem Typen, den ich nicht kannte, er solle mitkommen und die Tür hinter uns verschließen. Lily zog meine Kapuze tiefer, damit mein Gesicht nicht zu erkennen war. Schließlich suchten sie immer noch nach mir.

»Sie warten also, bis sie eure Doubles benutzen? Heben sie für später auf?«, fragte ich, während wir auf die verschneite Straße hinausstapften. Der Schlamm war jetzt fest gefroren und wirkte wie versteinert, als wären die Reifenspuren in Stein konservierte Dinosaurierabdrücke.

»Ich glaub schon«, sagte er. »Bei einer Menge von uns ist das so. Darüber hinaus verbinden uns die Implantate nicht nur mit den Doubles. Sie halten uns auch hier in der Stadt fest; und sie können uns außer Gefecht setzen, wie sie es heute getan haben …«

»Oder uns töten wie Dylan«, warf Lily ein.

»Wir haben also alle Implantate«, sagte Harvard nüchtern. »Von meinem merke ich nur ein, zwei Mal im Monat etwas. Ich hoffe, sie benutzen es, wenn sie die Schule wieder bevölkern.«

»Wieder bevölkern?«

Lily schien nicht annähernd so begeistert zu sein wie Harvard. »Im Augenblick ist sie leer. Alle sind unter der Erde und bekommen Implantate in die Köpfe. Wenn das Experiment weiterläuft, werden sie einen Haufen neue Doubles brauchen – und Menschen.«

Darüber mochte ich gar nicht nachdenken. Noch mehr unschuldige Kinder und Jugendliche an der Schule. Noch mehr verkorkste Leute hier.

Die übrigen Gebäude des Dorfs konnte ich noch nicht sehen – sie befanden sich auf der anderen Seite des Bachs hinter dem dichten Pappelwäldchen –, aber der Rauch aus den Kaminen hing in der Luft. Diesen

Rauch hatte ich von der Schule aus gesehen. Er hatte mich hierhergeführt.

»Also, was hat es mit Fort Apache auf sich?«, fragte ich und warf einen Blick zurück zu dem mondbeschienenen Lehmziegelkasten, den wir gerade verlassen hatten. »Jane hat gesagt, da hätte alles angefangen.«

»Das ist eine Vermutung«, erwiderte Lily achselzuckend.

»Eine Vermutung, die ziemlich logisch ist«, fügte Harvard begeistert hinzu. »Stell dir den Gesamtkomplex vor. Der älteste Teil ist das Fort, wahrscheinlich Mitte des 19. Jahrhunderts erbaut. Dann haben wir den Waschraum und das Kasino – möglicherweise aus den dreißiger Jahren?«

»Eine Vermutung«, ergänzte Lily.

»Es sind alles Vermutungen«, tat Harvard ihren Einwurf ab. »Dann die Baracken der Greens, die etwa aus den Vierzigern oder Fünfzigern stammen.« Der seichte Bach war teilweise überfroren, aber ich sah zerbrochenes Eis, wo der Lastwagen hindurchgefahren war. Die Schneeschicht auf dem Eis gab uns Haftung – ich rutschte bei der Überquerung nicht ein einziges Mal aus.

»Wie alt die Schule ist, wissen wir nicht genau«, sagte Harvard. »Aber ich hab eine Theorie zur Geschichte dieses Ortes …«

Lily fiel ihm ins Wort, offensichtlich hatte sie Harvards lange Erklärungen satt. »Das Experiment hat damals vor zweihundert Jahren im Fort begonnen. Dann ist es in die Schule gezogen, und die Menschen sind hiergeblieben, um die Doubles zu kontrollieren.«

»Und als das Experiment hier war – als die Doubles hier waren –, wo waren da die dazugehörigen Menschen?«

Harvard hielt inne und blickte die Straße entlang.

»Wir haben heute Nacht zusätzliche Wachen draußen«, flüsterte er, in Gedanken plötzlich woanders. »Sie suchen garantiert nach dir.«

Lily beugte sich näher zu mir. »Wir glauben nicht, dass sie früher auch schon Menschen hatten.«

Harvard legte den Finger an die Lippen, er beobachtete etwas, dann winkte er uns, ihm über die unbefestigte Straße zu den Baracken zu folgen.

»Wir glauben, Iceman und Ms Vaughn sind ältere Androidenmodelle«, sagte er schließlich. »Reine KI, Künstliche-Intelligenz-Modelle, ohne damit verbundene Menschen. Aber die KI-Serie war nicht gut genug, so dass sie sich nicht in die Gesellschaft einfügen konnten – sie konnten sich nicht unter die Menschen mischen.«

Im Schatten des Kasinos blieben wir erneut stehen, während Harvard die Gegend beobachtete.

»Ich glaube, die Luft ist rein«, sagte er und ging weiter. »Aber seid still.«

Ich wusste nicht, wonach er suchte, aber ich war froh, dass Dylans Windjacke dunkelblau war und das weiß-gelbe Logo auf meinem Sweatshirt verbarg.

Eines Tages würde ich mich nicht mehr nervös umschauen und Angst um mein Leben haben müssen. Die Paranoia war zum Normalzustand geworden, und das hatte ich satt.

Wir verließen die Straße. Der unberührte Schnee gab mir Zuversicht, dass wir nicht in einen Hinterhalt liefen, als Harvard uns zur Rückseite der Gebäude führte. Dampf quoll durch die zerbrochenen Fensterscheiben des Waschraums, und ich hörte das Wasser von Duschen laufen.

Ich folgte Harvard zur letzten der Baracken. Die grüne Farbe blätterte ab, so dass das kahle, alte Holz darunter zutage trat, aber das Gebäude wirkte trotzdem stabil.

Er bedeutete uns, neben der Baracke zu warten, und ging dann um die Ecke zur Vorderseite.

»Warum vertrauen wir diesem Typen?«, flüsterte ich Lily zu.

Sie lächelte. »Ich traue niemandem. Aber ich mag Harvard. Er ist für die Flucht zuständig.«

»Ich dachte, Birdman hat das Sagen.«

»Birdman ist der Oberboss«, sagte sie. »Mouse ist auch für irgendwas zuständig, aber ich habe noch nicht herausbekommen, wofür. Ich habe das Gefühl, dass sie sich einfach immer an den hängt, der das Sagen hat. Das hat jedenfalls ihr Double getan.«

Harvards Kopf tauchte an der Ecke der Baracke auf, er winkte uns zu sich. »Die Luft ist rein«, sagte er lauter, als ich gedacht hätte. Das, was ihm Sorgen gemacht hatte, war offenbar nicht hier.

Auch im Inneren der Baracke sah es anders aus, als ich gedacht hätte. Ich hatte mir ordentliche Reihen von Feldbetten vorgestellt, wie in einer Kaserne, aber es war viel gemütlicher. Es gab weiche Betten mit dicken Decken und Kopfkissen, jedes mit einer Kommode und einer Laterne daneben. Um einen Gemeinschaftskamin standen drei weiche Polstersofas. Dass überhaupt jemand sich dafür entschied, im Fort statt in den Baracken zu wohnen, zeugte davon, wie paranoid Birdman in Bezug auf die Sicherheitsvorkehrungen war. Vielleicht stattete die Maxfield Academy die Baracken bequemer aus, um die Leute aus der relativen Sicherheit des Forts herauszulocken.

Nur wenige Laternen brannten, und das Feuer im Kamin war bis auf die Glut heruntergebrannt. Harvard führte mich zu dem Sofa, auf dem Shelly in einem rosa Kapuzenshirt und einer Flanellschlafanzughose saß. Lily blieb am vorderen Fenster stehen und behielt die Straße im Auge.

»Eins nach dem anderen«, sagte Shelly. »Ich sage kein Wort, bis du ihr die Ketten abnimmst.«

Harvard warf mir einen Blick zu. »Willst du wegen dieser Sache vor Benson einen Aufstand machen?«

Sie beachtete mich gar nicht. »Das hat nichts damit zu tun. Wenn ihr meine Hilfe wollt, dann macht sie los.«

Harvard sah zum anderen Ende des Raums, und ich stand auf und folgte seinem Blick.

Laura saß dort. Ihre Hände waren mit Ketten gefesselt, die mit einem Vorhängeschloss an der Wand befestigt waren. Sie sah mich ganz ruhig an. Im Halbdunkel wirkten ihre Augen schwarz.

Harvard seufzte, aber es klang nicht besonders bekümmert. Nichts schien ihm wirklich Sorgen zu machen. »Sie ist eine Mörderin.«

»Das will ich nicht noch mal diskutieren«, sagte Shelly. »Lasst sie aufstehen, oder die Sache ist gelaufen.«

Betten quietschten, als sich einige Jugendliche herumwälzten, um zu beobachten, was hier los war.

»Das wird Birdman nicht gefallen«, bemerkte Harvard mit einem Lächeln, das ihm auf unheimliche Weise wie ins Gesicht geklebt war.

Shelly legte den Kopf schräg. »Meinst du, das interessiert mich?«

»Sie ist verurteilt.«

Shelly lachte verächtlich.

»Na gut«, sagte er. »Aber nur die Hände, die Füße nicht.«

Alle Blicke folgten ihm, als er durch den Raum zu Laura ging, sich über sie beugte und zunächst das Schloss der Wandkette öffnete und dann die Ketten an ihren Handgelenken abnahm.

Sie hatte diese Ketten verdient. Ich war dabei gewesen. Ich hatte gesehen, was sie getan hatte.

Laura stand auf, sie hatte offensichtlich Schmerzen. Ihre Fußfesseln rasselten über den Holzboden, als sie die wenigen Schritte bis zu ihrem Bett ging. Harvard trat sie in den Hintern, und sie stolperte zur Matratze.

Sie legte sich aufs Bett und streckte Harvard den Mittelfinger entgegen, dann sah sie mich an. »Offenbar suchst du dir deine Freunde hier genauso gut aus wie schon an der Schule.«

Ich versteifte mich. Sie war klein, zerbrechlich und gefesselt, und ich hätte ihr am liebsten die Zähne eingeschlagen. Sie verdiente alles, was sie bekam.

Harvard ließ sich aufs Sofa fallen, nahm den Schürhaken und stocherte im Feuer.

Endlich sah Shelly mich an. Sie war angespannt, unsicher.

»Wie geht's Becky?«

»Sie lebt«, sagte ich und setzte mich ebenfalls.

»Shelly hat interessante Neuigkeiten.« Harvard rutschte zur Sofakante vor und klopfte ihr aufs Knie. »Da du als Letzter von der Schule gekommen bist, wollten wir mal hören, was du davon hältst.«

»Wahrscheinlich ist es total unwichtig«, sagte Shelly, offensichtlich verärgert über Harvard, »aber da ist etwas, was mir sonderbar vorkommt.«

»Hier kommt einem alles sonderbar vor«, sagte ich, und sie seufzte tief.

»Wir« – sie vollführte eine ausladende Geste, die wohl das gesamte Lager meinte – »versuchen, genau nachzuverfolgen, was an der Schule passiert. Wie bei der Versammlung heute; Birdman lässt uns täglich zusammenkommen, und wir schreiben auf, was mit unseren Doubles passiert ist.«

Ich nickte. »Und was ist jetzt das Sonderbare?«

»Zwei Mädchen«, sagte sie. »Sie sind in den unterirdischen Zellen. Anscheinend waren sie schon da, bevor mein Double dort ankam.«

»Sind in dieser unterirdischen Anlage nicht jede Menge Leute?«, fragte ich. »Alle, die auf der Schule waren?«

»Diese beiden hatte ich noch nie gesehen«, entgegnete Shelly. »Ich habe rumgefragt. Niemand, der noch ein aktives Double hat, hat sie je gesehen. Wir fragen uns, ob du vielleicht was über sie weißt.«

»Woher soll ich denn was wissen?«

Sie verzog das Gesicht. »Wir sehen nur Ausschnitte. Du warst dort – du hast alles gesehen.«

»Wenn mir nicht einer von euch ein Bild von ihnen zeichnen kann, wüsste ich nicht, woher ich eine Ahnung haben soll, wer sie sind.«

Harvard stocherte wieder im Feuer. »Nach dir sind keine neuen Schüler mehr angekommen, richtig?«

»Richtig.«

Shelly fuhr sich mit den Fingern durch die Haare und seufzte müde.

»Sie sind Schwestern.«

Das war merkwürdig. »Ich hab da keine Schwestern gesehen. Niemand auf der Maxfield hatte Familie.«

»Die Mädchen reden nicht viel – sie sind in der Zelle gegenüber der von meinem Double –, aber sie sind offensichtlich verwandt. Sie sehen fast gleich aus, beide sind blond, sehen sich sehr ähnlich im Gesicht und haben die gleichen Eigenarten; die eine ist einfach nur älter. Sie haben schreckliche Angst, und die Jüngere klammert sich an die Ältere.«

»Wie alt?«

»Vielleicht dreizehn und sechzehn? Ich weiß nicht. Mein Double hat versucht, mit ihnen zu reden, glaube ich. Aber es kommt mir fast vor, als hätten sie so was wie einen Schweigepakt.«

Ich zuckte die Achseln. »Keine Ahnung. Vielleicht hatten sie eigentlich in die Schule kommen sollen, bevor wir alle versucht haben, zu fliehen.«

»Wir werden es bald erfahren«, sagte Harvard grinsend. »Wenn die Maxfield ihnen erst ihre Implantate verpasst und Doubles von ihnen gemacht hat, landen sie bei uns im Dorf. Aber darum geht es gar nicht. Wir finden einfach nicht heraus, warum sie neue Leute herbringen und sie dann direkt in den Keller schaffen. Sie haben doch schon genügend von uns Menschen. Wozu brauchen sie da noch mehr Doubles? Und warum Schwestern?«

Das war wirklich sonderbar. »Wir gehen davon aus, dass jeder in der Schule –, der versucht hat, mit mir zu fliehen –, ein Implantat bekommt und hier landet?«

»Deshalb lassen sie uns wahrscheinlich die neuen Baracken bauen«, sagte Shelly und stand auf. »Apropos, ich muss ins Bett. Wir müssen morgen früh mit der Arbeit anfangen.« Sie sah auf Harvard hinunter. Ich konnte ihren Blick nicht recht deuten. Was das Verärgerung? Abscheu? »Ich hoffe, Birdman schickt uns diesmal Hilfe.«

»Hab ich nichts von gehört«, sagte Harvard und zuckte unbekümmert die Achseln.

Aus dem hinteren Teil des Raums rief jemand sarkastisch: »Tja, du kannst darauf zählen, dass Benson hilft. Er denkt immer an die anderen.« Ich sprang auf und ging einen Schritt auf das Bett zu.

»Wie bitte?«

Shelly packte mich am Arm. »Nicht.«

»Du behauptest also tatsächlich, dass mir die Leute egal sind? Ich habe versucht, alle da rauszuholen.«

Laura lachte höhnisch. »Hat ja gut geklappt.«

»Wenigstens hab ich es versucht. Ich bin kein Mörder.«

»Ich hab versucht, Tode zu verhindern«, fauchte sie.

Ich lachte, weil ich ihr am liebsten den Kiefer gebrochen hätte und mich zwingen musste, es nicht zu tun. »Du hast versucht, Tode zu verhindern, indem du Jane mit einem Rohr erschlagen hast?«

Sie zögerte, doch ihre Miene wurde nur noch eisiger, noch gehässiger. »Wie viele sind am Zaun gestorben? Sechzehn? Und ich bin die Böse?« Ich stürzte auf sie zu, doch Lily stellte sich mir in den Weg.

»Beruhig dich, großer Junge«, sagte sie. »Du willst ein Mädchen schlagen?«

»Sie hat …«

Laura stand jetzt ebenfalls. »Diese Jane war ein Roboter.«

»Das wusstest du nicht!« Ich schubste Lily aus dem Weg, aber Harvard packte mich von hinten.

»Hör jetzt auf«, sagte er. »Sie bekommt schon noch, was sie verdient.«

Shelly war an Lauras Bett getreten und stand jetzt zwischen uns.

»Das ist noch nicht vorbei«, sagte ich.

»Nein, das ist es nicht«, fauchte Laura. »Du bist nicht der Einzige, der gestern Freunde verloren hat.«

Ich schüttelte Harvard ab, blieb aber, wo ich war. »Alles, was du getan hast«, sagte ich und stach mit dem Finger nach Laura, »all die Leute, die du zum Arrest gebracht hast, alle, die du am Fliehen gehindert hast, all die Regeln, die du durchgesetzt hast – das war der Schule am Ende scheißegal, oder? Als sie dich in den Keller geschleppt haben, als sie dir ein Loch in den Kopf gebohrt und eine Bombe reingesteckt haben, da war es ihnen scheißegal, wer du bist. Oder?«

Laura rührte sich nicht, antwortete nicht.

»Oder?«, schrie ich.

Sie wirkte erschüttert. »Ja.«

»Ich hoffe, das war es wert.« Ich drehte mich um und stürmte hinaus.

8

Lily und ich standen draußen vor der Baracke im Schatten, während Harvard das Gelände vor uns erkundete.

»Laura ist verurteilt worden?«, fragte ich und atmete mehrmals tief durch, um mich zu beruhigen.

»Wenn du es so nennen willst. Alle hier wussten, was sie getan hatte, bevor sie auch nur hier ankam. Sie durfte sich verteidigen, und dann haben sie sie eingesperrt.«

»Sie hat es verdient.«

Harvard stand in der Nähe des Waldrandes und sprach mit jemandem. Er hatte gesagt, es seien immer Wachen draußen, Tag und Nacht.

»Warum haust du nicht einfach ab?«, fragte Lily leise, aber eindringlich. »Du hast kein Implantat. Sie suchen schon nach dir, und wenn sie dich da draußen nicht finden, wird es nicht lange dauern, bis sie diesen Ort hier auseinandernehmen und dich entdecken.«

»Ich muss auf Becky warten.«

»Wir können uns um sie kümmern. Du gehst Hilfe holen.«

»Nein.«

»Becky ist eine von den Schlimmsten«, sagte Lily. »Schon vergessen? Sie war in derselben Bande wie Laura. Sie waren Zimmergenossinnen. Außerdem dachte ich, du und Jane …«

»Die Dinge haben sich geändert, nachdem du weg warst.«

Lily verschränkte die Arme. »Offenbar.«

Ein paar Minuten später stapfte Harvard durch den Schnee zu uns zurück und lächelte, als wäre Weihnachten.

»Wir glauben, da sind Sender«, sagte er und bedeutete uns, ihm aufs Feld zu folgen. »Sender, die überall um die Stadt herum aufgestellt sind, wie ein elektrischer Zaun. Deshalb schmerzen die Implantate, wenn wir uns zu weit entfernen.«

Ich zuckte die Achseln. »Ich hab da draußen nichts gesehen.«

»Heute Morgen war es dunkel«, wandte Lily ein.

»Jetzt ist es auch dunkel«, fuhr ich sie an.

»Vorher hast du nicht danach gesucht«, sagte Harvard.

Ich wechselte das Thema. »Diese beiden in der Schule, die Schwestern – warum interessieren die dich? Sind doch bloß zwei weitere Gefangene.«

Wir hatten den Wald erreicht, und Harvard blieb

stehen und wühlte in seinen Taschen. Schließlich zog er eine Rolle Schnur hervor. Er reichte Lily ein Ende und maß dann zehn Schritte rechts von ihr ab.

»Weil es einfach seltsam ist. Gar nicht typisch für die Schule. Alle fangen als Menschen an der Schule an, und dann versuchen sie, entweder zu fliehen oder werden zum Arrest gebracht und landen hier. Aber die beiden sind sofort in den Keller gekommen.«

Er zog die Schnur zwischen sich und Lily straff.

»Was soll ich tun?«, fragte sie.

Harvard starrte in den Wald hinein, als trennten ihn nur wenige Schritte von der Freiheit, und erklärte ganz aufgeregt: »Meine Theorie ist, dass irgendwo da draußen Sender sind, und die senden ihr Signal in einem Kreis aus – na ja, genau genommen kugelförmig. Also werden wir zwei auf einen Sender zugehen, und wenn wir die Schmerzen spüren, bleiben wir stehen. Das müsste dann eigentlich bedeuten, dass wir uns beide im gleichen Abstand von dem Sender befinden.«

Sogar im schwachen Licht des Mondes sah ich, wie Lily die Augen verdrehte. »Ja, und?«

»Wenn wir also beide gleich weit vom Sender entfernt sind, dann geht Benson zur Mitte dieser Schnur und von da aus im rechten Winkel geradeaus in den Wald. Dann müsste er genau auf den Sender zugehen.«

Weder Lily noch ich erwiderten etwas. Der Sinn

des Ganzen erschloss sich mir nicht, aber ich war zugegebenermaßen mit meinen Gedanken auch woanders.

»Das ist Geometrie, Leute«, erklärte Harvard. »Manche von uns haben in der Schule aufgepasst.«

Lily sah mich bloß an und zuckte die Achseln, als Harvard langsam auf den Wald zuging. Sie tat es ihm nach und versuchte trotz des Unterholzes, im matschigem Schnee genau geradeaus zu gehen und die Schnur straff gespannt zu halten.

»Und wenn der Sender nicht hier draußen ist?«, fragte ich und sah ihnen hinterher. »Wenn er mitten im Dorf ist, und eure Implantate weh tun, wenn ihr euch zu weit von ihm entfernt?«

Harvard blieb stehen. »Daran habe ich auch gedacht. Aber ich kann im Dorf nichts finden.« Er ging weiter.

Kurz darauf – er stieß fast gegen den ersten Baum – blieb er wieder stehen. »Ich spüre es.«

Lily ging weiter, ein Stück in den Wald hinein, und kletterte über einen verrotteten Baumstamm, ehe sie ebenfalls stehen blieb. »Ich auch.«

»Halt die Schnur straff«, sagte Harvard und winkte mich herbei. »Stell dich in die Mitte und guck von dort aus lotrecht geradeaus – das Seil und dein Blick müssen also einen Neunziggradwinkel ergeben.«

»Ich weiß, was *lotrecht* ist«, entgegnete ich und spähte in den Wald. In dieser Dunkelheit musste der Sender gar nicht groß getarnt sein, um unsichtbar zu bleiben. Zudem hatte ich keine Ahnung, wie er bei Tageslicht aussehen würde – eine Antenne vielleicht? »Bin gleich wieder da.«

Ich betrat den Wald und kämpfte mich durch das dichte Unterholz. Mein schmerzender Körper mochte mir nicht recht gehorchen. Ich wollte ihnen ja helfen – natürlich wollte ich das –, aber das hier kam mir wie reine Zeitverschwendung vor. Wir wussten nicht einmal, ob es hier draußen irgendetwas zu finden gab. Vielleicht wäre es am besten für Becky und mich, wenn wir uns Proviant besorgten und abhauten.

Ich war erst zehn Schritt tief im Wald, als ich Harvard fluchen hörte. Ich drehte mich um. Er blickte auf irgendetwas links von mir. Lily hockte am Boden, wachsam, als spielten wir wieder Paintball. Ich ging in die Knie und verbarg mich im Unterholz.

Einen Moment herrschte Stille, dann hörte ich Schritte im Schnee. Ich war ja so bescheuert. Natürlich suchten sie wieder nach uns, und ich trampelte hier durch offenes Gelände. Wie hatte ich Becky bloß im Fort zurücklassen können, nur von Carrie bewacht?

Im Unterholz bewegte sich etwas.

Ich versuchte, zwischen den verschlungenen Zweigen und Sträuchern hindurchzuspähen, doch mit einem Mal kam es mir viel dunkler vor – dunkler und kälter. Ich war hier leichte Beute. Ich wollte zurück in den Keller. Ich *musste* dorthin zurück.

»Rotwild«, flüsterte Lily, die viel näher bei mir war, als ich gedacht hatte.

Ich atmete aus.

»Sie beobachten uns«, fuhr sie fort.

»Ich weiß«, sagte ich.

Mit scharfem, wachsamem Blick suchte Lily den Wald ab. Sie war gut darin – die beste Paintballspielerin der Schule. Die meisten Taktiken, die die Vs eingesetzt hatten, hatte sie sich ausgedacht, und ihre zierliche Gestalt täuschte über eine erstaunliche Konstitution hinweg.

Aber sie hatten sie trotzdem geschnappt. Sie war trotzdem hier gefangen. Lily duckte sich wieder. »Ich glaube nicht, dass es uns gesehen hat.«

»Ich hätte ein paar Tage warten sollen, bevor ich das Fort verlasse.«

»Es ist alles in Ordnung«, sagte sie. Was sie gesehen – oder nicht gesehen – hatte, hatte sie beruhigt. Sie hielt nicht mehr nach irgendetwas Ausschau.

»Das wissen wir erst, wenn das Tier weg ist.«

Es war kalt, und der Wald kam mir erstickend eng vor; das dichte Unterholz und die verkrüppelten Kiefern schienen mich wie Gitterstangen und Ketten zu umgeben. Ich wäre am liebsten tiefer in den Wald hineingelaufen, Richtung Freiheit, aber ich musste zurück zu Becky. In diesem Augenblick kam es mir so vor, als könnte ich weder in die eine, noch in die andere Richtung laufen, ich fühlte mich gefangen. Ich wollte weder Harvards geometrischen Berechnungen noch Lilys belanglosem Geschwätz zuhören. Es interessierte mich nicht. Ich …

»Hey«, sagte ich, nahm ihre Hand und sah ihr in die Augen. »Was machst du hier bei mir? Was ist mit dem Implantat? Was mit den Schmerzen?«

Sie grinste. »Deshalb ist das ja so eine Zeitverschwendung.« Sie wollte aufstehen, aber ich hielt sie fest, und sie ließ sich wieder auf die Knie fallen.

»Was soll das?«

»Es tut weh, klar. Irgendwie so wie pulsierende Kopfschmerzen. Aber woher wollen wir wissen, dass meine Schmerzgrenze die gleiche wie die von Harvard ist? Selbst wenn da draußen irgendwas ist, können wir nicht sagen, in welcher Richtung. Und ich hab durchaus Ahnung von Geometrie – es könnte fünf Meter entfernt sein oder auch dreißig. Das ist sinnlos.« Sie sah sich nochmals nach Harvard um, dann fixierte sie erneut mich. Jetzt lächelte sie nicht mehr. »Du musst hier weg.«

»Ich hab's dir doch gesagt: Ich gehe nicht ohne Becky.«

»Verdammt, Benson«, sagte sie. »Ich bin erst seit ein paar Wochen hier, und es macht mich schon wahnsinnig. Ich hab das von Beckys Arm gehört – das dauert, bis das verheilt, und jeder Tag, den du wartest, ist eine weitere Gelegenheit für die, dich zu schnappen.«

Ich spähte zwischen den Büschen hindurch. Harvard war nicht weit entfernt, er sprach mit einer Wache. Er schien uns nicht zu beachten.

»Aber ich helfe euch«, sagte ich. »Das ist meine Abmachung mit Birdman. Deshalb sind wir jetzt hier draußen – um herauszufinden, wo diese Sender sind.«

»All das kommt von Harvard, nicht von Birdman.« Sie klang frustriert. »Birdman will gar nicht fliehen. Er wartet.«

»Worauf?«

Lily schüttelte den Kopf. »Hör zu, ich blicke hier zwar noch nicht völlig durch, aber ich weiß, dass es eins gibt, worüber niemand redet: Wenn du zu alt wirst, bringen sie dich weg. Diese ganze Anlage ist eine Trainingseinrichtung für Teenager-Roboter. Wenn du zwanzig oder einundzwanzig wirst, passt du hier nicht mehr rein.«

»Wohin kommt man dann?«

Lily zuckte die Achseln. »Das weiß niemand. Aber

Birdman nähert sich dem Höchstalter, und er hat Angst.«

»Dann sollte er versuchen, zu fliehen.«

Sie schüttelte den Kopf. »Er glaubt, sie bringen ihn wieder in die unterirdische Anlage. Deshalb hält er die Versammlungen ab und zeichnet die Karten. Er denkt, damit hat er die besten Chancen.«

Harvard kam auf uns zu.

Lily huschte zurück zu ihrem ursprünglichen Versteck am Waldrand und verschmolz mit den Schatten.

»Es ist weg«, sagte Harvard atemlos mit gedämpfter Stimme. »Ich weiß nicht, ob es ein echtes Reh war oder eine Kamera.«

Ich stand auf und bahnte mir einen Weg durchs Gestrüpp. »Ich gehe zurück.«

»Wir haben eine Abmachung«, sagte er.

Ich sah ihn nicht an – ich hielt Ausschau nach dem Reh. »Die Abmachung war, dass ich euch helfe, wenn ihr Becky helft. Was hat Becky davon, wenn sie uns finden, weil ich wegen irgendeiner aussichtslosen Suche hier draußen rumlaufe?«

»Früher oder später musst du danach suchen«, sagte er.

»Später.« Ich machte mich auf den Weg zurück übers Feld, und ihm blieb nichts anderes übrig, als mir zu folgen.

9

Am nächsten Morgen holte mich Jane ab. Die Sonne war schon aufgegangen – es war später, als ich gedacht hatte.

Ein dutzend Leute waren draußen, alle auf dem Weg zu der Stelle, wo sie die neuen Schlafsäle bauen sollten – auf Birdmans Befehl, erzählte mir Jane. Niemand schien zu protestieren, obwohl ich nicht der Einzige gewesen sein kann, der gerne weitergeschlafen hätte.

Jane bestand darauf, dass ich meine Kapuze aufsetzte, um mein Gesicht so gut wie möglich zu verbergen. Sie brachte mir sogar einen gestrickten Wollschal, den ich mir um Nase und Mund wickelte.

»Hast du heute Nacht irgendwas gefunden?«, fragte sie, während wir zur Baustelle gingen.

Ich schüttelte den Kopf.

»Das hab ich mir gedacht.«

»Es war zu dunkel«, sagte ich. »Und ich wüsste auch gar nicht, wie so ein Sender aussieht, selbst wenn ich einen sähe.«

»Wenn sie überhaupt da draußen sind.«

»Tja, irgendwas pfuscht in euren Hirnen herum.« Sofort waren mir meine Worte peinlich. »Ich meine …«

»Schon gut«, sagte Jane. »Du hast recht. *Irgendwo* gibt es einen Sender. Ich glaube bloß nicht, dass er im Wald ist.«

»Wo sollte er sonst sein?«

Wir traten zwischen die schattigen Bäume am Bach. »Ich habe nicht viel Ahnung von Wissenschaft, aber ich weiß, dass es bessere Möglichkeiten gibt, uns an einer Flucht zu hindern, als Sender um die Stadt herum aufzustellen.«

»Wie zum Beispiel?«

»GPS. Wenn sie sich schon die Mühe machen, uns Implantate ins Hirn einzupflanzen, meinst du nicht, dass sie dann auch dafür sorgen, dass sie uns überall orten können?« Sie trat auf einen der bereiften Steine und reichte mir die Hand. Einander Halt gebend hüpften wir von Stein zu Stein über den Bach.

»GPS klingt logisch«, meinte ich und trat mich innerlich in den Hintern, weil ich nicht zuerst darauf gekommen war. Es war so viel einfacher.

»Harvard sucht einfach nach etwas, womit er sich beschäftigen kann«, sagte sie. »Wir haben schon mal über GPS gesprochen, aber wenn es das ist, dann können wir nichts dagegen tun.« Ich hätte gern weiter ihre Hand gehalten. Ihre Haut war warm in der kalten

Morgenluft, und irgendwie fühlte es sich tröstlich an, als wäre ich dann nicht so allein.

Ehe ich darüber nachdenken konnte, was das zu bedeuten hatte, steckte Jane die Hände in die Taschen ihrer Baumwolljacke und warf mir rasch ein unsicheres Lächeln zu.

Jetzt konnte ich auch die anderen sehen, sie hatten sich auf dem Feld neben dem Kasino versammelt. Die Bauholzstapel lagen auf dem gefrorenen Boden verstreut, und mehrere Leute hoben bereits das Fundament für einen neuen Schlafsaal aus, mit alten Schaufeln mit gerader Vorderkante und schweren Spitzhacken.

»Keine Angst«, sagte eine Stimme hinter mir. »Wir haben Wachen draußen.«

Ich drehte mich um. Es war Mouse.

»Wie ich höre, hattet ihr gestern Abend Probleme am Waldrand?« Ich wusste nicht, ob sie wütend auf mich oder auf Harvard war, aber irgendetwas hatte sie auf die Palme gebracht.

»Bloß ein Reh«, sagte ich und wandte mich wieder den Bauarbeiten zu.

»Sollte Benson jetzt überhaupt hier draußen sein?«, fragte Jane.

»Wir haben zusätzliche Leute an der Grenze«, erwiderte Mouse. »Sie werden die Tiere fernhalten.«

Ehe Jane antworten konnte, war Mouse fort.

Ich fand es auch nicht logisch. Jede Hilfe, die ich beim Bau des Schlafsaals leisten konnte, wurde aufgehoben durch die Leute, die hier fehlten, weil sie zusätzlich den Waldrand bewachten.

Obwohl die Leute sorgfältig arbeiteten, kam der Bau schnell voran. Es waren Teenager, keine Bauarbeiter, doch sie schienen zu wissen, was sie taten.

»Was soll das Ganze eigentlich?«, fragte ich, während ich die Leute beim Graben beobachtete. »Warum lassen sie uns die Baracken bauen, wenn sie einfach Roboterarbeiter herschaffen könnten? Und wo wir schon dabei sind: Warum melkst du die Kühe, obwohl die Schule uns Essen schickt?«

»Damit wir beschäftigt sind.« Jane klang, als würde es ihr wirklich nichts ausmachen. »Hier ist es nicht annähernd so streng wie an der Schule – die Kühe und Hühner sind hier, weil die Maxfield es uns angeboten hat und wir angenommen haben. Wir können frisches Gemüse anbauen. Aber hauptsächlich ist das Feld für Spiele da – Fußball und Football und was nicht alles. Es ist kein schrecklicher Ort.«

»Sie halten euch bloß so weit bei Laune, dass ihr nicht wie Dylan endet.«

Jemand schrie etwas, und als ich hochblickte, sah ich Shelly auf der Straße taumeln. Ein Mädchen rannte zu ihr, fasste sie um die Taille und half ihr, sich hinzusetzen.

»Feedback«, sagte Jane und tippte sich an den Kopf. »Shelly hat immer noch ein aktives Double.«

»Und das sorgt dafür, dass sie nicht stehen kann?«

Shelly saß nun im Schneidersitz auf dem schmutzigen Boden, das Gesicht in den Händen vergraben. Sie schluchzte so laut, dass wir es zehn Meter weiter noch hören konnten.

»Wie gesagt«, antwortete Jane, atmete tief durch und wandte sich ab, »wenn das Double wirklich starke Gefühle hat, dann nimmt man sonst nichts mehr wahr. Es übernimmt einen vollständig.«

»Sie weint«, stellte ich fest und kam mir dumm vor.

»Ihr Double ist seit zwei Tagen in der unterirdischen Anlage«, sagte Jane leise. Ihr Ton klang düster. »Wahrscheinlich glaubt sie, sie wird sterben.«

Ich setzte mich auf den Rand der frisch ausgehobenen Grube, neben einen gewaltigen Kieshaufen, und beobachtete Joel und Walnut, die in einer alten Schubkarre Beton anmischten. Die kalte Erde unter mir fühlte sich gut an – meine Muskeln waren müde und wund, und ich schwitzte trotz der kalten Winterluft. Ich hätte gern den Schal abgenommen, aber ich wagte es nicht.

Vielleicht wollte Birdman mich ja nur deshalb hier haben, weil er das Fundament nicht selbst ausheben wollte.

»Hast du ’ne Minute?« Ohne eine Antwort abzuwarten, setzte Shelly sich neben mich.

»Klar. Geht’s dir wieder besser?« Trotz des Zwischenfalls eben wirkte sie völlig normal.

»Mir geht’s gut«, sagte sie. »Komplett dran gewöhnt.«

»Da hast du mir was voraus.« Shelly hatte einen Südstaatenakzent, den ihr Double nicht gehabt hatte, soweit ich mich erinnerte. Andererseits hatte ich ihr Double nicht besonders gut gekannt.

»Du hättest den Laden hier früher sehen sollen.« Sie lehnte sich zurück, stützte die Hände auf und wandte das Gesicht dem Himmel zu, als wollte sie sich sonnen. »Du hast ja gesehen, was gerade mit mir passiert ist – nun stell dir vor, das passiert allen hier, fünf bis zehn Mal am Tag.«

»Klingt gefährlich. Was, wenn man gerade einen Bach überquert oder so was?«

»Wir haben das Buddy-System, das heißt, wir sind immer zu zweit. Du weißt doch, dass Birdman dich in den Arm schneidet, wenn du allein gewesen bist? Das ist seine paranoide Version einer Regel, die ich bei den Greens eingeführt habe. Er benutzt das Buddy-System, damit keine Doubles die Stadt infiltrieren können, aber ich hab es eigentlich eingeführt, damit niemand die Treppe hinunterfällt oder im Bach ertrinkt, weil er gerade Feedback hat.«

Mouse beobachtete mich vom anderen Ende des Felds her, ihr Gesicht war immer noch ein einziger Bluterguss. Unwillkürlich fiel mir auf, dass wesentlich mehr Jugendliche aus den Baracken als aus dem Fort an der neuen Baracke arbeiteten.

Ich wandte mich wieder Shelly zu. Ich wollte Antworten. »Jemand hat mir erzählt, ihr Greens wärt Feiglinge.«

Shellys Miene veränderte sich kaum. Sie nahm eine Handvoll Kies und warf die Steinchen eins nach dem anderen ins trockene Gras.

»Wir sind nicht wie Birdman«, sagte sie ruhig und ungerührt. »Oder wie Mouse oder Harvard oder Jane.« Bei Janes Namen sah Shelly mich kurz an, dann warf sie weiter Steinchen.

Ich verschränkte die Arme. Eben war mir noch zu warm gewesen, jetzt war ich schon wieder völlig durchgefroren. »Ich hab gesehen, was sie mit den Karten und Listen machen«, sagte ich. »Wenigstens versuchen sie zu fliehen. Was macht ihr?«

»Wir sind keine Feiglinge«, sagte sie mit einem kalten Lächeln. »Wer ist hier paranoider? Die Leute, die sich in einem Fort verstecken und Arme aufschlitzen, oder die Leute, die vor aller Augen leben?«

»Wenn ihr nicht paranoid seid, seid ihr bescheuert.« Ich stand auf und hielt ihr die Hand hin. Walnut schob gerade die schwere Schubkarre auf uns zu.

»Wovor muss ich denn Angst haben? Ich verstoße nicht gegen die Regeln, und ich kenne niemanden, der gegen die Regeln verstößt.« Sie nahm meine Hand. »Außer die Leute, die dich verstecken.« Shelly klopfte sich die Erde von ihrer Jeans. Walnut kippte die Schubkarre, und Joel kratzte den Beton in die Grube.

»Okay, und was ist dann eure Strategie?«, fragte ich, während die beiden Jungen die Schubkarre zurückbrachten, um eine weitere Ladung Beton anzumischen. »Wartet ihr einfach, bis jemand anderes eure Probleme löst? Birdman hat recht – ihr *seid* Feiglinge.«

Ich reizte sie, wollte sie wütend machen. Wenn an dem, was Lily gesagt hatte, etwas Wahres dran war, dann wollte ich nicht meine Zeit mit Harvards verrückten Mitternachtsjagden und Birdmans sinnlosen Versammlungen vergeuden. Ich wollte von hier weg.

Sie zögerte, dann sah sie mir direkt in die Augen. »Das Wichtigste zuerst: *Wir* sind gar nichts, weil es nämlich kein ›wir‹ gibt. Du bist nicht mehr an der Schule. Hier gibt es keine Banden.«

»Aber …«

»Nein, hör zu. Ich will fliehen. Tapti will fliehen. Ein paar andere auch.« Shelly deutete auf verschiedene Leute auf dem Feld. »Aber Taylor ist im Augenblick selbstmordgefährdet. Hog will es aussitzen. Brendan meint, wir sollten verhandeln. Und Eliana, na ja …«

»Was?«

»Sie ist ein Mensch, aber sie hält sich für einen Roboter. Sie haben so viel in ihrem Kopf rumgemurkst, dass sie nicht einmal mehr weiß, wer sie ist. Wenn du also meinst, du kannst hier auftauchen und mir ohne uns überhaupt zu kennen sagen, wir seien alle Feiglinge, nur zu. Herzlichen Glückwunsch! Geh und spiel mit Birdman oder flirte mit Jane, aber komm mir nicht in die Quere.«

Sie warf mir einen letzten Blick zu und ging davon.

Ich hatte kein Recht, irgendjemanden auszufragen. Alte Gewohnheiten legt man nicht so leicht ab.

Weiter weg schrie jemand, dann noch jemand.

Die Glocke im Fort wurde geläutet. Ich sah mich nach Jane um und bekam gerade noch mit, wie sie zu Boden sackte. Alle um mich herum erschlafften und stürzten auf die gefrorene Erde, ohne sich abstützen zu können.

Ich zuckte zusammen und rannte instinktiv los Richtung Fort. Aber es war zu weit entfernt. Ich hörte bereits das laute Brummen der Quadmotoren – es klang, als wären sie überall um mich herum. Eins kam aus dem Wald gerast, es folgte keinem Pfad, sondern brach einfach durchs Gebüsch aufs offene Feld. Ich ließ mich zu Boden fallen und drückte das Gesicht an die kalte, glatte Erde. Aus der Ferne mochte ich so aussehen wie alle anderen, aber ich konnte hier nicht bleiben. Sie suchten nach mir.

Ich stützte die Unterarme auf, hielt den Kopf dicht über dem Boden und robbte zwischen zwei Paletten Bauholz. In dem engen Zwischenraum konnte ich allerdings nicht mehr einschätzen, wie weit die Quads weg waren – der Motorenlärm war nun überall, ganz nah und zugleich weiter weg.

Es war keine Dauerlösung, aber im Augenblick hatte ich keine bessere Idee. Ich befand mich auf offenem Gelände, fast fünfzig Meter vom nächsten Gebäude entfernt. Ganz zu schweigen davon, dass ich nicht wusste, in welche Richtung ich rennen sollte – ich hatte ja keine Ahnung, wo sie waren. Ich konnte nichts sehen.

Ich atmete tief durch und riskierte einen Blick um den Rand des Bauholzes herum. Eins der Quads raste auf der unbefestigten Straße Richtung Scheune. Es fuhr an mir vorbei, ohne abzubremsen. Der Fahrer war Iceman.

Ohne lange nachzudenken, schoss ich aus meinem Versteck, sprang hinab in die frisch ausgehobene Grube und landete auf dem Beton. Er war immer noch nass, aber bereits so fest geworden, dass ich nicht einsank. Nun lag ich etwa dreißig Zentimeter unter dem Rand. Ich drehte mich auf den Rücken und schaufelte mit einer Hand Kies auf mich, in der Hoffnung, damit eine Lawine auszulösen, die mich verbarg, doch stattdessen verursachte ich nur viel zu viel Lärm.

Ich spähte über den Rand. Alle Motoren, wo sie auch sein mochten, klangen jetzt so, als liefen sie im Leerlauf. Sehen konnte ich keines der Quads.

Ich griff nach dem nächsten reglosen Körper. Er gehörte Walnut. »Falls du mich hören kannst: Tut mir leid. Mir macht das auch keinen Spaß.« Ich packte seinen Jackenkragen und zerrte ihn daran in die Grube. Er war größer als ich und hatte die Jacke nicht zugeknöpft, und als sein Körper auf meinen fiel, schien er mich ziemlich gut zu verdecken. Es war riskant – womöglich ragten meine Beine hervor –, aber mehr konnte ich im Moment nicht tun.

Ich hörte Stimmen. Iceman, der entweder Selbstgespräche führte oder mit einer anderen Kopie von sich sprach.

Das war doch alles idiotisch. Was tat ich überhaupt hier draußen? Wäre Iceman bloß mit einem Fernglas ausgestattet am Waldrand gestanden, anstatt eine Razzia zu veranstalten, hätte er mich ganz leicht entdecken können. Diesen Fehler würde ich nicht noch einmal machen. Ich würde Becky und mich aus diesem Dorf wegbringen. Und wenn Birdman und Shelly mir keine Hilfe waren, würde ich mir allein etwas ausdenken.

Erst eine knappe halbe Stunde später kamen die anderen wieder zu Bewusstsein. Diesmal gab es keine Ansprache, keine Aufforderungen, uns auszuliefern. Stattdessen suchten sie einfach. Ich hörte, wie Türen geöffnet wurden und es im Gestrüpp raschelte. Ich hörte Schritte ganz in der Nähe, jemand lief über die gesamte Baustelle, jedoch ohne anzuhalten oder jemanden zu sich zu rufen. Schließlich heulten die Motoren wieder auf, und die Quads verschwanden im Wald.

Walnut regte sich, rappelte sich hoch und beschimpfte mich.

»Tut mir leid.« Ich zuckte die Achseln und kletterte aus der Baugrube.

»Was, wenn sie dich gefunden und gedacht hätten, ich wollte dich verstecken? Hast du daran mal gedacht?«

Ich machte mir nicht die Mühe, ihm zu antworten,

sondern rannte los zum Fort, ehe er ausgeredet hatte. Auf den nassen Steinen im Bach glitt ich aus und landete mit einem Fuß knöcheltief im eisigen Wasser, dann raste ich das andere Ufer hinauf.

Ich rannte die hundert Meter bis zum Fort, mein durchweichter Schuh war schwer und kalt, mein Sweatshirt mit nassem Beton verklebt. Dann hämmerte ich an die alte Holztür. Als nicht sofort jemand kam, hämmerte ich erneut dagegen und brüllte, man solle mir öffnen.

Nach ein paar Sekunden, die mir wie eine Ewigkeit erschienen, hörte ich, wie die Tür entriegelt wurde, und ein Typ herausschaute. Da ich allein war, hielt er sein Teppichmesser griffbereit, um meinen Arm zu überprüfen.

Er wollte wissen, warum ich es so eilig hätte, aber ich packte ihn an der Jacke und schubste ihn einfach aus dem Weg, so dass er zu Boden stürzte und ihm das Teppichmesser aus der Hand fiel. Er brüllte mir etwas hinterher, doch ich achtete nicht darauf, sondern rannte zum Keller.

Lily saß auf Carries Bett. An der Wange hatte sie eine Prellung, die langsam anschwoll. Sie warf einen Blick auf meine Kleidung und grinste.

Ich seufzte erleichtert. »Alles in Ordnung?«

Lily nickte und schob mir den Stuhl zu, so dass ich

in den Keller klettern konnte. Doch ehe ich dazu kam, flog die Tür auf. Die Wache war da, und dahinter kam ein größerer Typ. Sie hielten beide Teppichmesser bereit, und der kleinere sah ziemlich angepisst aus.

Lily grinste mich an. »Hast du dich nicht schneiden lassen?«

»Du bist neu hier«, sagte der vom Wachdienst, jetzt, da er Rückendeckung hatte, zehnmal so arrogant. »Also hast du noch Schonzeit.« Er packte mich und zog die Klinge grob über meinen Arm. Blut quoll aus meiner Haut und tropfte auf den Boden.

Er spreizte die Haut und prüfte den Knochen darunter, dann warf er mir einen Verband zu. »Mach das noch mal, und ich bring dich um.«

»Oh, klar.« Ich verdrehte die Augen und stieg wieder auf den Stuhl. »Sah ja eben, als du noch im Schmutz gelegen hast, ganz so aus, als hättest du dich wirklich zurückhalten müssen.«

Er trat einen Schritt auf mich zu, und Lily lachte. »Jungs, Jungs. Wir sind hier alle Freunde.«

»Sag das mal ihm«, erwiderte der große Typ und schlurfte zur Tür.

Ich ignorierte sie alle und zog mich hinauf in den Keller. Die beiden Lüftungsschlitze waren geschlossen. Eine Laterne brannte und verströmte ein warmes gelbes Licht. Becky schlief noch, aber irgendwie sah sie jetzt friedvoller aus. Ich kniete mich neben sie und berührte ihr Gesicht – es war feucht, aber kühl. Das Fieber war fort.

»Wie geht's ihr?«

»Das ist Becky«, sagte Lily, die durch die Öffnung hereinspähte, »was bedeutet, dass sie morgen um die gleiche Zeit schon wieder lächelt wie eine Idiotin.«

Bei ihrem Witz versteifte ich mich unwillkürlich, doch ich versuchte, meinen Ärger beiseitezuschieben. »Du warst hier, als Iceman zum Suchen kam?«

»Ich bin rausgesprungen, als ich die Glocke hörte«, sagte sie und berührte ihre Prellung. »Bin unglücklich gelandet.«

»Aber es geht ihr gut?«

»Guck selbst nach«, erwiderte Lily. »Es liegt nicht im Hauptinteresse der Schule, die Leute sterben zu lassen. Sie geben uns gute Medikamente.« Ich drehte den Docht hoch, und es wurde heller.

Langsam und vorsichtig schälte ich den Mull ab, der Beckys nackten Arm bedeckte.

Darunter lag das dünne Silberpflaster, das Jane über Beckys klaffende, ausgefranste Wunde gelegt hatte.

Was ich darunter sah, war nicht wiederzuerkennen.

Der Wirrwarr aus zerrissener, entzündeter Muskelmasse hatte sich zu einem anscheinend beinahe gesunden Bizeps zusammengefügt. Ich hielt die Laterne näher an ihren Arm und suchte nach Stichen – nach irgendetwas, das dies hätte erklären können –, aber da war nichts. Ihr gesamter Oberarm war mit etwas Durchsichtigem, Dickem überzogen, und …

Nein. Das konnte nicht sein.

Ich starrte die Wunde an – die Wunde, die entzündet und eitrig gewesen war – und sah neue Haut wachsen. Wie zarte Spinnweben bildete sie sich über dem freiliegenden Muskel.

10

»Es ist ein Fort?«, fragte Becky und spähte durch den Lüftungsschlitz auf den Innenhof. Die Sonne ging gerade erst auf, aber sie war bereits seit Stunden wach.

»Genau. Das war die erste Maxfield.« Ich war erschöpft, aber zugleich zu froh, um zu schlafen. Becky war beinahe wieder ganz die Alte. Es war ein Wunder.

»Das ergibt überhaupt keinen Sinn«, sagte sie, kam zurück zu mir und kuschelte sich an mich, so dass ihr unversehrter Arm an meinem lag. »Dann entführen sie jetzt wie lange Leute? Seit hundertfünfzig Jahren?«

»Schätzungsweise«, sagte ich.

»Tja, damals können sie ja wohl keine Roboter gebaut haben«, sagte sie, ein Lächeln in der Stimme. »Oder hätten sie die mit Dampfkraft betrieben?«

Unsere Lage war absurd, doch Becky schien überhaupt nicht besorgt – bloß glücklich und neugierig. Ich war mir sicher, die Sorgen würden früh genug einsetzen. Im Augenblick schien sie einfach nur froh zu sein, dass sie bei Bewusstsein war.

»Das Rohr«, sagte sie aufgeregt. »Steffen Metalworks, 1893. Weißt du noch?«

Ich nickte. Eine Inschrift auf einem alten Rohr, das aus dem Fundament der Schule herausragte. Sie hatte es mir am Abend, bevor wir geflohen waren, gezeigt.

»Also«, fuhr sie fort, »hier hat die Maxfield angefangen, und um die Jahrhundertwende herum haben sie dann die Schule aufgebaut. Eine Änderung im Experiment?«

»Da ist Platz für viel mehr Leute«, sagte ich. »Und damit bleibt dieses Dorf für Menschen, die Doubles haben.«

»Damals gab es hier draußen nichts Vergleichbares.« Becky war nicht weit von der Maxfield Academy aufgewachsen – auf einer Ranch in Arizona. Sie wusste viel mehr über die Geschichte des Südwestens als ich.

Ich nahm ihre Hand, und sie verschränkte ihre Finger mit meinen. »Was gab es denn dann dort?«

»Wir haben die Geschichte Arizonas durchgenommen, nicht die von New Mexico«, sagte sie. »Aber es wird spanische Siedlungen gegeben haben, Pueblo-Stämme. Navajos und Apachen. Es gab keine riesigen Privatschulen, die nach Eliteschule aussehen und von Mauern umgeben sind – na ja, es hätte keine geben dürfen.«

»Was, glaubst du, bedeutet das?«

Becky zuckte unbedacht die Achseln und fuhr vor Schmerzen zusammen. »Ich wünschte, ich wüsste es.«

Es tat gut, sie wieder um mich zu haben. Sie war noch längst nicht ganz gesund, aber mit ihr zu reden – ihre irrationale Fröhlichkeit mitzuerleben – gab mir Hoffnung und machte mich so froh, wie ich seit ihrer Verletzung nicht mehr gewesen war.

»Woran erinnerst du dich?«, fragte ich. »Von den letzten Tagen.«

»Nicht an viel. Viele Albträume.« Sie sah mich an. »Wenn ich krank bin, habe ich Mathe-Träume.«

»Was ist das denn?«

»Dann rechne ich im Traum«, erklärte Becky und lachte kurz auf. »Ich weiß immer sofort, dass ich Fieber habe, weil ich dann in meinen Träumen versuche, irgendein Matheproblem zu lösen – und es klappt nie. Es ist immer dasselbe Ding, immer wieder, und ich probiere verschiedene Lösungen aus, aber nichts funktioniert.«

»Das klingt fürchterlich.«

»Ist es auch«, sagte sie und drückte meine Hand. »Du hattest es leicht hier draußen in der wirklichen Welt.«

Einige Minuten saßen wir schweigend da. Ich hatte

ihr bereits erzählt, was geschehen war, seit wir hier waren.

Ihre Stimme war leiser, als sie schließlich fragte: »Du hast hier alle kennengelernt?«

Ich nickte. »Glaub schon. Es sei denn, sie verstecken noch jemanden.«

Becky legte den Kopf an meine Schulter. »Also weißt du, wer an der Schule alles ein Roboter war?«

»Ja.«

Sie schwieg und wartete. Ich konnte nur vermuten, wie sehr es sie verletzen würde. Sie war viel länger an der Schule gewesen als ich, und ihr waren die übrigen Schüler viel wichtiger gewesen als mir. Ich hatte mich vor allem um mich selbst gekümmert, seit ich an die Maxfield gekommen war, aber Becky hatte sich auch um alle anderen gesorgt. Sie hatte die Variants mitgegründet, und dann war sie zur Society gegangen, weil sie es nicht ertragen konnte, die Leute sterben zu sehen.

Ich schluckte. »Es gab zweiundzwanzig.«

Sie öffnete den Mund, um etwas darauf zu sagen, tat es aber nicht.

»Nach meiner Zählung waren wir an der Schule achtundsechzig, als wir zu fliehen versuchten. *Zweiundzwanzig* davon waren Roboter.«

Becky gab keinen Ton von sich. Eine ganze Weile

hörte ich sie nicht einmal atmen. Als sie schließlich sprach, war ihre Stimme ein kaum hörbares Flüstern. »Wer?«

Ich zählte die Namen auf. Ich hatte eine Liste angefertigt und war sie ein dutzend Mal durchgegangen. Ich kannte sie alle. Jane, Mouse, Carrie, Mason und immer so weiter.

Als ich zum Ende kam, weinte sie still.

»Es kommt noch schlimmer«, sagte ich. »Sechzehn Leute sind gestorben, als wir über die Mauer gegangen sind – Menschen. Und es gibt Grund zu der Annahme, dass mindestens ein paar weitere hinterher noch gestorben sind. Das werden wir noch rausfinden.«

Ich spürte, wie sie sich versteifte, als sie versuchte, ihr Schluchzen zu unterdrücken.

»Ein paar gute Nachrichten gibt es aber auch«, sagte ich, obwohl ich wusste, dass es nicht viel war. »Lily ist hier. Und Jelly und Walnut. Und Laura. Jeder, der zum Arrest geschickt wurde. Sie sind nicht gestorben.«

»Sie sind hierher gekommen?«

»Die Schule recycelt.«

Becky lächelte und wischte sich über die Augen. »Und was kann man hier unternehmen, wenn man Spaß haben will?«

»Viel rumsitzen und reden«, sagte ich. »Wir bauen eine neue Baracke. Ich habe ein paar Leute mit einer Frisbeescheibe gesehen. Jane melkt Kühe.«

Sie sah zu mir hoch. »Ich nehme an, du bist in Schwierigkeiten geraten.«

»Immer.«

11

Es schneite nicht, doch die Wolken waren dunkel und hingen tief. Der Schnee würde nicht lange auf sich warten lassen.

Am zweiten Tag waren die Bauarbeiten nicht gut vorangekommen. Der Beton wurde bei diesem Wetter nicht fest, und keiner von uns wusste so recht, was dagegen zu tun war. Shelly hatte gesagt, sie würden einfach trotzdem weitermachen.

Ich half eine Weile, aber es gab nicht viel zu tun. Einige Materialien fehlten – die schweren Schrauben, die wir für die Befestigung der Balken an den Stützpfeilern benötigten, waren offenbar nicht mit dem übrigen Baumaterial gekommen, und es war weniger Bauholz da als erwartet. Im Kasino gab es einen Aufzug – wie die Lieferaufzüge in der Schule –, und Shelly hatte eine schriftliche Nachricht hineingelegt, in der sie die fehlenden Materialien anforderte.

Ich verbrachte den Großteil des Tages im Fort, und am Abend fühlte Becky sich endlich so gut, dass sie den Keller verließ. Die schwere Holztür des Forts war geschlossen und verriegelt, und auf dem Dach standen

Wachen – Mason und drei andere. Einstweilen waren wir sicher.

Ich saß auf dem Bohlenweg und blickte auf die andere Seite des Innenhofs, wo Becky mit Carrie zusammensaß. Sie unterhielten sich und lachten leise. »Ihr habt Glück gehabt«, sagte Harvard.

Ich nickte, ohne den Blick von Becky abzuwenden. Ihr Arm steckte in einer Schlinge, aber die war jetzt nicht zu sehen, sondern unter dem schweren Parka von jemandem verborgen, der dreißig Zentimeter größer und siebzig Kilo schwerer war als sie.

»Falls man da von Glück reden kann«, sagte Birdman und beugte sich vor, um sich die Hände an dem Lagerfeuer zu wärmen, das wir auf dem Hof angezündet hatten. »Es geht ihr also besser. Na toll.«

»Sie wäre beinahe gestorben«, warf Jane ein.

Birdman zuckte die Achseln und schob die gewärmten Hände in die Taschen. »Toll. Dann können die sie ja jetzt schnappen und ihr ein Implantat in den Kopf stecken. Oder sie kann bei einem Fluchtversuch sterben.«

Ich konnte nicht behaupten, dass diese Gedanken mir nicht auch durch den Kopf gegangen waren, aber es schmerzte trotzdem, sie laut ausgesprochen zu hören.

»Oder sie entkommen.« Jane klang nicht sehr überzeugt.

»Das werden wir«, sagte ich. »Deshalb sind wir hier.«

Becky sah herüber und lächelte.

Ohne den Kopf zu drehen, sagte ich: »Ich hab eine Frage.« Becky ging es immer besser, und ein Fluchtversuch schien immer gewisser. Es wurde Zeit herauszufinden, ob Lily recht gehabt hatte.

»Es tauchen immer neue Leute an der Schule auf, richtig? Und hier trudeln auch immer mehr Leute ein. Und das geht schon lange so. Warum gibt es hier dann keine Erwachsenen?«

Aufgeregt wandte Harvard sich mir zu. »Da habe ich eine Theorie. Jemand versucht, hyperrealistische Roboter zu bauen, richtig? Tja, wir haben über Tausende von Gründen spekuliert, weshalb sie das tun, aber keiner kann sich erklären, warum sie bloß hyperrealistische Androiden von *Teenagern* wollen. Ich meine, fällt dir was ein?«

Dieser Gedanke war mir nie in den Sinn gekommen.

»Vielleicht wollen sie … keine Ahnung«, stammelte ich. Mir wollte da kein Grund einfallen. »Sie schaffen eine Armee von Roboterteenagern und lassen sie auf die Bevölkerung los, weil bei Jugendlichen niemand mit etwas Schlimmem rechnen würde?«

Birdman lachte über meine Idee.

»Das ist aber auch Teil meiner Theorie«, sagte Harvard. »Wir wissen, dass sie Androiden von Teenagern bauen, und wir wissen, dass das keinen Sinn ergibt. Deshalb dürfen wir wohl davon ausgehen, dass das hier nicht die einzige Trainingseinrichtung ist.«

»Wie meinst du das?«

Harvard wollte antworten, doch Birdman kam ihm zuvor. »Das heißt, wir sind am Arsch.«

»Das hängt davon ab, wie du es betrachtest«, sagte Jane und starrte ins Feuer.

Harvard nickte. »Wenn man zu alt wird, wird man weggebracht. Das ist ein dutzend Mal passiert, seit ich hier bin.«

»Echt?«, fragte ich. »Das ist sonderbar. Vielleicht holen sie die Leute nur ab, um sie zu töten.«

Spöttisch erwiderte Harvard: »Du hast immer noch die fixe Idee, dass das hier so eine Art böser Folterkammer ist. Nein, ich glaube, sie müssen einen bestimmten Grund dafür haben. Wir haben sie hier eine Menge Leute töten sehen – du selbst hast gesehen, wie sie Dylan getötet haben –, wenn sie also bloß Erwachsene töten würden, warum sollten sie das nicht einfach hier tun? Nein, sie bringen die Erwachsenen weg. In eine andere Trainingseinrichtung, denke ich. Für Erwachsene.«

»Dann hört das also nie auf.«

»Das ist gut und schlecht«, sagte Jane. Sie schnippte einen Holzspan ins Feuer und sah zu, wie er verbrannte. »Wir kommen hier nicht weg. Aber wir sterben auch nicht.«

Birdman stand auf und stellte sich mit dem Rücken ans Feuer, um sich aufzuwärmen. »Und was ist so schlimm an diesem Ort?«

Ich schüttelte den Kopf. »Diesen Scheiß habe ich schon mal gehört.«

Birdmans Antwort kam wie aus der Pistole geschossen, als hätte er mit meinem Kommentar gerechnet. »Es wird Zeit, dass du mal zuhörst. Du wirst hier keine Rebellion anzetteln.«

»Ich dachte, ich sei nur deshalb hier, um euch zur Flucht zu verhelfen.«

Birdman sah zu Harvard, der in seinem gewohnt begeisterten Ton antwortete: »Es gibt eine Menge, was du für uns tun sollst – zum Beispiel nach den Sendern suchen –, aber vor allem wollen wir, dass *du* entkommst. Es ist nicht so, dass wir hier nicht wegwollten. Wir wollen bloß nicht den Kopf in die Guillotine stecken.«

»Also haltet ihr meinen hin.«

Es war Birdman, der antwortete: »*Wir* sind schon ein Risiko eingegangen, indem wir euch hier verstecken.« Er deutete auf Becky. »Und es sieht so aus, als hätten wir unseren Teil der Abmachung eingehalten. Jetzt wollen wir, dass *ihr* flieht, damit ihr uns hier rausholen könnt.«

»Es wird noch eine Weile dauern, bis sie wandern kann«, sagte ich.

»Ihr müsst noch nicht gehen«, sagte Jane rasch. Ich sah sie an, aber sie wich meinem Blick aus.

Schon auf der Maxfield hatte ich geglaubt, sie hätte aufgegeben, sie hätte zu große Angst. Wie mir nun klarwurde, hatte das daran gelegen, dass die echte Jane, die Jane hier im Fort, die dem Androiden ihre Gefühle eingegeben hatte, aufgegeben hatte. Sie stellte sich lieber als Erwachsene dem Unbekannten in einem anderen Gefängnis, als ihr Leben bei einem Fluchtversuch aufs Spiel zu setzen.

Lily hatte recht. Niemand versuchte, zu fliehen. Jane hatte aufgegeben; Harvard war verrückt; Birdman arbeitete nur auf den Moment hin, wenn er zu alt für dieses Lager sein und man ihn fortbringen würde.

Ich hatte meine Zeit vergeudet.

Eine ganze Weile saßen wir beklommen schweigend da und beobachteten die flackernden und prasselnden Flammen, von denen eine Funkenspur zum dunkler werdenden Himmel aufstieg. Soweit ich mich erinnerte, hatte ich noch nie zuvor an einem Lagerfeuer gesessen. Damals in Pittsburgh hatten wir manchmal im Winter Feuer in Mülltonnen aus Metall angezündet, aber noch nie hatte ich etwas getan, dass dem Campen so nahe kam.

»Willst du wissen, wie es funktioniert?«, brach Harvard das Schweigen und wechselte zugleich das Thema.

»Wie was funktioniert?« Ich warf einen Blick zu Birdman, und der verdrehte die Augen.

»Wie Maxfield funktioniert«, sagte Harvard.

Das überraschte mich. »Du weißt es?«

Birdman antwortete in gereiztem, müdem Ton: »Er vermutet es.«

»Ich stelle Hypothesen auf«, berichtigte Harvard. »Also, hier kommt die Vierundsechzigtausend-Dollar-Frage.«

Jane lachte verhalten, doch im Gegensatz zu Birdman war sie nicht verärgert. Sie klang beinahe erleichtert. »An eins musst du dich gewöhnen: Jede Unterhaltung mit Harvard endet mit dieser Frage.«

»Weil es das Wichtigste ist, was wir herausfinden müssen«, entgegnete er.

»Warum wir hier sind?«, riet ich.

»Nein, nein, nein! Wir wissen, warum wir hier sind. Wir sind hier, damit sie die Androiden testen können. Wir sind hier wegen der Neuralverbindung, und ihr Leute an der Schule seid die Requisiten.«

»Requisiten?«

»Klar.« Harvard schien nicht zu merken, wie gefühllos diese Bemerkung war. »Die Maxfield braucht etwas, womit ihre Roboter interagieren können. Eins der Hauptziele ist meiner Meinung nach, die Menschen an der Schule zu täuschen.«

Birdman zwinkerte mir zu und bemerkte mitleidlos: »Da könnt ihr zwei mitreden, du und Jane, oder?«

Jane warf ihm einen wütenden Blick zu, dann stand sie auf und ging weg.

»Nein, die Frage ist nicht, warum wir hier sind«, sagte Harvard. »Die ist beantwortet. Die Frage ist: Wer ist Maxfield?«

Ich zuckte die Achseln.

»Tja«, fuhr er fort, »was wissen wir darüber? Drei wichtige Punkte. Erstens: Sie haben hier mit diesem Fort angefangen, und wir wissen, dass das Fort alt ist – mindestens hundertfünfzig Jahre alt.«

»Das nimmst du an«, sagte Birdman.

»Das sind alles Annahmen«, erwiderte Harvard ungerührt. »Wir wissen, dass sie irgendwann vom Fort aus expandiert haben. Benson, du hast mir von dem Rohr erzählt, dass Becky entdeckt hatte – diese Schule ist alt. Maxfield ist schon lange hier.«

Er stand auf und gestikulierte beim Reden. »Zweitens: Das technologische Niveau ist aberwitzig. Denkt nur an all die irren Sachen, die sie erfinden mussten. Sie mussten einen Roboter bauen, der strukturell ein perfektes Gegenstück zu einem Menschen ist. Dann mussten sie das Problem der künstlichen Intelligenz lösen – nicht nur, damit der Roboter sich wie ein Mensch verhält, sondern damit er auch denkt, er sei ein Mensch, er sei echt.«

Ich nickte. »Und sie mussten sie echt aussehen lassen.«

»Ja!«, sagte er und deutete auf mich. »Und es ist mehr als nur echt aussehen – die Doubles haben echte Haut. Sie bluten. Sie essen und schlafen und atmen und denken. Sie sind mehr als bloß Roboter, die wie Menschen aussehen – sie sind wie künstliche Menschen. Wie funktioniert das?«

Birdman tippte sich an die Stirn. »Und da ist das Implantat.«

Harvard wirbelte zu ihm herum. »Das Implantat ist der Wahnsinn. Und was ist mit einer Energiequelle? Was hält die Doubles jahrelang am Laufen? Sie stöpseln sich ja nachts nicht irgendwo ein.«

»Ich hab's kapiert«, sagte ich. »Sie sind Hightech.«

»Sie sind mehr als Hightech«, rief Harvard. »Sie sind *unfassbare* Hightech.«

Birdman schüttelte den Kopf und seufzte. »Ab hier ist alles mit Vorbehalt zu genießen.«

Harvard war empört. »Was?«

»Du bist schlau«, sagte Birdman lachend. »Aber was war das letzte Schuljahr, das du beendet hast? Das achte?«

»Das neunte«, berichtigte ihn Harvard. »Aber das ist unwichtig. Du musst nicht aufs College gehen, um zu wissen, dass ein Jet technologisch weiter entwickelt ist als ein Doppeldecker.«

»Was ist der dritte Punkt?«, fragte ich. »Sie sind schon lange hier, sie sind Hightech, und was ist Nummer drei?«

»Geld«, sagte Birdman und stand auf. Er trat gegen eines der Holzscheite, so dass es weiter ins Feuer hineinrollte. »Sie haben dieses Fort gebaut, und die Schule, und ihnen gehört das ganze Land hier, und sie ernähren uns alle und bezahlen für was auch immer die Androiden am Laufen hält. Sie haben eine Menge Geld.«

»Und was sagt uns das?«, fragte Harvard. Ihm war anzumerken, dass es ihm lieber wäre, wenn ich ihn um Aufklärung bäte, aber ich wollte selbst eine Vermutung anstellen.

»Die Technologie spielt keine Rolle«, sagte ich, »wegen des Geldes. Jeder, der so viel Geld hat, könnte über die Technologie verfügen.«

Harvard runzelte die Stirn. »Nein, die Technologie

ist trotzdem wichtig, weil sie so unglaublich weit entwickelt ist.«

Birdman lächelte. »Wenn du den Jet nie gesehen hättest, würdest du auch nicht an ihn glauben. Nur weil du es nicht verstehst, heißt das noch lange nicht, dass es unmöglich ist.«

»Das Wichtigste ist die Zeit«, sagte ich. »Denn wer auch immer hinter all dem steckt, ist keine Einzelperson. Es ist eine Gruppe. Jeder, der am Anfang hier dabei war, wäre jetzt schon lange tot.«

Harvard sah aus, als wollte er lieber weiter über die Technologie reden, doch dann nickte er widerstrebend. »Richtig. Wir reden hier nicht über den verrückten Wissenschaftler oder den ausgeflippten reichen Knacker. Wir reden über eine Organisation.«

»Die Regierung«, sagte Birdman. »So muss es sein.«

»Das ist meine Vermutung«, sagte Harvard. »Das hier ist Area 51 hundert Jahre vor Area 51. Staatliche Tests.«

Erneut trat Birdman nach dem Feuer, wütender diesmal. »Offensichtlicher geht es doch nicht. Das ist hier ein Fort. U.S.-Militär. Und wer sonst wäre in der Lage, ein so riesiges Gebiet geheim zu halten? Warum kommt die Forstverwaltung hier nicht wenigstens hin und wieder mal vorbei?«

Er hatte recht. Offensichtlicher ging es kaum. Ich

war kein Historiker, aber ich konnte mir nicht vorstellen, welche Gruppierung sonst noch infrage käme. Andere Möglichkeiten gingen mir durch den Kopf – die Freimaurer oder die Illuminaten oder ein Dutzend weiterer Geheimbünde –, aber das gab es nur in Filmen. Androiden andererseits auch.

»Es ergibt trotzdem keinen Sinn«, sagte ich.

Birdman wandte sich zum Gehen. »Scheiß auf den Sinn. Los komm, Harvard.«

Ehe die beiden gingen, sah er mich an. »Hier ist *meine* wichtigste Frage: Wenn das die Regierung ist, glaubst du, dann bekommen wir jemals Hilfe? Selbst wenn wir fliehen können?«

Er wartete meine Antwort nicht ab, sondern schlenderte in Richtung Versammlungsraum davon. Harvard folgte wenige Schritte hinter ihm.

Ich war wie erstarrt. Gefangen. Hilflos. Ich hatte zu viele Leute in den Tod geführt, und ich war untätig danebengestanden, während schreckliche Leute Unschuldige verletzten. Aber was sollte ich sonst tun? Mich stellen? Hier leben, bis ich zu alt wurde und man mich irgendwohin verschleppte, wo ein ungewisses Schicksal auf mich wartete? Und was, wenn sie uns einfach alle töteten?

Ich sah hoch zum Dach, zu den Wachen, die nach Tieren und Androiden Ausschau hielten. Sie verbrachten endlose Stunden damit, sich Gedanken über die Sicherheit zu machen. Vielleicht konnten sie mir dabei helfen, aus all dem schlau zu werden. Und es wurde auch Zeit, dass ich endlich mit Mason sprach.

In einer Ecke des Forts stand eine handgezimmerte wackelige Leiter, über die die Wachen aufs Dach gelangten. Ich vergewisserte mich, dass mein Schal richtig saß, dann stieg ich hinauf.

Oben waren vier Jungs, aber nur einen von ihnen kannte ich.

»Hey, Mason.«

Er sah zu mir herüber, still und nervös, und dann beobachtete er weiter das Gelände um uns herum. Es war dunkel, aber vor dem Schnee am Boden hob sich jeder Fels und jeder Baum deutlich ab. Ein Mann lief langsam die Grenze ab.

Instinktiv duckte ich mich, obwohl er zu weit entfernt und es auch zu dunkel war, als dass er mich hätte erkennen können.

»Wie lange ist der schon da?«

»Zwanzig Minuten.«

»Und ihr habt nicht die Glocke geläutet?«

»Da draußen ist fast jede Nacht Rotwild«, sagte er. »Heute ist es eben Iceman. Aber sie sind alle Roboter.«

Schweigend standen wir da und beobachteten ihn.

»Wie sind hier die Strafen?«, fragte ich und starrte

auf die dunkle Gestalt in der Ferne. Er hatte es nicht eilig, er wanderte einfach langsam am Waldrand entlang.

»Du änderst dich wohl nie.« Mason lachte leise in sich hinein.

»Ich mache dir keine Vorwürfe«, sagte ich, obwohl ich mich zu diesen Worten zwingen musste. »Wegen dem, was Becky zugestoßen ist.« Er antwortete nicht. Es war sein Double gewesen, das sie angegriffen hatte, nachdem er durchgeknallt war. Er hatte nicht die Kontrolle gehabt – es waren nicht einmal seine Gefühle gewesen.

»Die Strafen sind nicht so schlimm wie an der Schule«, sagte er schließlich und wechselte das Thema. »Wir sind zu wertvoll. Sie müssen uns bei Laune halten. Du hast ja gesehen, was mit Dylan passiert ist.«

»Dann bringe ich den Typen da um.«

Er lachte – zu laut. »Einen Scheiß wirst du.«

»Hast du noch nie sehen wollen, wie es in diesen Dingern aussieht?«

»Die Strafen hier sind nicht schlimm für *uns*«, sagte er und betonte das letzte Wort. »Wir sind wichtig. Du nicht. Du hast kein Double, und du machst der Maxfield nur Ärger.«

Das kümmerte mich nicht. »Hast du eine Waffe?«

»Nein.«

Ich glaubte ihm nicht. Eine der Wachen trug gut sichtbar einen Baseballschläger, und ein anderer Junge hatte einen Klauenhammer in der Hand.

»Mason«, sagte ich. »Es ist mir egal, was dein Double getan hat. Das warst nicht du. Aber das hier, das bist du, und ich brauche Hilfe.«

»Du bekommst sie nicht.« Ich musterte sein Gesicht: Unvermittelt wirkte er älter und zäher. »Es hat nicht funktioniert. Sechzig Leute haben es versucht, und nur zwei sind weiter als bis zum Zaun gekommen. Wieso glaubst du, du könntest allein noch mal fünfzig Meilen schaffen?«

»Ich habe andere Roboter getötet. Es ist nicht unmöglich.«

Ich ging zum Rand des Fortdachs und sah nach unten in den Schnee dreieinhalb Meter unter uns. Er kam mir nach. »Becky geht es besser«, sagte ich. »Und die Vereinbarung war, sie kümmern sich um Becky, und ich helfe euch zu fliehen.«

»Du tust das nicht für Becky«, erwiderte Mason kühl. »Du tust es für dich.«

Ich drehte mich um und warf ihm einen letzten Blick zu. »Du bist nicht der Mason, den ich an der Schule kannte«, sagte ich. »Ich hab's kapiert. Und ich bin nicht derselbe Benson. Ich hab mich verändert.«

Mit diesen Worten schwang ich ein Bein über die

Kante und sprang hinab auf den gefrorenen Boden außerhalb des Forts.

Shelly öffnete mir die Tür ihrer Baracke. Sie trug denselben Schlafanzug wie neulich. Ich zog meinen Schal so weit herab, dass sie sehen konnte, wer ich war. Sie war überrascht.

»Kann ich reinkommen?«, fragte ich leise und sah an ihr vorbei in einen Raum voller neugieriger Gesichter. »Wir müssen reden – ungestört.«

Sie nickte und trat beiseite, um mich hereinzulassen. Dann schloss sie die Tür hinter mir und bedeutete den anderen, sich wieder um ihre eigenen Angelegenheiten zu kümmern.

»Lily hat mir etwas erzählt«, flüsterte ich. »Und ich hab es nicht geglaubt, bis jetzt.«

»Dass Birdman nur Scheiße im Kopf hat?«

»So in etwa.«

»Ich vertraue dir nicht, Benson«, sagte sie entschieden.

»Ich kann mir in den Arm schneiden.«

Sie schüttelte den Kopf. »Das meine ich nicht. Du bist ein Mensch. Du hast Mut. Und du bist dumm und ungeduldig.«

Ich zögerte überrascht. Das war nicht das, was ich erwartet hatte.

»Ich glaube, du willst fliehen«, sagte ich.

»Wie kommst du darauf?«

»Weil du dich nicht so verhältst, als hättest du aufgegeben.«

»Das ist kein besonderer Beweis.«

»Ich glaube, es stimmt, und ich will dabei sein, aber das ist nicht der Grund, warum ich dich jetzt sehen wollte. Ich brauche bloß deine Hilfe.«

Lange sah sie mich an. Sie wirkte alt für ihr Alter, müde und stark.

»Was?«

»Ich brauche eine neue Jacke, eine, die keiner wiedererkennt, vorzugsweise weiß. Ich hätte gerne eine Sturmhaube.« Ich deutete auf den Holzstapel am Feuer. »Und ich will das Beil.«

Sie lächelte unsicher.

»Ich hab nicht vor, Birdman zu ermorden.«

Da lachte Shelly leise. »Warte hier.«

Als ich zurückkam, war es völlig still im Fort, aber ich atmete schwer, und das Herz schlug mir bis zum Hals. An der Tür überprüften sie meinen Arm – mittlerweile war ich beinahe daran gewöhnt –, dann rannte ich zu Harvards Zimmer und hämmerte an seine Tür. Nach einem Moment öffnete er. Als er das Blut auf meiner Jacke sah, verflog seine Schläfrigkeit sofort.

Ich fragte keuchend: »Wie lange braucht die Maxfield hierher, wenn es Ärger gibt?«

»Etwa zwanzig Minuten«, erwiderte er und zog bereits Schuhe an. »Hängt davon ab, wie wütend sie sind.«

»Dann hast du etwa achtzehn Minuten Zeit, um Iceman zu sezieren. Er liegt auf der Straße vor dem Fort.«

Sein Gesicht verzog sich zu einem Grinsen, und im nächsten Augenblick war er schon zur Tür hinaus und hämmerte an Birdmans Tür. Ohne eine Reaktion abzuwarten, rannte er weiter zur schweren Eingangstür und hinaus auf die Straße.

Ich war erschöpft und bis auf die Knochen durchgefroren. Es war kein schwerer Kampf gewesen, aber ich hatte über eine Stunde mit dem Gesicht nach unten im Schnee gelegen und ihm aufgelauert. Als er endlich nahe genug gewesen war, hatte ich nur zwei Schläge benötigt – einen auf den Hals und einen weiteren wilden, verzweifelten Schlag, der ihm das metallene Rückgrat gebrochen hatte.

Er hatte mich überhaupt nicht gesehen. Es war vorüber gewesen, ehe er sich hatte umdrehen können.

Bald würde die Maxfield hier sein. Ich rannte zu Carries Zimmer, trat ein und schob den Stuhl über den groben Holzboden zur Wand. Carrie rührte sich nicht. Ich hob den Wandbehang an, entfernte die Holzplatte und kletterte hinein.

Becky schlief, der Docht der Laterne war so weit heruntergedreht, dass nur eine winzige Flamme übrig war.

Ich zog die Schuhe aus und mein schwarzes Steelers-Sweatshirt wieder an. Es war schmutzig und betonverkrustet, aber immerhin war es trocken und warm.

Dann legte ich mich neben Becky. Der Raum war so eng, dass ich es nicht vermeiden konnte, sie zu berühren, aber das wollte ich auch gar nicht. Ich wollte sie umarmen und festhalten und ihr erzählen, was passiert war.

»Hey, Bense«, flüsterte sie schläfrig.

»Hey, Becky.«

Ich habe etwas getan, Becky. Wir sind in Gefahr. Ich wollte es sagen, aber stattdessen blies ich nur die Laterne aus. Lily musste recht haben. Die Greens waren die Kämpfer, nicht Birdman. Ich musste mich vergewissern.

Mit der unversehrten Hand berührte Becky mich am Arm. »Wie läuft's?«

»Ich weiß nicht.«

Ein paar Minuten später läutete die Glocke. Ich hörte, wie die Außentür knarrend geöffnet und dann zugeknallt und verriegelt wurde. Einen Augenblick später dröhnte der Motor des Lastwagens durch die Nacht.

Ich hatte Leute in Gefahr gebracht. Aber vielleicht würde es helfen. Vielleicht erfuhr Harvard etwas.

Ich jedenfalls hatte etwas in Erfahrung gebracht. Ich brauchte Shelly mehr als Birdman.

Als ich am Morgen aufwachte, hörte ich Stimmen. Kein Schreien, Lachen oder Brüllen. Ein paar Leute unterhielten sich einfach. Ich setzte mich auf, aber Becky war schneller. Sie spähte durch den Schlitz auf den Innenhof.

»Halten sie wieder eine Versammlung ab?«, fragte ich.

Sie zuckte die Achseln und wandte sich zu mir um. »Ich kann nichts sehen.«

Ich kroch zur anderen Öffnung.

»Oh, Becky …«

12

Becky und ich hatten uns noch keine fünf Schritte von Carries Zimmer entfernt, da brüllte Birdman uns an.

»Klettert wieder da rein«, schrie er und marschierte über den Innenhof auf uns zu.

»Sie sind hier«, sagte ich und ging weiter.

»Verdammt, geht zurück in euer Loch«, sagte er. »Wir haben sie noch nicht überprüft. Womöglich sind die Hälfte von ihnen Doubles. Und glaub bloß nicht, dass die Maxfield die Sicherheitsvorkehrungen nicht verdoppeln würde nach deinem Bravourstückchen gestern Nacht.«

Becky sah mich an. Wir wussten beide, dass er recht hatte, aber ihrem Gesichtsausdruck nach zu urteilen konnte sie es kaum ertragen, zu warten.

»Wie lange wird das dauern?«

Er ging zur Eingangstür. »So lange, wie es eben dauert. Und ich lasse sie verdammt nochmal garantiert nicht alle hier rein. Das Fort ist sicher, und ich lasse hier keinen rein, dem ich nicht traue.« Er schüttelte den Kopf. »Außer dir anscheinend.«

Becky stand in der kalten Morgenluft und starrte zum Tor, voller Hoffnung und zugleich ängstlich.

Sie sah nicht schuldbewusst aus – so fühlte nur ich mich. Ich hatte alle in den Tod geführt, nicht sie. Becky dachte jetzt wahrscheinlich schon wieder mehr an die anderen, daran, wie sehr sie gelitten hatten und wie sie ihnen helfen könnte. Ich konnte nur daran denken, wie sehr ich um Verzeihung bitten musste.

Weitere Fortbewohner strömten aus ihren Zimmern, begierig, die Freunde zu begrüßen, die sie noch nie wirklich getroffen hatten. Ich legte Becky den Arm um die Taille und drehte sie zu mir um.

»Ich muss sie sehen«, flüsterte sie.

»Das werden wir auch«, sagte ich. »Wir müssen bloß dafür sorgen, dass wir sicher sind.«

Wir sahen uns einige Sekunden in die Augen, dann nickte sie, und wir gingen zurück in Carries Zimmer.

Carrie bürstete sich nervös die Haare und versuchte, sich in der Spiegelscherbe zu betrachten, die auf ihrem Tisch lag. Sie drehte sich um und sah uns an, nervös und verlegen.

»Du siehst wunderschön aus.« Becky lächelte.

»Er ist hier«, sagte Carrie. »Ich hab ihn durchs Fenster gesehen.«

Auch ich hatte Curtis gesehen, wie er tatsächlich trotz seiner Beinverletzung lief. Erst vor zwei Tagen hatte es geheißen, er würde es womöglich verlieren, aber er ging ohne Krücke. Zwar hinkte er deutlich, doch darüber konnte man sich wohl kaum beklagen. Dieselbe fortgeschrittene Medizin der Schule, mit deren Hilfe Beckys Arm so schnell verheilte, hatte offenbar auch Curtis' Bein gerettet.

»Ist das eine neue Bluse?«, fragte Becky und berührte das dünne gelbe Leinengewebe – der sauberste Stoff, den ich hier bisher gesehen hatte.

»Ich habe sie extra aufbewahrt. Ich wollte hübsch aussehen.«

Becky drehte Carrie einmal um sich selbst und betrachtete sie. »Er wird dich lieben.«

Ganz kurz verzerrte sich Carries Gesicht, als würde sie die Fassung verlieren und in Tränen ausbrechen, aber sie atmete tief durch und riss sich zusammen.

»Na, geh schon zu ihm«, sagte Becky.

Carrie nickte und ging aus dem Zimmer. Die Jacke ließ sie auf dem Bett liegen.

»Bitte, Curtis«, flüsterte Becky. »Flipp nicht aus.«

Ich zog Becky an mich und hielt sie ganz fest.

Durchs Fenster beobachteten wir, wie die zerzauste Gruppe sich sammelte. Becky hatte ihr Tagebuch hervorgeholt und kritzelte hastig eine Liste aller hinein, die sie gesehen hatte. Nach unseren letzten Informationen waren sechzehn am Zaun gestorben. Wir wussten, dass Hector in der Schule getötet worden war. Trotzdem waren wir nicht darauf vorbereitet, wie klein die Gruppe der Überlebenden war.

Dreiunddreißig. Als ich an die Schule gekommen war, waren es vierundsiebzig gewesen. Sicher, viele von ihnen hatten sich als Androiden erwiesen, aber das beruhigte mein Gewissen kaum. Beim Anblick dieser dreiunddreißig, die da verwirrt im Kreis standen, während die Leute aus dem Dorf zu ihnen sprachen, drehte sich mir der Magen um. Die halbe Schule war fort.

Birdman stand vor ihnen und redete eine ganze Weile. Mehrmals deutete er auf seinen Kopf. Er erklärte. Anders als ich gedacht hätte, flippte keiner aus. Einige weinten, andere nahmen sich in den Arm, aber sie waren nicht verängstigt oder wütend – bloß müde und besiegt.

Ich entdeckte Carrie ein Stück abseits der Menge. Sie zitterte in ihrer neuen Bluse. Curtis blickte sie mit versteinerter Miene an.

Er dachte, sie hätte ihn betrogen. Ihr Double war durchgeknallt, und der Roboter Carrie hatte Curtis die Pistole abgenommen und Oakland getötet. Es war nicht wie bei mir und Jane. Jane hatte mir das Herz gebrochen und mir das Hirn vernebelt, aber ich hatte sie nur ein paar kurze Wochen gekannt. Carrie und Curtis hatten sich geliebt und einander vertraut, und jetzt erkannte er zum ersten Mal, dass sie nicht bloß ein Roboter war – dass es eine echte Carrie gab. Und Carrie – die echte Carrie – liebte ihn.

Birdman beendete seine Ansprache und führte die Leute aus unserem Blickfeld heraus zu den Baracken der Greens.

»Zwanzig Leute von der Society«, berichtete Becky traurig und legte ihr Tagebuch beiseite. »Sieben von Havoc. Sechs Variants. Das sind alle, die übrig sind.«

»Eine Menge von ihnen waren Doubles«, sagte ich. »Ich meine Carrie, Mason, Shelly und all die anderen.«

Becky seufzte, stand auf und wandte sich vom Fenster ab. »Das ist es ja.«

»Was?«

»Schau dir die Namen an.« Sie deutete auf ihr Tagebuch und ging zur Tür. »Die meisten Doubles waren bei Havoc und bei den Vs.«

»Na, und?« Das bedeutete doch bloß, dass von ihren Freunden mehr genau das waren, was sie gedacht hatten.

»*Wir* hatten die Security-Verträge – wir von der Society.« Sie starrte hinaus auf den leeren Innenhof. »Wir haben die Schule geleitet, die Mauer bewacht und die Regeln durchgesetzt. Und all das freiwillig.« Sie drehte den Kopf und sah mich an. »Als ich das mit den Androiden herausgefunden habe, habe ich beinahe gehofft …«

Sie sprach nicht weiter. Sie musste nicht mehr sagen.

Auch Isaiah war bei den müden Überlebenden gewesen.

Nicht dass das eine Rolle gespielt hätte. Sogar die Doubles erhielten ihre Persönlichkeit von einem Menschen. Wir konnten nicht die Schuld an allem, was wir einander angetan hatten, den Androiden zuschieben. Das waren alles wir gewesen. Wir hatten gegeneinander gekämpft und einander getötet – allein wir.

Ich machte ein Lagerfeuer in der Grube, und Becky und ich setzten uns mit einer Decke um die Schultern nebeneinander. Es schneite wieder, winzige Kristallflöckchen, die nirgendwo anhafteten, aber alles kälter und schneidender zu machen schienen. Wir waren nahezu die Einzigen, die noch im Fort waren – alle anderen waren draußen und unterhielten sich mit den Neuankömmlingen.

In der ganzen Aufregung hatte ich nichts über das Sezieren von Iceman gehört. Sobald sich alles wieder ein wenig beruhigte, musste ich mit Harvard sprechen.

Die schwere Eingangstür knarrte, und Birdman kam zurück ins Fort, Mouse und Harvard im Schlepptau. Im Nu war Becky auf den Beinen.

»Sie sind alle sauber«, sagte er und deutete auf uns. »Kommt mit.«

Er verschwand für eine Minute in seinem Zimmer, dann kam er mit einem Arm voll altem Stoff zurück. Wir folgten ihm in den Versammlungsraum.

»Ihr wart noch nie dabei, wenn Neuankömmlinge ankamen«, sagte er. »Wir haben da ein bestimmtes Prozedere, das wir normalerweise durchziehen. Und jetzt müssen wir das für einen Haufen Leute machen.«

Er breitete den Stoff auf dem Boden des Versammlungsraums aus. Ein Teil davon war der, auf dem er bei unserer letzten Vollversammlung geschrieben hatte, aber diesmal hatte er noch mehr mitgebracht: Zeichnungen, Grundrisse und Listen.

»Wir verfolgen, was in der unterirdischen Anlage vor sich geht.« Birdman deutete auf etwas, das aussah wie ein erstaunlich detaillierter Grundriss. »Wie ich dir gestern gesagt habe – eines Tages werden sie uns von hier wegbringen, und dann will ich wissen, was mich erwartet.«

Harvard spähte aus einem der Fenster und wandte sich dann wieder zu uns um. »Wir wissen, ihr zwei wollt mit allen reden, die ihr an der Schule kanntet, und wir wollen sozusagen beobachten, was sie euch zu sagen haben. Vielleicht erzählen sie euch was, was sie uns nicht erzählen.«

»Wie zum Beispiel?«

»Ich weiß nicht«, erwiderte er. »Wir werden es herausfinden.«

Wir waren zu sechst im Versammlungsraum – Becky und ich, Birdman, Harvard, Mouse und Shelly. Shelly war in letzter Minute dazugekommen, als die Greens herausfanden, was geplant war. Unsere sechs Stühle standen drei leeren gegenüber. Es sah aus wie bei einer Inquisition.

Der Großteil der Jugendlichen aus dem Dorf stand draußen an den Fenstern und versuchte, ins Innere zu spähen oder zu lauschen. Birdman führte ein unerbittliches Regiment im Fort, und ohne seine Erlaubnis wurde niemand eingelassen. Die dicken Vorhänge waren vor die Fenster gezogen worden, und das einzige Licht im Raum stammte von den wenigen trüben Laternen. Im Dorf herrschte Ausnahmezustand.

Birdman winkte dem Typen an der Tür zu. »Hol die erste Gruppe rein.«

Ich nahm Beckys Hand, aber nach kurzer Zeit musste sie sie mir entziehen – ich hatte nicht gemerkt, wie fest ich sie umklammert hatte.

Isaiah kam als Erster herein. Er trug den Kopf hoch

erhoben, doch das war bloß ein Abklatsch der rechtschaffenen Zuversicht, die er in der Schule immer zur Schau getragen hatte. In seinem Blick lag Furcht.

Er setzte sich uns gegenüber und starrte stur geradeaus: ein Gefangener.

Hinter ihm kam Skiver, Oaklands rechte Hand, ehe der erschossen worden war. Er blieb an der Tür stehen und starrte Mouse an. Im Gegensatz zu Isaiah hatte er keine Angst, aber irgendetwas arbeitete in ihm.

»Setz dich«, sagte Mouse. Es war ein Befehl, doch ihr Tonfall war nicht scharf. Sie klang überhaupt nicht wie sonst.

Als Dritte trat Gabby in den Raum. Becky stand auf und wollte zu ihr laufen, aber Birdman hob die Hand und verbot es ihr. Wir hatten geglaubt, Gabby sei tot oder liege im Sterben. Als wir sie zuletzt gesehen hatten, hatte sie blutüberströmt und schreiend am Boden gelegen. Nun kam sie zwar mit schmerzverzerrter Miene auf uns zu, doch immerhin war sie fähig, zu gehen, sie atmete, sie lebte.

Birdman lümmelte ein wenig auf seinem Stuhl – die lässige Haltung eines Menschen, der weiß, dass er alles unter Kontrolle hat. Seine Gelassenheit war inszeniert: Sie war eindeutig eine Drohung.

»Ihr seid die Vertreter der drei Banden an der Schule«, begann er. »Und ...«

Gabby widersprach sofort. »Ich hatte nicht das Sagen. Ihr meint Curtis.«

»Skiver genauso wenig«, entgegnete Birdman mit ausdrucksloser Stimme. »Das ist hier kein Führungskräftetreffen.«

Hilfesuchend blickte Gabby mich an, aber ich zuckte bloß die Achseln. Ich wusste nicht, was Birdman vorhatte. Und es kümmerte mich auch nicht. Becky und ich würden fortgehen. Ich musste mit Harvard über die Sektion sprechen, und ich musste in Erfahrung bringen, inwiefern Shelly uns helfen konnte, aber dann würden wir fortgehen.

»Ihr seid jetzt hier«, fuhr Birdman fort. »Ich muss alles wissen, was ihr wisst. Ich muss wissen, wer vertrauenswürdig ist und wer womöglich für die Gegenseite arbeitet.«

Gabby verzog das Gesicht. »Für die Gegenseite arbeitet? Was soll das heißen?«

»Die Maxfield hat früher schon versucht, Schüler zu bestechen. Wir haben uns vergewissert, dass ihr keine Doubles seid – keine Androiden –, aber wir müssen wissen, ob die Maxfield jemand etwas gegeben hat, damit er uns ausspioniert.«

»Niemand hier würde für die spionieren«, sagte Gabby, doch gleich darauf huschte Verstehen über ihre Miene, und sie sah ganz kurz zu Isaiah.

Falls Birdman das mitbekommen hatte, ließ er es sich nicht anmerken.

»Wir brauchen Informationen«, fuhr er fort und deutete auf die Stoffkarten. »Wir werden mit allen reden, aber mit euch fangen wir an.«

Gabby protestierte erneut, aber Birdman ignorierte sie.

»Erzählt mir, was nach dem Kampf am Zaun passiert ist«, forderte er die drei auf.

Nach kurzem Schweigen antwortete Skiver. Er deutete auf mich und Becky. »Nachdem sie uns im Stich gelassen hatten, gab es …«

»Wir haben euch nicht im Stich gelassen«, fuhr ich ihn an.

»Wegrennen, wenn die Leute anfangen zu sterben?«, fragte er. »Wie willst du das sonst nennen?«

»Wir wollten Hilfe holen.« Wut stieg in mir auf.

»Das war vor Tagen«, sagte er. »Und ihr habt es bis hierher geschafft? Wie weit ist das? Eine Viertelmeile pro Tag? Dann seid ihr also nächsten Sommer am Highway?«

»Wir mussten Halt machen.« Ich deutete auf Beckys Arm. »Sie wäre fast gestorben.«

»Fast gestorben?« Skiver hätte beinahe gelacht. »Weißt du, wie viele Leute am Zaun gestorben sind? Weißt du, wie viele Leute in der Schule gestorben sind?« Er wandte sich an Gabby. »Zeig ihm, was sie mit dir gemacht haben.«

Gabby war sichtlich unbehaglich zumute.

»Zeig's ihnen«, schrie Skiver mit irrem Blick und griff nach ihrem T-Shirt.

Sie wich zurück und warf uns einen düsteren Blick zu. Langsam zog sie das T-Shirt hoch und zeigte uns ihren Bauch und den weißen Verband, der ihn vollständig bedeckte. »Ich weiß nicht, was sie gemacht haben«, sagte sie. »Ich war länger im OP als alle anderen, sogar länger als Curtis.«

»Künstliche Organe«, meldete Isaiah sich zum ersten Mal zu Wort.

Gabby zog das T-Shirt wieder herab und wandte das Gesicht ab.

»Sie war am schlimmsten verletzt«, fuhr Isaiah fort und sah mich scharf und anklagend an. »Am schlimmsten von allen, die überlebt haben. Die Schüler, die ihr geholfen haben, haben gesagt, sie hätten sehen können, dass sie sterben würde – man muss kein Arzt sein, um zerrissene Gedärme und zerfetzte Organe zu erkennen.«

»Mir geht's gut«, sagte Gabby, doch das schien Isaiah erst recht wütend zu machen.

»Du hättest sterben können wie die anderen. Wie Oakland und Hector und Rosa. Und wofür? Damit

Benson Fisher bis hierher kommen konnte.« Er zeigte auf mich, seine Hand zitterte vor Wut. »Das ist deine Schuld. Du hast alle aufgestachelt. Du hast sie verrückt gemacht. Du hast sie zum Zaun geführt.«

Ich wäre am liebsten aufgestanden und hätte ihm den Kiefer gebrochen.

Aber ich konnte nicht. Es war alles wahr. Sie waren tot, und das meinetwegen.

»Hör auf, Isaiah«, sagte Becky, und ihre Stimme war so kräftig wie nie, seit wir die Schule verlassen hatten.

»Ich habe versucht, dich aufzuhalten«, fuhr Isaiah fort, ohne Becky zu beachten. »Ich habe versucht, dir zu erklären, was getan werden muss, um zu überleben, aber du konntest es einfach nicht lassen. Du musstest den zähen Burschen spielen und kämpfen und fliehen, und jetzt sieh, was es dir eingebracht hat. Und du ….«

Nun wandte er sich an Becky. Ein grausames Lächeln schlich sich auf sein erschöpftes Gesicht. »Du wusstest, was mit denen passiert, die fliehen. Meinst du nicht, die Leute sind Benson gefolgt, weil sie gesehen haben, dass du dich ihm angeschlossen hast? Die Leute haben dir vertraut, Becky, und du hast sie in den Tod geführt.«

Sie stand auf, und kurz dachte ich, sie würde hinausstürmen. Ihre Brust hob und senkte sich heftig, so verletzt und wütend war sie.

Isaiah grinste. Er öffnete den Mund, aber Becky ließ ihn nicht zu Wort kommen.

»Du irrst dich.« Sie sprach leise, aber in entschiedenem Ton, und ihre Stimme wurde zunehmend eindringlich. »Jeder Einzelne, der dir gefolgt ist, hatte sein Todesurteil unterschrieben, sobald er der Society beigetreten war. Wenn sie auf dich gehört hätten, wären sie in der Schule sitzen geblieben, bis sie gestorben oder hierher verschleppt worden wären. Und dann würden sie hier sitzen, bis sie sterben oder anderswo hinverschleppt werden. Bei dem Fluchtversuch sind Leute gestorben, aber wenigstens haben sie gekämpft.«

Isaiah breitete die Arme aus und blaffte zurück: »Willst du ernsthaft behaupten, dass alle hier im Raum tot besser dran wären?«

»Alle dort wussten, worauf sie sich einließen«, schrie sie. »Sie sind aus freien Stücken gegangen.«

»Sie haben geglaubt, er« – Isaiah stach mit dem Finger nach mir – »hätte einen Plan.«

Jetzt stand Gabby ebenfalls, und sie hielt sich den Bauch während sie schrie. Auch draußen, jenseits der Vorhänge ertönte Geschrei, und noch mehr Leute drückten gegen die Tür. Beckys Miene war gequält und angespannt, aber sie stand jetzt näher an Isaiah; ihre Stimme ging im Getöse unter.

Ich stand auf und griff nach ihrem Arm, doch sie ignorierte mich und brüllte weiter.

Birdman klatschte in die Hände und rief die Leute zur Ordnung, aber niemand achtete auf ihn. Erst da fiel mir auf, dass die anderen Anführer – Harvard, Mouse und Shelly – sich aus allem heraushielten.

Birdman stampfte mit den Füßen auf und klatschte erneut in die Hände. »Ruhe«, brüllte er.

Becky löste sich von mir und verpasste Isaiah eine Ohrfeige. Er taumelte kurz zurück, doch schon holte er mit der Faust aus, und ich trat dazwischen, so dass seine Faust von meiner Schulter abgelenkt wurde.

Dann ertönte ein gewaltiges Krachen.

»Haltet die Klappe!«, brüllte Birdman. Er stand über einer langen Holzbank, die er gerade umgeworfen hatte. »Haltet die Klappe, verdammt, alle!«

Ich wollte Isaiah schlagen – nur ein einziger Faustschlag, um ihn für alles zu bestrafen, was er je getan hatte. Aber es hätte nicht genügt. Es konnte niemals genügen.

Birdman kochte vor Wut. Isaiah blickte ihn finster an, seine Wange rötete sich von der Ohrfeige.

»Du warst der große Boss an der Schule«, sagte Birdman regungslos.

Isaiah stand unbeirrt da, schwieg jedoch.

»Ich weiß nicht, ob du schon herausgefunden hast, wie es hier läuft. Aber wir können sehen, was in den Köpfen der Leute vorgeht.« Er streckte den Arm aus und berührte Shellys Haare. Sie schlug seine Hand weg. »Shelly hat zu deiner Bande gehört. Jedes Mal, wenn ihr Double da drüben etwas Wichtiges gesehen hat, hat Shelly es hier auch gesehen.«

»Ich habe den Frieden bewahrt.« Isaiahs Stimme bebte.

Vor dem Fenster fluchte jemand, und Mouse lachte. Shelly wirkte beklommen, als wollte sie lieber nicht erwähnt werden – oder auch nur hier im Raum sein.

Birdman beugte sich zu Harvard und flüsterte ihm etwas zu. Der nickte und drängelte sich durch die Tür hinaus.

»Du hast also den Frieden bewahrt«, sagte Birdman, verschränkte die muskulösen Arme und trat einen Schritt auf Isaiah zu.

»Wenn ihr gesehen habt, was bei uns vorging, dann weißt du ja über den Krieg Bescheid«, sagte Isaiah. »Ich habe den Waffenstillstand in die Wege geleitet. Ich habe für den Frieden gekämpft.«

Skiver grinste höhnisch und wollte etwas sagen, doch Birdman bedeutete ihm, zu schweigen. Seine Geste war kaum zu sehen, aber es lag etwas so Bedrohliches und Machtvolles darin, dass Skiver erbleichte.

»Ich glaube, das Schlüsselwort hier ist«, sagte Birdman, »dass du für den Frieden *gekämpft* hast. Du und deine Jungs, ihr habt so lange Leute getötet, bis der Rest zu verängstigt war, um weiterzukämpfen. Das ist also Frieden, ja?«

»Ich habe nicht …«, stammelte Isaiah. Er brach den Blickkontakt zu Birdman ab und sah sich hektisch nach Hilfe um. Doch er fand nur Wut und Angst.

»Wir haben gesehen, was passiert ist«, sagte Birdman und trat noch einen Schritt auf Isaiah zu. »Wir wissen, mit wem du gesprochen hast. Wir kennen die Befehle, die du gegeben hast.«

»Ich habe den Krieg beendet.«

Birdman stand jetzt unmittelbar vor Isaiah, nur Zentimeter von seinem Gesicht entfernt. Harvard erschien an der Tür, er zog Jane am Arm hinter sich her.

Mir rutschte das Herz in die Hose. Ich konnte mir vorstellen, was als Nächstes kam.

Jane widersetzte sich Harvard, wand sich in seinem unnachgiebigen Griff, aber sie wirkte resigniert. Sie muss gewusst haben, dass es keine Möglichkeit gab aufzuhalten, was nun kommen würde.

Birdman lächelte verlogen. »Hey! Da ist ja Jane. Isaiah, du erinnerst dich doch an Jane, oder?«

Isaiah ließ den Kopf hängen und sah zu Boden.

»Sieh sie an!«, befahl Birdman.

Für den Bruchteil einer Sekunde begegnete Janes Blick meinem.

»Sieh sie an!« Birdman packte mit einer Hand Isaiahs Gesicht und mit der anderen seine Schulter. Isaiah fiel auf die Knie und blickte voller Entsetzen zu Jane hoch.

Niemand rührte sich.

Birdmans Stimme wurde wieder leise. »Dylan hat bis vor ein paar Tagen hier gelebt. Er hat uns erzählt, wie du ihn auf dem Ball beiseite genommen hast, nachdem Jane einen Trinkspruch auf Lily ausgebracht hatte. Er hat uns erzählt, was er dir und Laura befohlen hat.«

Isaiah stöhnte, wie ein Tier, kraftlos und leise.

»Laura stand schon vor Gericht. Sie ist jetzt nicht hier, weil sie die letzten paar Wochen in Ketten verbracht hat. Und sie war bloß der Bauer. Jetzt haben wir den König.«

Birdmans Mund befand sich nur Millimeter von Isaiahs Ohr entfernt, aber in der tödlichen Stille, die nun herrschte, konnte ich jedes Wort verstehen. Und jetzt packte Birdman Jane und drückte sie zu Boden, so dass sie auf einer Höhe mit Isaiah war.

Ich trat vor, und Harvard warf mir einen besorgten, warnenden Blick zu.

»Sag, dass es dir leid tut«, stieß Birdman hervor, eine

Hand auf Janes und eine auf Isaiahs Schulter. »Erzähl ihr, was du befohlen hast, du verdammter mordender Scheißkerl, und sieh ihr in die Augen und sag ihr, dass es dir leidtut.«

Jane wollte zurückweichen, aber Birdmans Griff war eisern. Sie zuckte zusammen, als seine Finger sich tief in ihre Haut gruben.

»Birdman«, sagte ich. Es kam als heiseres Flüstern heraus.

»Sag es«, blaffte Birdman. »Sag es ihr.«

Harvard bedeutete mir, zurückzutreten, aber das konnte ich nicht. Das war nicht richtig. Es war nicht einmal mehr klar, wen Birdman inzwischen bestrafte – Isaiah oder Jane.

»Lass sie aufstehen«, beschwor ich ihn.

Jane begegnete meinem Blick, in ihren Augen lag reine Angst.

»Birdman …«

Im nächsten Augenblick hatte er die beiden zu Boden gestoßen und stand brüllend vor mir.

»Hey«, sagte ich, wich zurück und hob die Hände. »Ich bin nicht auf einen Kampf aus.«

»Du bist ein feiger Waschlappen«, schrie er mich an. »Du benutzt deine Verräterfreundin hier als Vorwand, dich in einem Loch zu verstecken.«

»Verräter?«

Becky zog mich am Arm. »Nicht.«

Birdman riss seinen Arm nach hinten und deutete auf Isaiah, der sich langsam wieder hochrappelte. »Sie hat für ihn gearbeitet! Ein Jahr lang! Weil sie ein Feigling war, genau wie du.« Becky sprang zwischen uns. »Hört auf! Ja, ich hatte Angst.«

»Becky …«

Sie sah mir in die Augen, voller Schmerz und Verzweiflung. »Ich hatte Angst. Ich hab immer noch Angst.«

Wir starrten uns an. Sie hatte es nicht getan, weil sie Angst hatte – sie hatte es getan, weil sie, im Gegensatz zu allen anderen an jener Schule, aufrichtig besorgt um ihre Mitschüler war. Sie wollte nicht, dass jemand Schaden nahm. Sie hatte zu viel Tod gesehen. Nicht aus Angst war sie zur Society gegangen. Sondern weil sie mutig war.

Das hätte ich in diesem Moment sagen sollen, aber Birdman sah mich über ihre Schulter hinweg so voller Verachtung an, dass ich nur noch auf ihn einprügeln wollte.

Ich tat einen Schritt um Becky herum, da stieß Birdman sie auf mich zu.

Sie schrie, zuerst vor Angst und dann vor Schmerzen, als ich sie auffing und ihr verletzter Arm gegen meine Brust prallte.

»Fahr zur Hölle!«, brüllte ich Birdman an und nahm die zitternde Becky in die Arme. Sie schnappte nach Luft, um den Schmerz ertragen zu können.

Birdman wandte sich ab. »Zurück zur Tagesordnung.«

Er ließ sich auf seinen Stuhl fallen und deutete zur Tür. Harvard eilte erneut davon.

»Mouse.« Birdman warf ihr eine Stoffrolle zu, die neben seinem Stuhl gelegen hatte. »Erzähl dem Mann, was er gewonnen hat.«

Isaiah stand allein an der Wand. Jane war fort – aus dem Raum geschlüpft, als ich nicht hingesehen hatte. Shelly war ebenfalls weg.

Mouse lächelte und holte tief Luft. Was sie gleich sagen würde – was es auch sein mochte –, bereitete ihr offensichtlich großes Vergnügen. Sie hatte den Stoff auf ihrem Schoß ausgebreitet, doch sie las nicht davon ab. Sie wusste ohne hinzusehen, was dort stand.

»Isaiah. Du hast die Society ein Jahr lang angeführt. Davor hast du die brutalste Bande der Schule angeführt.«

»Ich …«

»Halt die Klappe und hör zu«, flüsterte Birdman in eisigem Ton.

»Wir wissen von vier Morden«, fuhr Mouse fort. »Drei im Krieg und Jane.«

»Jane ist nicht gestorben«, sagte Isaiah. »Sie war ein Roboter.«

Birdman beugte sich vor, doch seine Stimme klang fest und beherrscht. »Halt deine verdammte Klappe oder ich reiße dir die Zunge raus.«

»Sie ist nicht …« Isaiah brach ab.

Mouse fuhr fort und klopfte dabei auf den Stoff. »Vier, von denen wir wissen, und mehrere weitere Morde, die ungeklärt sind. Außerdem sind da diejenigen, die du zum Arrest geschickt hast.«

Sie hielt inne, als wartete sie darauf, dass er widersprach, doch das tat er nicht. Er ahnte, was nun kam.

Ich fürchtete, dass ich *wusste*, was nun kam. Das konnten sie nicht machen.

Mouse lächelte ihn an – ein schiefes, böses Lächeln, als würde sie einer Fliege langsam die Flügel ausreißen. »Muss ich sagen, wie viele, oder weißt du es noch?«

Isaiah war jetzt kreidebleich, und er sah jünger aus, als er war, dünn und zerbrechlich. Er widersprach nicht; er flehte. »Was hätte ich denn tun sollen? Wir hatten den Security-Vertrag.«

Birdman lachte.

»Acht«, sagte Mouse. »Du hast acht zum Arrest geschickt.«

»Aber sie sind hierher geschickt worden, oder nicht? Sie sind nicht im Arrest gestorben.«

Harvard stand wieder an der Tür. »Sie sterben nicht alle, nein«, sagte er. »Nur zwei von ihnen sind gestorben. Sie müssen sich gewehrt haben, oder das Implantat wurde abgestoßen, oder ...«

Mouse lachte höhnisch. »Du hattest keine Ahnung, was im Arrest passiert, und es war dir egal – Tod, Folter, was auch immer. Du hast einfach getan, was die Maxfield dir befohlen hat.«

Birdman bedeutete beiden zu schweigen und stand auf.

»Isaiah«, begann er. »Ich bin nicht du. Ich führe keine Bande an. Ich arbeite nicht für die Schule, und ich muss keine Verträge erfüllen. Stattdessen leite ich dieses Fort und sorge dafür, dass meine Leute sicher sind.«

Jetzt liefen Isaiah die Tränen übers Gesicht. »Lasst mich einfach gehen.«

Mouse lachte wieder, und Birdman lächelte. »Das ist zufällig genau das, was mir vorschwebt.«

Becky erschauerte. Wir konnten nichts tun, nur zusehen.

»Also.« Birdman winkte Harvard zu. »Du kannst in den Baracken bei den Greens wohnen, und wir sehen uns dann im Kasino und können uns Geschichten aus der guten alten Zeit erzählen.«

Isaiah sah beinahe so aus, als glaubte er das.

»Noch besser«, fuhr Birdman fort und sah zur Tür. »Ich habe ein Friedensangebot.« Sechs weitere Leute kamen einer nach dem anderen herein. Zwei kannte ich. Walnut und Jelly.

O nein.

Isaiah brach zusammen, laut schluchzend fiel er auf die Knie.

»Ich habe dir eine Eskorte besorgt«, sagte Birdman.

Walnut und Jelly waren zum Arrest geschickt worden. Ich hatte mit angesehen, wie Walnut auf dem Rücken über den Schulkorridor geschleift worden war, und Isaiah hatte die Prozession seiner Angreifer angeführt. Die sechs Neuankömmlinge sahen ganz so aus, als wären sie begierig, es ihm heimzuzahlen.

»Das könnt ihr nicht machen«, sagte ich.

»Was machen?«, fragte Birdman in unschuldigem Ton.

Die Leute vor den Fenstern begannen zu schreien, einige forderten Isaiahs Blut, andere flehten laut um Gnade für ihn.

»Mouse«, sagte ich. »Das kannst du doch nicht tun?«

Sie lächelte und hob die Hände. »Ich tue ja gar nichts.«

»Kommt schon«, protestierte ich. »Walnut – du doch nicht.«

Er starrte mich an und sagte kein Wort. Es war nicht nötig.

»Isaiah.« Becky liefen die Tränen übers Gesicht. »Es tut mir leid.«

Er sah sie an. Aber es kam keine höhnische Bemerkung. Kein: »Ich hoffe, jetzt bist du zufrieden.« Kein Vorwurf der Heuchelei. Da war nur Angst.

Walnut trat vor, einen Hammer von der Baustelle in der Hand. Er blickte auf Isaiah hinunter.

»Läufst du, oder müssen wir dich tragen?«

13

Becky und ich waren die Letzten im Raum. Wir schwiegen beklommen. Schreie und Gelächter hallten von den schweren Lehmziegelwänden wider, und Arme wurden durch die schmalen Fenster gestreckt, als die draußen versuchten, herein zu gelangen. Mouse und Harvard hatten die Laternen mitgenommen, als sie gingen, und uns im Dunkeln sitzen lassen.

Ich wollte nicht rausgehen. Ich konnte sie nicht aufhalten, und ich wollte nicht zusehen, wie jemand – selbst Isaiah – totgeschlagen wurde.

Beckys Kiefer war verkrampft, sie biss die Zähne aufeinander, weil ihr Arm wieder schmerzte.

Jemand rief durch ein Fenster: »Öffnet das Fort! Sie bringen ihn um!«

»Ich kann nichts dagegen tun«, sagte ich, zu leise, als dass sie es hätten hören können. Es waren zu viele. Sie waren bewaffnet.

»Benson!«, rief jemand anderes. »Hilf ihm!«

»Ich kann nicht!«, schrie ich und stand auf. »Es gibt nichts, was ich tun kann.«

Irgendetwas klapperte über den Boden. Es war zu dunkel, um es zu erkennen.

Becky griff nach meinem Bein, und ich hockte mich wieder neben sie. Blut sickerte durch ihr T-Shirt. Ihr Arm war sehr schnell geheilt, aber der Aufprall vorhin hatte den Muskel erneut verletzt.

Sie kämpfte mit den Schmerzen. »Wir müssen es versuchen.«

»Nein.«

Noch etwas wurde in den Raum geschleudert und prallte gegen die gegenüberliegende Wand, so dass der Putz abblätterte.

Ich legte Becky den Arm um die Schultern, um ihr hochzuhelfen, doch sie rührte sich nicht vom Fleck. Das war keine Sturheit – es waren die Schmerzen.

»Komm«, sagte ich.

»Mir geht es gut«, sagte sie, eher zu sich selbst als zu mir. »Wird schon wieder.«

Der Lärm vor den Fenstern ließ einen Moment nach, und ich hörte die Schreie und das Stöhnen eines Kampfs. Das gesamte Dorf war außer Rand und Band. Diejenigen, die immer noch zur Society hielten, kämpften, um Isaiah zu retten, während diejenigen, die ihn hassten, sehen wollten, wie er seine gerechte Strafe bekam. Und einige drehten offenbar einfach so durch – beglichen alte Rechnungen und ließen sich vom Massenwahn mitreißen.

Irgendetwas prallte gegen die Mauer des Forts und zersprang.

»Wir müssen gehen«, sagte ich, legte mir Beckys gesunden Arm um die Schultern und zog sie hoch. Diesmal wehrte sie sich nicht. Ich half ihr, den übergroßen Parka wieder anzuziehen.

Als wir durch die Tür traten, erstarrte ich.

Das einzige Licht im Innenhof kam von dem ersterbenden Lagerfeuer, das den gefrorenen Boden flackernd rot und gelb beleuchtete. Neben dem Brunnen lag eine dunkle Gestalt auf der Erde. Ein Bein bewegte sich, er war also noch am Leben. Ein dutzend Leute standen um ihn herum, sie lachten und verhöhnten ihn.

Jemand ging zu ihm und trat zu. Isaiah prallte mit dem Rücken gegen die Brunnenwand und schrie auf. Ich blickte mich nach Hilfe um, aber da war niemand – nur verschlossene Türen. Alle versteckten sich oder, schlimmer noch, taten so, als wüssten sie nicht, was da passierte. Ein anderer Typ – jemand Großes, Stämmiges – sprang in die Höhe und landete mit beiden Füßen auf Isaiahs Brust, und dann traten drei weitere zu.

Ich hatte so etwas schon einmal gesehen, auf den

Straßen von Pittsburgh, als eine Bande spätnachts einen einzelnen Feind am falschen Ort entdeckt hatte.

»Benson.« Es klang beinahe wie ein Keuchen, wie ein Schluchzer. Sie wollte mich nicht mehr dazu bringen, dass ich Isaiah half – es gab nichts, was wir tun konnten, und wir wussten es beide.

Ich musste uns hier rausbringen.

Ich trat hinaus auf den Bohlenweg und drückte mich an der Wand entlang, wobei ich versuchte, im Schatten zu bleiben. Langsam rückten wir auf das Tor zu. Es würde bewacht sein – das war es immer –, aber wir mussten weg.

»Das ist für Cookie.« Der halbe Hof lag zwischen uns und ihnen, aber ich hörte das Knacken trotzdem. Ich sah nicht hin – ich hielt den Blick auf die Bretter unter mir gerichtet, bemühte mich, kein Geräusch zu verursachen –, aber Becky musste hingesehen haben.

»Sie haben ihn getötet«, flüsterte sie. »Sie haben ihn getötet.«

Ich sah nicht hoch. Die Bretter waren alt und morsch, ein falscher Schritt bedeutete Geräusche und Aufmerksamkeit. Ich schlich weiter, rief mir alles ins Gedächtnis, was ich beim Paintballspielen in der Schule gelernt hatte – zuerst mit der Ferse auftreten und dann den Fuß langsam abrollen, seitlich und überkreuz gehen anstatt geradeaus. Für Becky war es schwerer – sie konnte sich kaum auf den Beinen halten, und ich versuchte zu verhindern, dass sie stürzte.

Wir näherten uns der Eingangstür. Ich wusste nicht, wohin wir fliehen könnten – Becky konnte vermutlich nicht rennen, und ich kannte kein anderes Versteck als den Keller. Wir konnten zunächst zur Scheune gehen oder die Greens um Hilfe bitten oder ein paar von den Vs, die heute hier angekommen waren. Keine tollen Aussichten, aber eine bessere Idee hatte ich nicht.

Wenigstens trugen wir unsere Jacken.

»Hey!«

Ich drehte mich nicht um, sondern eilte weiter Richtung Tür.

»Sie kommen«, flüsterte Becky.

Jetzt rannte ich, stolperte auf dem unebenen Bohlenweg.

Die Stimmen waren lauter geworden, dicht hinter uns. »Wo wollt ihr denn hin?«

Als ich um die Ecke bog, stand Mouse an der Tür. An der Wand neben ihr hing eine kleine Laterne. Sie hielt ein Teppichmesser in der Hand, die geschwärzte Klinge ausgestreckt.

»Lass uns gehen«, sagte ich, doch ehe sie antworten konnte, waren wir umzingelt.

»Du warst doch auch bei der Society«, sagte der Typ

ganz vorn. Ich kannte ihn nicht, doch ich hatte ihn im Fort schon einmal gesehen. Isaiah musste ihn zum Arrest geschickt haben, bevor ich an die Schule gekommen war.

»Lasst sie in Ruhe«, sagte ich.

»So wie sie uns in Ruhe gelassen hat?« Eine Kette baumelte von seinen Händen.

»Ich war nicht für die Security zuständig«, keuchte Becky. Sie stand aus eigener Kraft, wenn auch leicht vornübergebeugt, und hielt mit dem unversehrten Arm behutsam den verletzten.

»Ihr hattet den Vertrag«, sagte ein anderer. »Du bist zur Society gegangen, obwohl du wusstest, was sie taten.«

Walnut tat einen Schritt auf uns zu. Sein Hammer war nass von Blut.

Meine Beine wollten nachgeben. Ich hoffte, sie konnten nicht sehen, dass meine Hände zitterten.

»Lasst sie in Ruhe«, sagte ich noch einmal. In meinem Ton lag keine Drohung mehr – ich konnte sie nicht bekämpfen, nicht alle auf einmal, nicht unbewaffnet.

Jemand drängelte sich durch die Gruppe nach vorn, und als er ins Licht trat, konnte ich sein Gesicht sehen. Skiver.

»Du bist bei diesen Typen?«, fragte ich. »Du bist ein Idiot, Skiver, aber du bist kein Mörder.«

Er lächelte. »Du forderst das schon lange heraus, Fisher.«

Im nächsten Moment schlug er mit der Faust zu. Ich konnte nicht ausweichen – Becky stand neben und Mouse hinter mir –, ich konnte höchstens versuchen, den Schlag abzulenken. Seine Faust glitt an meinem Arm hoch und traf meine Schulter, und ich schlug zurück. Ich traf seine Brust, doch der Schlag war kraftlos.

Becky schrie etwas, und der Rest der Jungen fiel über uns her. Ich kämpfte gegen die Hände, die versuchten, mich zu fassen und zu Boden zu drücken. Einem Typen rammte ich den Ellbogen in den Hals, und einem anderen trat ich mit Wucht gegen das Knie, aber es war, als kämpfte man gegen eine Flutwelle.

Jemand traf mich am Kopf, und helle Lichter explodierten hinter meinen Augen, und irgendetwas erwischte mich im Magen – ich wusste nicht, ob eine Faust oder ein Fuß, aber es fühlte sich an wie ein Güterzug. Ich klappte zusammen und sackte auf die Knie. Ich wartete auf den nächsten Schlag – den Hammer, die Kette, wer weiß was –, aber er kam nicht.

»Hebt ihn auf«, schrie jemand, und sofort schlang sich ein Arm um meinen Hals, zog mich auf die Füße und drückte mir die Luft ab.

Die Gruppe war ein Stück zurückgewichen, ein kleiner Kreis bildete sich in der Nische vor dem Tor. Becky lag am Boden und versuchte, sich aufzusetzen. Skiver stand über ihr.

»Hi, Becky.« Er kicherte leise. Sein Lachen griff wie eine Welle auf die gesamte Gruppe über.

Ich kämpfte gegen den Würgegriff an, trat nach hinten aus, versuchte, die Knie des Typen zu treffen, doch ich bekam kaum noch Luft.

Skiver beugte sich zu Becky hinab. »Re-bec-ca.«

Ich streckte die Hand nach hinten, versuchte vergeblich, dem Typen ins Gesicht zu packen, ihm in die Augen zu stechen.

»Immer so unschuldig«, sagte Skiver. »Immer hast du allen gesagt, was sie tun sollen.«

Becky drückte den Rücken an die Wand und stand vorsichtig auf. Gelassen packte Skiver ihren Arm und quetschte ihre Wunde. Sie schrie auf und rutschte wieder an der Wand herunter.

»Hört auf«, wollte ich sagen, aber ich bekam nichts heraus. Ich spürte, wie ich immer schwächer wurde.

Skiver berührte Beckys Gesicht, und mit einem gequälten Schrei rammte sie ihm das Knie in den Schritt. Skiver wankte zurück, und die Meute johlte vor Vergnügen. Doch schon einen Augenblick später stand er wieder über ihr, packte ihren Hals und brüllte, das werde sie bereuen.

Und dann war er still.

Mouse war aus den Schatten an der Tür getreten und hielt ihm das Teppichmesser unters Kinn.

»Du bist fertig«, sagte sie. »Lass sie los.«

Skiver rührte sich nicht, er war wie versteinert, sein Blick schoss von Beckys Gesicht zu Mouse.

Mouse sprach leise, aber klar und deutlich. »Du lässt sie sofort los, oder ich nehme dich aus wie einen Fisch.«

Langsam und vorsichtig wich er zurück. Mouse hielt die Klinge fest an seine Haut, bis Becky ein gutes Stück außerhalb seiner Reichweite war.

Becky sah mir unentwegt in die Augen und kroch an der Mauer entlang aufs Tor zu, das Gesicht gerötet und tränenüberströmt.

»Ihr seid hier fertig«, sagte Mouse erneut und hielt furchtlos ein dutzend Typen bloß mit dem kleinen Teppichmesser in Schach. Dann trat sie zum Tor zurück und zog an einem Seil. Die Warnglocke läutete einmal, dann noch einmal. Sie deutete auf mich. »Lass ihn los.«

Der Typ zögerte, doch dann löste sich der Arm um meinen Hals, und ich sackte zu Boden und schnappte gierig nach Luft. Meine Lunge brannte, und als ich versuchte, zu Becky hinüberzukrabbeln, wurde mir schwarz vor Augen, und ich musste anhalten.

Mouse läutete erneut die Glocke. »Birdman! Komm raus!« Ich hörte, wie die Tür entriegelt wurde, hörte rostiges Metall quietschen, als Mouse sie halb aufstieß.

»Was zum Teufel geht hier vor?« Das war Birdmans Stimme, irgendwo hinter all den Typen.

Wir warteten nicht ab. Ich hatte mich wieder gefangen und half Becky, aufzustehen.

Als wir durch die Tür traten, berührte sie Mouse am Arm. »Danke.«

Mouse schüttelte bloß den Kopf, ohne uns in die Augen zu sehen, und bedeutete uns, zu gehen.

Draußen waren die Kämpfe vorüber. Einige Grüppchen vermischten sich, halfen sich gegenseitig auf und zogen zurück zu den Greens. Als wir davongingen, stürzten drei Jungs von der Society zum Tor, wahrscheinlich um ihren Anführer zu retten. Ich ignorierte sie.

»Bist du in Ordnung?«, fragte ich Becky, während wir die Straße überquerten und langsam übers Feld gingen.

Becky nickte. »Und du?«

»Mir geht's gut«, sagte ich. Ich blieb stehen und zog ihr den Schal über Mund und Nase. Sie sah mir in die

Augen, und in ihrem Blick las ich stärkere Schmerzen, als sie je zugeben würde.

Ich verhüllte auch mein eigenes Gesicht, dann steuerte ich auf den Bach zu. Gleich darauf liefen wir in den Schatten unter den verkrüppelten Bäumen neben dem Bach her.

»Es geht dir bald wieder besser«, sagte ich.

»Natürlich«, antwortete Becky, und es klang, als meinte sie es ernst. Im Lügen war sie gut.

Ich blickte zurück zum Fort, das jetzt vielleicht ein Footballfeld weit entfernt war. Das Tor stand offen. Ich wusste nicht, ob Leute hinein gegangen oder herausgekommen waren. Zu sehen war niemand.

Außer … da stand eine einzelne Gestalt auf dem Dach, von einer kleinen Laterne halb beleuchtet. Der Typ konnte uns unmöglich sehen – wir waren zu weit entfernt, und es war zu dunkel.

Ich glaubte, es sei Mason. Aber ich wusste es nicht.

»Wohin gehen wir?«, fragte Becky. Sie bewegte sich so langsam, dass man es kaum gehen nennen konnte.

»In den Wald«, sagte ich. »Dort kommen sie nicht an uns heran. Die Implantate lassen sie nicht.«

»Sie nicht, aber Iceman schon.«

Am Bach blieb ich stehen und nahm sie auf den Arm. Erst jetzt fühlte ich mich wieder stark genug, um sie zu tragen, ohne ohnmächtig zu werden und sie fallen zu lassen. Dafür zu sorgen, dass sie trocken blieb, schien mir das mindeste zu sein.

Ihr schwerer Parka täuschte – sie wog nicht viel, womöglich sogar weniger als bei unserer Ankunft im Dorf.

»Lass uns zu Shelly gehen«, sagte Becky.

»Skiver – die anderen Jungs – sie werden uns finden.«

»Haben wir eine andere Wahl?«

Ich ging weiter, vorbei am Kasino, am Waschraum, an den Baracken. An der Baustelle blieb ich stehen. »Kannst du laufen?«

Sie lächelte. »Ich bin kein Invalide.«

Ich setzte sie ab, und sie bemühte sich, zu überspielen, dass sie zusammenzuckte, als sie sich aus meinen Armen löste. Ich holte eine schwere Plastikplane von einer Palette mit Wandverkleidung.

»Wohin gehen wir?«

»Du bist doch auf einer Ranch groß geworden«, sagte ich und führte sie auf das andere Ende der Straße zu. »Ich will dir eine stinkende Nacht zumuten.«

Sie schüttelte den Kopf. »Sehen sie nicht auch in der Scheune nach? Das wäre doch nur logisch.«

Ich blieb stehen und deutete auf das kleine rote Gebäude an der Straße. »Ich habe noch nie gesehen, dass jemand im Hühnerstall nachguckt.«

Becky starrte mich an, dann lachte sie und lehnte sich an mich. »Wenn ich die Vogelgrippe bekomme, bist du schuld.«

14

Der Hühnerstall war nicht viel kleiner als der Keller. Die Hühner schliefen und gaben kaum Geräusche von sich. Ich breitete die schwere Plane auf dem Boden aus und half Becky, sich daraufzulegen. Dann schlug ich die Seiten über ihr zusammen wie ein Taco, legte mich neben sie und schlang die Arme um sie, um sie warmzuhalten. Sie schlief ein, und ich lauschte ihrem Atem.

Die Nacht war still, und diese Stille zerrte an meinen Nerven; angstvoll lauschte ich auf Geräusche. Ein Reh oder ein Waschbär oder ein anderer Roboter konnte uns entdecken, während wir schliefen, und dann würde ich nichts tun können. Wir wussten, dass die Hühner und die Kühe echt waren – Birdman überprüfte die Kühe genauso wie uns, und die Hühner legten echte Eier. Jane sagte, hin und wieder kochten sie welche.

Es gab ohnehin nicht viel, was ich tun konnte, falls jemand uns fand. Ich hatte keine Waffe. Becky hatte immer noch Ms Vaughns Taser in der Tasche ihres

Parkas, aber der war bereits abgefeuert worden und damit nutzlos. Das Beil, mit dem ich Iceman erschlagen hatte, lag drüben im Keller.

Andererseits, womöglich wusste die Maxfield genau, wo wir waren und wie krank Becky war, und es kümmerte sie nicht. Keines der Doubles war noch aktiv, insofern war die Nachfrage nach Jugendlichen mit Implantaten im Kopf im Moment nicht gerade groß. Vielleicht warteten sie ab, bis wir uns hier im Dorf alle gegenseitig umgebracht hatten, um noch einmal ganz von vorn zu beginnen.

Es war so kalt, dass mein Gesicht brannte. Erfrierungen waren eine reale Gefahr, und ich wusste nicht, was ich dagegen tun sollte. Ich zupfte an der Kapuze von Beckys Parka und zog sie ihr so tief wie möglich ins Gesicht. Das musste genügen.

Als die Sonne endlich aufging, beugte ich mich über Becky und untersuchte ihr Gesicht, aber zu meiner Erleichterung fand ich keine Erfrierungen. An Nase, Mund und Kinn war die Haut zwar gerötet und fleckig wie nach einem Sonnenbrand, und ihre Lippen waren aufgesprungen, aber es hätte viel schlimmer sein können.

Ich spürte stellenweise leichte Erfrierungsanzeichen im Gesicht, aber ich hatte es besser gehabt als Becky: Ich hatte mich mit dem Gesicht von hinten in ihre Kapuze kuscheln können, während sie schlief.

Jemand klopfte ganz leise an die Sperrholztür des Hühnerstalls.

»Hey, Fish.«

Ich erstarrte.

»Fish. Ich bin's, Mason.«

Langsam steckte ich den Kopf zur Tür hinaus. Mason hockte vor dem Hühnerstall. Er war allein.

»Hallo«, sagte ich, ohne mich zu rühren.

»Kalte Nacht?«

»Wir haben's überlebt.«

Es gefiel mir nicht, dass er wusste, wo wir waren, selbst wenn das alles ganz harmlos war. Wenn Mason uns gesehen hatte, wer womöglich noch?

»Hast du kurz Zeit?«, fragte er.

Er stand auf, er war ohne Jacke da, nur in einem Flanellhemd mit hochgekrempelten Ärmeln. Er sah erschöpft aus.

»Was gibt's?« Ich trat vor die Tür und suchte den Waldrand ab.

»Ich weiß, was sie gestern Abend getan haben«, sagte er. »Das ist nicht richtig, Mann.«

Ich dachte kurz nach. »Was genau meinst du? Es gab gestern eine Menge, was nicht richtig war.«

»Ich meine den Kampf.« Er hielt inne, sah an mir

vorbei und weiter zum Horizont und der aufgehenden Sonne. »Geht's ihr gut?«

»Großartig.«

»Tut mir leid, Fish.«

Ich starrte ihn an, ohne etwas zu erwidern.

»Das ist nicht richtig«, sagte er erneut.

Becky regte sich und stöhnte leise im Schlaf wegen der Schmerzen in ihrem Arm. Ich schloss die Tür und bedeutete ihm, leise zu sprechen.

Mason war älter, als sein Double gewirkt hatte. Ein bisschen stämmiger, und er brauchte eine Rasur. Ich allerdings auch.

»Ich weiß nicht, was passiert ist«, sagte er und starrte immer noch auf den Hühnerstall, als könnte er Becky durch die Wand sehen. »Da am Zaun.«

Ich schüttelte den Kopf. »Wir müssen nicht darüber reden.« Ich wollte ihn nicht schonen – ich wollte einfach nicht daran denken. Ich wollte ihn nicht hassen, aber ich tat es.

»Ich muss es wissen.« Nun sah Mason mich an. »Was habe ich getan?«

»Nichts. Du hast nichts getan.«

»Was hat mein Double getan?«

Ich rieb mir durchs Gesicht und sah zum Himmel hoch, der immer heller wurde.

»Du hast sie geschlagen«, sagte ich. »Das war's. Du

hast uns gejagt, du hast sie geschlagen, und sie ist gestürzt.«

»Von einem Schlag wird man nicht so krank.«

»Was kümmert's dich?«, fragte ich, mit einem Mal wütend. Ich trat auf ihn zu. »Was geht's dich an? Du bist durchgeknallt. Das Double hat keine Anweisungen von dir bekommen.«

»Es kümmert mich, weil es wichtig ist«, sagte er. »Ich weiß, was sie … was sie dir bedeutet.«

Ich zog eine Augenbraue hoch. *Ich* wusste selbst nicht, was sie mir bedeutete. »Ach, ja? Und das wäre?«

Frustriert stieß Mason den Atem aus. »Was ist dein Problem?«

»Mein Problem? Gestern Abend wurde jemand ermordet, und dann haben sie versucht … Tja, wir sind hier gefangen, und Becky ist krank, und du musst unbedingt hier rumstehen und über Gefühle reden. Du weißt also, was sie mir bedeutet? Sie hat mir gesagt, dass sie mir vertraut. Sonst vertraut mir niemand – und das ist auch besser so, wie man an den ganzen Leuten sehen kann, die am Zaun getötet wurden, und am nächsten Tag, und gestern Abend, und morgen vermutlich auch.«

Er wollte etwas sagen, aber ich ließ ihn nicht zu Wort kommen.

»Becky hat mir vertraut, dass ich alle aus der Schule rausbringe, und jetzt sieh sie dir an. Ich muss dieses Vertrauen rechtfertigen. *Das* bedeutet sie mir. Und was ich nicht brauchen kann, ist, dass du jetzt hier ankommst und dich entschuldigen willst oder was auch immer du hier willst.«

»Aber es ist meine Schuld«, sagte er. »Wenn sie nicht verletzt worden wäre, wärt ihr entkommen.«

Ich schüttelte den Kopf und drehte mich zum Hühnerstall um. »Zu spät.«

»Nein«, sagte er. »Es ist nicht zu spät.«

Ich wollte nur unter die Plastikplane kriechen und die Arme um sie legen und mir wünschen, anderswo zu sein.

»Sie werden Isaiahs Leiche abholen«, sagte er und klang jetzt eindringlicher. »Das machen sie immer, wenn jemand stirbt, weil sie das Implantat zurückhaben wollen.«

Wir würden uns verstecken müssen – ich würde ein besseres Versteck für Becky finden müssen, wo sie sich erholen konnte. Aber ich merkte, dass Mason auf etwas anderes hinauswollte.

»Also, was?«

»Ich werde euch helfen, hier wegzukommen.«

»Echt?«

»Ja, echt. Gestern Nacht haben diese Typen die Leiche draußen auf die Straße geworfen, aber ich habe sie weggebracht. Sie liegt jetzt im Bach.«

Ich sah Richtung Furt, doch wir waren zu weit entfernt, um etwas zu erkennen. »Warum?«

Er klang nervös, aber in seinem Ton lag ein Anflug von Begeisterung. Er war stolz auf das, was er getan hatte. »Es ist eine Falle. Die Idee ist mir an dem Tag gekommen, als du hier ankamst und Harvard dich in den Wald geschleift hat. Jetzt haben wir zum ersten Mal einen Köder, mit dem die Falle zuschnappen kann.«

»Was hast du getan?«

»Die Leiche liegt im Bach unter Gestrüpp, das ins Wasser hängt. Iceman wird in den Bach steigen und sich durch die Zweige kämpfen müssen. Ich habe ein paar Kabel von der Waschraumbeleuchtung dahin gelegt, hab die Isolierung abgeschabt. Ich habe die ganze Nacht daran gearbeitet. Er kämpft sich durch die Zweige, die Kabel fallen ins Wasser, er wird geröstet.«

»Geröstet?«

»Er ist ein Roboter, oder? Ich wette, er kann trotzdem einen Stromschlag bekommen. Schaltkreise können durchschmoren.«

Ich zögerte, dann lächelte ich müde. »Genauso haben wir dich erledigt. Dein Double, meine ich. Becky hat dich mit einem Taser getroffen.«

Mason wirkte beklommen, aber er lachte. »Dann funktioniert es also.«

»Aber was haben wir davon, wenn er durchschmort?«, fragte ich. »Es gibt noch mehr Wachen.«

»Er kommt mit dem Lastwagen«, erklärte Mason. »Er kriegt einen Stromschlag, du nimmst den Lastwagen und gibst Gummi Richtung Highway.«

Ich überlegte. Es war kein schlechter Plan. Ich spähte zu der Stelle, wo die unbefestigte Straße im Bach verschwand. »Wissen wir, wohin die Straße führt?«

»Irgendwo muss sie auf andere Straßen stoßen«, sagte er. »Den Lastwagen haben sie schließlich nicht hier gebaut. Hör zu, es wird hell, und er kann jeden Augenblick hier sein.«

»Becky kann nicht mit«, wandte ich ein. »Sie könnte den Lastwagen nicht schnell genug erreichen.«

»Ich kümmere mich um sie«, sagte Mason. »Wir bringen sie zurück in den Keller.«

Panik stieg in mir auf. »Ich traue Birdman nicht. Nicht mehr.«

»Dann Shelly.«

»Ich muss mich um sie kümmern«, beharrte ich.

»Ich mach's«, sagte er. »Und jetzt komm. Ich muss von hier weg, damit ich nicht gleich neben ihr ausgeschaltet werde.« Er ging wieder zurück Richtung Bach.

Das war alles zu viel, ging zu schnell. Ich war nicht bereit. Ich konnte nicht ohne Becky los.

»Haben sie noch mehr Lastwagen?«

»Was?«

»Haben sie noch mehr Lastwagen? Wie lange wird es dauern, bis Verstärkung hier ist?«

Er nickte. »Ich habe drei gesehen. Da ist der Tieflader, mit dem sie das Bauholz geliefert haben, und zwei Pick-ups, einer weiß und einer rot. Und wir wissen von mindestens vier Quads.«

»Also fahre ich ihnen womöglich direkt in die Arme, und sie haben zwei Laster. Sie könnten mich jagen oder die Straße versperren.«

Mason zuckte die Achseln. »Du musst einfach besser sein als sie.«

Ich sah wieder zur Straße. Mein ganzes Leben lang war ich von einer Pflegefamilie zur nächsten gekommen, und die waren alle arm gewesen; abgesehen von den Fahrstunden konnte ich an einer Hand abzählen, wie oft ich hinter einem Steuer gesessen hatte. Einen Lastwagen hatte ich noch nie gefahren.

»Weißt du, ob es einer mit Gangschaltung ist?«

Er schüttelte den Kopf. »Jetzt sag nicht, du kannst nicht Auto fahren.«

»Ich kann's ein bisschen.«

»Du musst das machen.«

Wir waren ein ganzes Stück die Straße hinabgegangen. Nun drehte ich mich zum Hühnerstall um. Vielleicht konnte ich mich dort mit ihr verstecken und sie zum Lastwagen bringen. Aber woher sollte ich wissen, wann Iceman außer Gefecht war? Und das größere Problem: Was wäre, wenn er auf der falschen Seite des Baches parkte? Dann müsste ich an ihm vorbei, durch den Bach, um zum Lastwagen zu gelangen.

Vielleicht konnte ich Becky ja jetzt gleich mitnehmen, quer übers Feld, und wir könnten uns im Fort verstecken und abwarten.

Das Läuten der Warnglocke zerriss die frühmorgendliche Stille.

Uns lief die Zeit davon.

Ich wandte mich wieder zu Mason um, doch er war nirgends zu sehen. Er konnte in der kurzen Zeit doch nicht den ganzen Weg bis zum Fort gelaufen sein, und im Wald konnte er auch nicht sein.

Nein, er lag am Boden, mit dem Gesicht im Dreck.

Grauen erfasste mich, ein stechender Schmerz zuckte durch meine Brust wie ein Herzinfarkt. Ich machte kehrt und rannte.

Sie kamen. Jetzt hörte ich den Lastwagen. Der alte, nicht gewartete Motor knatterte durch die Bäume.

Becky streckte den Kopf zur Tür heraus und beobachtete mich verwirrt. Sie winkte mir hektisch zu, drängte mich, schneller zu laufen.

Ich stolperte beinahe bei jedem Schritt – über den unebenen Boden, über Grasbüschel. Ich fühlte mich wie betrunken von dem Adrenalin in meinem Blut und der aufsteigenden Panik, hatte das Gefühl, als wüsste ich nicht mehr, wie man rannte.

Und dann war ich im Hühnerstall, und Becky und ich ließen uns zu Boden fallen, auf die Plane.

Ich krabbelte zurück zur Tür, öffnete sie einen schmalen Spalt weit und spähte auf die Straße.

Ich konnte nichts sehen, aber ich hörte den Motor. Es klang, als wäre der Lastwagen am anderen Ufer des Bachs stehen geblieben. Becky schob die Tür weiter auf.

»Warte.« Ich hielt sie an der Jacke fest.

»Was?«

»Mason hat ihnen eine Falle gestellt.«

Sie versuchte aufzustehen. »Ich weiß. Ich hab euch gehört.«

»Wo willst du hin?«

»Zum Lastwagen«, sagte sie und japste zwischen den einzelnen Worten.

»Wir wissen nicht, ob die Falle zugeschnappt ist.«

»Es gibt nur eine Möglichkeit, das rauszufinden.«

»Und wenn nicht?«

Sie sah schrecklich aus: die Haut in ihrem Gesicht bleich und kränklich bis auf einige rote Stellen, dazu dunkle Ringe unter den Augen.

»Wir müssen jetzt los«, sagte sie. »Bevor noch jemand kommt.«

Ich stammelte, suchte nach einer Möglichkeit, mich zu weigern. Ich wollte einfach hierbleiben, bis es ihr besser ging – bis sie völlig gesund war –, anstatt noch einmal jemandes Leben zu riskieren.

»Du kannst nicht rennen.«

»Mir geht's nicht so schlecht, wie du denkst. Und du kannst mir helfen.«

Ich sah zum Waldrand. Würde die Falle funktionieren? Oder würden wir ihm am Bach gegenüberstehen?

»Bense«, sagte Becky, »wir müssen los.«

»Aber …« Wir würden sterben. *Sie* würde sterben.

»Wir haben keine Zeit.«

»Ich kann keinen Schaltwagen fahren.«

Beckys Mund verzog sich zu einem Grinsen. »Ist das alles? Muss ich eigentlich immer alles machen?«

Sie nahm meine Hand und zog mich mit; ihr Gang war unsicher.

»Du kannst es?«

Sie drückte meine Hand. »Ich hab dir doch gesagt, ich bin auf einer Ranch aufgewachsen. Ich fahre alte Lastwagen, seit ich elf war.«

Ich atmete tief durch, und dann legte ich mir ihren unversehrten Arm über die Schulter. Rennen konnten wir nicht, also schritten wir unverfroren und offen hinaus auf die Straße.

15

Wir gingen so schnell wir konnten, aber es fühlte sich nicht schnell genug an. Wir brauchten viel zu lange, und die Sekunden verrannen. Wir würden es nicht schaffen.

Ich ging auf Nummer sicher, verließ mit Becky die Straße und steuerte auf ein dichtes Gebüsch südlich der Furt zu.

»Wohin gehen wir?«

»Er geht bestimmt zur Furt«, erklärte ich. »Da hat Mason ihm die Falle gestellt. Ich will irgendwo anders über den Bach für den Fall, dass es nicht klappt.«

Becky nickte und nahm ihren Arm von meiner Schulter. »Ich kann allein laufen. Das ist schneller.«

»Ich kann dich schneller tragen.«

Sie holte Luft, um etwas zu erwidern, schwieg dann jedoch.

Es war noch immer nichts zu sehen oder zu hören. Ich hatte mit einem lauten elektrischen Knistern gerechnet, oder einem Knall. Irgendwas. Vielleicht funktionierte die Falle nicht – vielleicht waren die Kabel nicht ins Wasser gefallen. Oder sie waren hineingefallen, aber er war so konstruiert, dass er Elektroschocks widerstand. Oder es war zu viel Wasser, der Strom verteilte sich darin zu sehr und setzte ihn nicht außer Gefecht.

»Geh ohne mich«, sagte Becky.

»Nein.« Wir hatten den Bach fast erreicht.

»Du musst mich nicht beschützen …«

»Doch, das muss ich«, entgegnete ich scharf. Wenn sie zugehört hatte, als Mason und ich über seinen Plan gesprochen hatten, dann hatte sie auch gehört, was ich über sie gesagt hatte.

Ihre Finger gruben sich in meine Schulter. »Runter!«

Noch bevor sie zu Ende gesprochen hatte, ließ ich mich auf die Knie fallen. Iceman war auf der Straße.

Er sah nicht zu uns, sondern blickte finster die Straße entlang. Er war tropfnass und stinkwütend.

Mit einer Hand versuchte Becky, sich zum Bach und in Deckung zu ziehen. Da Iceman gerade in die andere Richtung sah, riskierte ich es und ging in die Hocke hoch. Ich packte Beckys Parka an der Schulter und zog sie ins Gebüsch.

Schweigend krochen wir weiter und rutschten die Böschung hinab zum Bach. Wir waren noch immer fünfzig gewundene Bachmeter von der Furt entfernt – von der Stelle, an der Isaiahs Körper lag. Es fühlte sich sicher an hier. Vergleichsweise.

»Kommt zum Fort!«, brüllte Iceman mit unnatürlich lauter Stimme.

Ich huschte ans andere Ufer hinüber und planschte dabei durch das eisige Wasser, das dort tiefer war. Dann spähte ich durchs Gebüsch Richtung Fort. Iceman war jetzt wieder am Fortufer und ging an seinem weißen Pick-up vorbei. Wir kamen zu spät. Er war noch immer näher am Wagen als ich, und er war sowieso garantiert schneller als ich.

Becky holte gerade zu mir auf, als ein Knall durch die Morgenluft hallte wie ein Schuss.

Iceman hatte die schwere Holztür des Forts eingeschlagen, als wäre sie aus Glas. Er griff zwischen den zertrümmerten Brettern hindurch und entriegelte die Tür.

»Das ist nicht gut«, hauchte Becky.

»Wir müssen hier weg«, sagte ich.

Sie sah zurück, stromaufwärts zum Pick-up.

»Wir haben keine Zeit«, sagte ich.

»Ich weiß«, fuhr sie mich an.

Becky stand vornübergebeugt, vermutlich ebensosehr vor Schmerzen als um in Deckung zu bleiben.

»Komm.« Ich packte ihren Arm. »Ich trage dich.«

»Mir geht's gut.« Sie machte einen ersten Schritt, und das eisige Wasser strömte ihr über die Schuhe. Es reichte ihr nun bis zu den Waden. Sie blieb stehen, um

Halt zu finden, und ich streckte erneut die Hand nach ihr aus.

»Hör auf«, sagte Becky energisch. »Es geht mir gut.«

Ich drehte mich wieder um und sah zum Fort. Die Tür stand offen, und ich hörte noch etwas zu Bruch gehen. Becky ging stromabwärts, mit kleinen, unsicheren Schritten steuerte sie auf den Wald zu. Wir trugen nicht gerade Tarnkleidung, aber wenigstens war sie dunkel, und wir befanden uns im Schatten. Zudem hatte Iceman anderes im Kopf, aber ich hatte keine Ahnung, welche Auswirkungen das auf ein Roboterhirn hatte. Konnte er abgelenkt sein?

Im eisigen Wasser wurden meine Füße taub, aber es gab keine andere Möglichkeit, zurück in den Wald zu kommen, ohne die Böschung hinaufzuklettern und die Deckung der Büsche zu verlassen.

Becky bewegte sich langsam vorwärts und blieb immer wieder stehen, um nicht auszugleiten. Sie konnte nur einen Arm ausstrecken, um das Gleichgewicht zu wahren, und ich hörte ihren mühsamen Atem. Ihre schnelle Genesung hatte sich in den letzten zwölf Stunden wieder umgekehrt.

»Kommt zum Fort!«

Wir fuhren zusammen, und Becky hielt sich an meinem Sweatshirt fest, um nicht zu fallen. Ich sah zurück, konnte aber durch das dichte Gestrüpp nichts erkennen.

»Kommt sofort zum Fort!«, brüllte Iceman wieder mit dieser metallischen Stimme, die beinahe klang wie ein Megaphon, nur tiefer und lauter. »Oder ich lasse euch das Hirn durchschmoren, einem nach dem anderen.« Iceman meinte wohl die Implantate.

Becky trat zurück ans Ufer und kniete sich in einer Gruppe niedriger Weiden hin.

»Sie suchen nicht nach uns«, flüsterte ich, ließ mich ebenfalls auf die Knie fallen und kroch die gefrorene Böschung hinauf.

Becky versuchte, aufzustehen und hielt sich dabei an den dünnen Weidenzweigen fest, aber einer brach durch. Augenblicklich ließen wir uns beide flach auf den Boden fallen.

Ich konnte nichts sehen – weder das Feld noch das Fort noch Becky oder sonst etwas. Ich hörte nur das Murmeln des Baches hinter mir. Aber ich wagte nicht, mich zu rühren. Mein Herz hämmerte wie eine Basstrommel in meiner Brust.

»Sammelt euch vor dem Fort«, befahl Iceman, und seine unmenschlich laute Stimme grollte noch sekundenlang zwischen den Bäumen und durchs Dorf, ehe sie verklang.

Ich rollte mich auf die Seite und konnte Becky wieder sehen. Sie befand sich ein Stück weiter unten an der Böschung, auf Knien und leicht vornübergebeugt. Mit der unversehrten Hand hielt sie ihren verletzten Arm, doch in ihrer Miene zeichneten sich nicht Schmerzen, sondern Entschlossenheit ab.

Ich sagte lautlos *geh weiter* und bedeutete ihr, sie solle in den Wald flüchten. Sie nickte, aber es sah nicht so aus, als würde sie meinen Rat befolgen.

Etwa drei Meter stromaufwärts standen zwei Pappeln, deren dicke Stämme sich am Boden beinahe berührten. Ich rutschte die Böschung hinab und kroch dorthin. Als ich mich dahinterhockte, konnte ich zwischen den Stämmen hindurchblicken, blieb dabei aber selbst fast vollständig verdeckt.

Jetzt standen alle – mit den Neuankömmlingen zusammen mussten es beinahe achtzig sein – auf dem Feld. Sie drängten sich in Grüppchen zusammen, um sich warmzuhalten. Fast niemand trug eine Jacke, und ein Junge hatte nicht einmal ein Hemd an. Sie hatten geschlafen, als Iceman gekommen war.

Mason war auch dort, er stand weit hinten. Er sah aus, als wollte er nicht gesehen werden, aber Iceman musste ihn im Verdacht haben. Er war als Einziger im Freien gewesen.

Iceman stand am Tor, mit dem Rücken zur Fortmauer. Ich konnte nicht erkennen, ob er von Masons

Falle verletzt worden war. Seine Kleidung tropfte und klebte ihm am Körper, aber es waren keine Brandmale oder mechanischen Störungen zu erkennen. Er sah so eiskalt und böse wie immer aus. Und er war wütend.

»Wir haben genau zwei Regeln für Sie«, sagte er. Er schrie nicht, aber seine Stimme musste dennoch eine halbe Meile weit tragen. Es war, als spräche er in ein Mikrophon. »Erstens: Sie sollen sich aus Schwierigkeiten heraushalten. Wir hatten nicht den Eindruck, dass es nötig sei, diese Regel näher zu erläutern, da Sie das in der Vergangenheit alle ziemlich gut hinbekommen haben. Ihr letzter selbstmörderischer Fluchtversuch liegt beinahe drei Monate zurück, und es schien, als wäre es Ihnen gelungen, die Ordnung aufrechtzuerhalten.«

Ich hörte, wie Becky zu mir zurückkam. Sie hatte meinen Rat also tatsächlich missachtet, was mich nicht überraschte.

»Wir sind immer wieder beeindruckt davon, wie erfinderisch Sie sind, wenn es darum geht, sich gegenseitig zu töten«, fuhr Iceman fort. Er bewegte sich kaum – keine Gesten, kaum Mienenspiel.

»Kann ich auch mal gucken?«, flüsterte Becky, und ich rückte zur Seite, damit sie zwischen den Bäumen hindurchspähen konnte.

»Es sind die Neuen«, fuhr er fort. »Sie alle, die Sie

versucht haben, von der Schule zu fliehen. Wir hatten durchaus die Sorge, dass es problematisch werden könnte, zu viele auf einmal hierher zu bringen – Sie waren zu aufgewühlt nach dem Desaster an der Schule. Aber ich hatte die aufrichtige Hoffnung, dass das Einsetzen der Implantate Ihnen Gelegenheit geben würde, sich wieder zu beruhigen.«

Becky ließ sich gegen den Baumstamm sinken.

»Er wird ihnen nichts tun«, sagte sie, aber sie klang, als wollte sie nur sich selbst beruhigen. Sie sah mich nicht an, sondern starrte stur geradeaus.

Ich spähte wieder zwischen den Baumstämmen hindurch.

»Sie sind jung und machen sich keine Gedanken über solche Dinge«, sagte Iceman. »Aber was wir gerade getan haben, war nicht einfach. Dreiunddreißig Schüler, die Implantate benötigten. Ein weiteres Dutzend brauchte lebensrettende Operationen. Unsere Mittel sind begrenzt.«

Jemand schrie: »Scheiß auf euch!«

Iceman verstummte und suchte die Menge ab. »Wer hat das gesagt?«

Niemand meldete sich.

Er tat einen Schritt auf die Schüler zu. »Es wäre besser für Sie, wenn jemand meine Frage beantworten würde.«

Die Menge wurde unruhig, hier und dort wurde gemurmelt und geflüstert.

Iceman verschränkte die Arme. »Auch gut.«

Geschrei erhob sich und jeder einzelne griff sich an den Kopf und stürzte zu Boden.

»Wir müssen etwas unternehmen«, sagte Becky mit bebender Stimme. Die Schreie hatten nichts Beherrschtes an sich, nichts Mutiges oder Zähes – da biss niemand die Zähne zusammen und kämpfte gegen den Schmerz an –, es waren reine Schmerzensschreie.

So abrupt, wie sie ertönt waren, brachen die Schreie wieder ab. Die gefolterten Leute lagen auf der kalten Erde, schluchzten und stöhnten leise.

»Wenn Sie bereit sind, fortzufahren«, sagte Iceman, »stehen Sie bitte auf. Ich kann warten.«

Becky sah mich an. »Hörst du das?«

»Was?«

»Ein Motor.«

Ich drehte mich zur Straße um. Mit tränenüberströmten, geröteten Gesichtern rappelten die Schüler sich langsam hoch. Einige schienen allerdings erst gar nicht wieder aufstehen zu wollen.

»Stehen Sie auf«, sagte Iceman gelassen. »Ich denke, ich habe mehr als deutlich gemacht, was geschieht, wenn Sie mir nicht gehorchen.«

Der andere Pick-up – ein roter, voller Rostflecken

und schlammbespritzt – kam angefahren und hielt vor dem Fort.

Einer nach dem anderen erhoben sich auch die übrigen Leute. Viele standen zusammen und stützten sich gegenseitig. Diejenigen, die alleine waren, wirkten unsicher und schwankten benommen, während sie sich bemühten, die Fassung zurückzugewinnen.

Iceman ging zum Pick-up und sprach kurz mit dem Fahrer. Dann schlenderte er zurück zu den Schülern. »Wie gesagt, das ist alles schwierig. Unser Zeitplan ist knapp. Wir haben wahrhaftig keine Zeit, ständig hier herauszufahren und euch widerwärtige Larven davon abzuhalten, euch gegenseitig umzubringen.«

Die Fahrertür des Pick-ups ging auf, und Ms Vaughn stieg aus. Ihre Stimme klang genauso verstärkt wie Icemans. Ein Schauder überlief mich, als ich sie sprechen hörte – beim letzten Mal hatte mein Messer an ihrer Kehle gelegen, und sie hatte mich ausgelacht.

Ich fragte mich, ob dies dieselbe Ms Vaughn oder eine andere Androidenversion von ihr war.

»So«, sagte Iceman und wischte sich die Hände an der Hose ab, »wo waren wir? Ich glaube, ich sprach gerade über Regeln, und die erste Regel bestand darin, dass Sie keinen Ärger machen. Der tote Schüler? Das würde ich Ärger nennen. Der Angriff auf eine unserer Wachen vor zwei Nächten? Ärger.« Er ließ den Blick über die Menge wandern und wartete auf eine Reaktion, aber niemand rührte sich.

»Wir haben diesen Jungen operiert, was Zeit und Mittel gekostet hat, und Sie haben das alles vergeudet.«

Jetzt sprach Ms Vaughn. »Malcolm King, würden Sie bitte herkommen.«

Ich wusste nicht, wer gemeint war, aber der Einzige, der sich bewegte, war Birdman. Er schlenderte nach vorn und gab sich dabei so draufgängerisch wie möglich.

Iceman sprach weiter zur Gruppe und ignorierte Birdman. »Wir haben Ihnen lediglich zwei Regeln gegeben, weil wir dachten, so sei es am besten. Der Mangel an Beschränkungen sollte die Moral stärken, und er erforderte weniger Überwachungsmaßnahmen. Es scheint jedoch, dass wir uns doch mehr um die Details kümmern sollten.«

Nun wandte er sich an Birdman. »Sie scheinen faktisch der Anführer dieses Lagers zu sein.«

Birdman nickte.

Iceman sprach wieder zur gesamten Gruppe. »Es wird einige Veränderungen geben. Uns gefallen Ihre Versammlungen nicht, uns gefallen Ihre Banden nicht, und Ihre Geheimnisse gefallen uns auch nicht. Von jetzt an wird es hier keine Clubs oder Cliquen oder

Banden oder Splittergruppen geben. Ab jetzt gibt es eine dritte Regel, und die lautet: keine Geheimnisse mehr. Falls wir dafür jedes Gebäude in dieser Anlage abreißen und Sie alle in einem großen Lagerhaus unterbringen müssen, werden wir es tun.«

Birdman nickte erneut, jetzt sichtlich nervös.

Ms Vaughn lachte. »Lieber Junge, womit sind Sie denn einverstanden? *Sie* hatten das Sagen, als hier die Hölle losbrach.«

Birdman sank einfach außer Sicht, aber das Aufkeuchen und die entsetzten Aufschreie sprachen für sich. Er wurde nicht gefoltert. Birdman war tot.

16

Plötzlich ertönte ein Schrei, und die Menge teilte sich wie das Rote Meer: Mason rannte nach vorne und stürzte schreiend mit einem langen Küchenmesser auf Iceman und Ms Vaughn zu.

Sie sahen ihn herankommen, ohne sich ihm auch nur zuzuwenden.

Drei Meter von ihnen entfernt stürzte Mason zu Boden. Es war, als wäre er abgeschaltet worden. Er rutschte noch ein Stück mit dem Gesicht nach unten über den hart gefrorenen Boden, schlaff und tot.

»Oh …«, sagte Becky, dann verstummte sie. Sie hatten ihn getötet, doch das Schlimmste war, dass es eigentlich Selbstmord gewesen war. Er hatte gewusst, was geschehen würde – er muss es gewusst haben. Er hatte geschrien, wodurch sie gewarnt waren. Er war mitten durch die Leute gestürmt, ohne jede Verstohlenheit. Er hatte sterben wollen.

Blut sickerte in einem langen dunklen Rinnsal aus seinen Ohren auf den Boden.

Becky wandte sich ab und sauste die Böschung hinunter. Ich sah zu, wie Iceman und Ms Vaughn aufräumten: Jeder von ihnen warf sich einen toten Jugendlichen über die Schulter, so beiläufig, als setzten sie einen Rucksack auf, um zur Schule zu gehen. Die beiden Körper landeten auf der Ladefläche von Ms Vaughns Pick-up. Jemand schrie auf und schluchzte.

Ms Vaughn fuhr davon. Zurück blieb ein Feld voller Schüler, die Iceman entsetzt anstarrten.

Iceman ging zurück zu seinem Pick-up und holte einen Vorschlaghammer von der Ladefläche. Sämtliche Blicke folgten ihm, als er zurück zur Forttür ging und die Türangeln aus der Wand schlug. Mit jedem Schlag zertrümmerte er das Holz, pulverisierte die Lehmziegel und verbog das Metall. Danach war die Tür mehr als nur demoliert – man würde sie nicht mehr einhängen können. Von nun an war es im Fort nicht mehr sicher.

Als wäre es dort jemals sicher gewesen.

Wortlos ließ Iceman den Hammer wieder auf die Ladefläche fallen, stieg ein und fuhr davon in Richtung Baracken, wo er garantiert genauso verfahren würde.

Ich wandte mich zu Becky um. Sie hockte am Bach, die Brust an den Knien, und ließ die unversehrte Hand ins eisige Wasser baumeln.

»Ich glaube, wir sind in Sicherheit«, sagte ich.

Sie nickte, ohne hochzublicken.

»Ich glaube nicht, dass er weiß, dass wir hier sind.«

Wieder nickte sie.

Irgendwo in der Ferne hörte ich Holz brechen. Für Iceman war das Zertrümmern der Türen nur ein symbolischer Akt, aber für die Leute, die in diesen Baracken leben mussten, würde es furchtbar sein.

»Ist dir kalt?«, fragte ich.

Becky ließ sich mit dem Po auf den Boden sinken und steckte die Hand in die Tasche ihres Parkas. Sie starrte eine Weile aufs Wasser, dann sah sie mich an. Sie war immer gut darin gewesen, gespielte Zuversicht auszustrahlen, aber jetzt versuchte sie nicht mehr, etwas vorzutäuschen. Ihr Blick war hart und verletzt.

»Du hättest abhauen sollen.«

Ich schüttelte den Kopf und sah fort. »Das konnte ich nicht.«

»Du hättest mich im Hühnerstall zurücklassen sollen.«

»Nein.«

Sie konnte so tapfer sein, wie sie wollte, aber ich kannte die Wahrheit. Ihr war kalt, sie war krank und schutzlos. Wenn ich versagt hätte, wäre sie auf sich allein gestellt gewesen. Wenn es mir gelungen wäre, den

Pick-up zu stehlen, hätten sie gewusst, dass ich in der Stadt gewesen war, und wären zurückgekommen, um nach Becky zu suchen. Ich konnte einfach weder das eine noch das andere riskieren.

In der Ferne sprang der Motor wieder an. Iceman fuhr davon.

»Bense«, sagte Becky. »Ich habe gehört, was du zu Mason gesagt hast. Ich kann selbst auf mich aufpassen.«

Ich lachte leise und freudlos und sah sie an. »Kannst du dich überhaupt an das erinnern, was gestern Nacht passiert ist?«

»Bense …«

»Kannst du?«, fragte ich lauter. »Du bist verletzt, du versuchst, gesund zu werden, und jetzt musst du dir auch noch Sorgen wegen Skiver und wer weiß wem noch machen.«

»Ich bin froh, dass du mir hilfst«, sagte sie. »Wirklich. Aber du musst aufhören, mich so zu bemuttern. Wenn wir hier nicht rauskommen, dann ist alles, was passiert ist, vergeblich gewesen.«

»Meinst du, das wüsste ich nicht?«

Ich stand auf und ging zurück zu den beiden Pappeln. Auf dem Feld war niemand mehr, und von Iceman war auch nichts mehr zu sehen.

»Als wir am Zaun waren«, sagte Becky, »und losgerannt sind, da wussten wir, dass wir die Leute da zurücklassen mussten. Sie haben uns sogar zugeredet wegzulaufen. Sie wussten es auch – dass das die einzige Möglichkeit zur Flucht war.«

Ich drehte mich wieder zu ihr um. Sie wirkte so klein da unten am Ufer, wo sie sich zusammengekauert hatte, um sich warmzuhalten.

»Und was soll ich deiner Meinung nach tun?« Ich versuchte, mich zusammenzureißen und gelassen zu klingen, aber der Frust, der sich in den letzten Tagen angestaut hatte, ließ sich nicht mehr zurückhalten. »Der Laster ist weg. Mason ist tot. Ich habe alles getan, was ich konnte.«

Sie blickte wieder auf den Bach und stand dann auf. An ihrem Parka und ihrer Hose klebte Erde.

»Ich werde nicht einfach in den Wald laufen«, sagte ich. »Nicht, solange es dir nicht besser geht.«

Becky sah zu mir hoch, der harte Blick war einem anderen Ausdruck gewichen – ich konnte ihn nicht recht deuten. Sie stieg in den Bach und erschauerte, als das kalte Wasser ihr in die Schuhe lief.

»Becky.«

Sie schüttelte bloß den Kopf. Den Blick auf ihre Füße gerichtet, watete sie ans andere Ufer und kletterte dort die Böschung hinauf. Sie zwängte sich bereits zwischen den Weiden hindurch, langsam und vorsichtig, jeden Schritt mit Bedacht setzend, als ich ihr nacheilte. Die langen dünnen Zweige peitschten mir entgegen.

»Becky«, sagte ich erneut, und sie drehte sich um.

»Glaub nicht, ich wäre nicht dankbar für das, was du tust – was du getan hast.« Sie kämpfte mit den Tränen. »Ich bin dir dankbar. Du hast mir das Leben gerettet, und du hast dich die ganze Zeit um mich gekümmert.«

Sie hielt inne, und ich wollte etwas erwidern, aber ich merkte, dass da noch mehr kam. Und ich ahnte, dass es mir nicht gefallen würde.

»Ich habe dir gesagt, dass ich dir vertraue«, sagte Becky und wandte den Blick ab, damit ich nicht sah, wie schnell ihr die Tränen kamen. »Aber du schuldest mir nichts. Wenn du zum Pick-up gelaufen wärst, hättest du mich nicht im Stich gelassen – du hättest mir geholfen. Du hast Wichtigeres zu tun. Du bist stark und gesund, und du musst uns hier rausholen.«

Ich atmete lange und gedehnt aus, um Zeit zum Nachdenken zu gewinnen. Zeit mich zu beruhigen und nicht einfach aufzubrausen. »Was ich ihm gesagt habe, habe ich ernst gemeint. Ich gehe nicht ohne dich weg.«

Sie wirbelte zu mir herum. »Tja, weißt du was?«

Wir starrten einander an, während sie nach Worten suchte.

»Was?«

Becky atmete tief durch.

»Hier sind mehr Leute als nur ich. Und ich will nicht der Grund dafür sein, dass du ihnen nicht hilfst.«

Sie wandte sich ab und stapfte weiter zwischen den Weiden hindurch. Ich folgte ihr. Jetzt kamen die grünen Baracken und die Rückseite des Kasinos in Sicht. Ein paar Leute standen auf der Straße, aber sie schienen uns nicht gesehen zu haben.

»Hör einfach auf …«, setzte sie an. »Hör einfach … ach, vergiss es.«

»Becky.«

Sie blieb nicht stehen, aber sie war ja nicht besonders schnell. Ich verstellte ihr den Weg.

»Schau«, sagte ich, und nun bebte meine Stimme, »tut mir leid, dass ich nicht zum Laster gerannt bin. Aber ich konnte dich nicht im Stich lassen. Du hast mir vertraut.«

Becky schob sich die Kapuze vom Kopf und strich sich die zerzausten Haare aus dem Gesicht. »Du tust so, als wäre das so eine Art Schuld. Als würdest du mir etwas schulden.«

Ich wollte etwas erwidern, aber sie kam mir zuvor.

»Ich gehe zu Carrie und Curtis«, sagte sie. »Sie werden mir helfen, und dann bist du frei zu tun, was du tun musst.«

»Das will ich gar nicht.«

Sie schüttelte ihre Füße – sie mussten taub vor Kälte sein –, dann sah sie wieder zu mir. »Tja, na und? Du kannst den Leuten helfen – du bist im Augenblick der Einzige, der das kann –, aber du tust es nicht. Und ich will nicht, dass ich der Grund dafür bin.«

Darauf wusste ich nichts zu sagen.

»Ich bringe dich hin«, sagte ich schließlich.

»Ich komme schon zurecht«, wehrte sie ab.

»Nein …«

Ich versuchte, ihre Hand zu nehmen, aber sie wich zurück und warf mir einen düsteren Blick zu.

»Benson, ich habe dir nicht deshalb vertraut, weil ich dich mag. Ich habe dir vertraut, weil du es dir verdient hattest. Du hast nie aufgehört, zu kämpfen, und du hast versucht, zu helfen, du hast versucht, uns alle zu überzeugen.«

Ich wollte etwas einwerfen, doch sie hob die Hand.

»Ich behindere dich«, sagte sie schließlich. »Aber du brauchst dich nicht um mich zu kümmern.«

»Aber …«

Sie wandte sich ab und ließ den Kopf hängen. »Ich weiß nicht, wie ich es sonst sagen soll, Bense. Ich will es nicht sagen.« Sie zögerte lange. »Ich kann dir einfach nicht mehr vertrauen. Jedenfalls nicht, wenn wir zusammen sind. Allein wirst du besser klarkommen.«

Sie ging übers Feld davon, und ich blickte ihr hinterher. Ich begriff nicht, was da passiert war. Sie hatte mich nicht verstanden, und ich wusste nicht, wie ich es ihr erklären sollte.

Ich wollte nicht, dass sie allein zurechtkam. Ich wollte ihr helfen.

Ich setzte mich auf einen umgestürzten Baumstamm und wartete so lange, bis sie die Baracke sicher erreicht hatte. Eine Eingangstür gab es nicht mehr, aber ein Mädchen, das ich nicht erkannte, erwartete Becky auf der Treppe und nahm ihren Arm.

Was sollte ich jetzt tun?

War es Zeit zu fliehen? Ein paar Vorräte zusammenzupacken und mich in den Wald zu wagen? Vielleicht war es gar nicht so schrecklich, wie ich gedacht hatte – wir hatten die Nacht ja schon draußen verbracht. Vielleicht konnte ich es schaffen.

Aber ohne Becky wollte ich es nicht versuchen.

Ich fror – meine Beine und Füße zitterten. Ich hatte eigentlich keine Lust, wieder ins Fort zu gehen, aber dort waren meine trockenen Kleider, deshalb ging ich zurück. Als ich näher kam, rechnete ich damit, irgendeine Spur dessen, was hier passiert war, zu sehen – Blut vielleicht. Aber das Einzige, was fehl am Platz wirkte, waren die Trümmer der Tür.

Auf den ersten Blick wirkte auch im Fort alles unverändert. Ein paar Leute standen auf dem Bohlenweg, und jemand hatte Feuer in der Lagerfeuergrube gemacht. Aber es herrschte völlige Stille. Harvard stand allein auf dem Innenhof und sah reglos zum Himmel hoch. Mouse saß, immer noch im Schlafanzug und mit nackten Füßen, auf einer Bank und hatte die Beine an die Brust gezogen. Sie schaukelte ein wenig vor und zurück und hatte die Augen geschlossen. Walnut saß auf der Kante des Holzwegs und blickte hoch, als ich vorbeiging. Keiner von uns sagte etwas. Lilys Tür war geschlossen, und ich klopfte. Das alte Holz klapperte.

Ich musste etwas tun. Und vielleicht konnte Lily mir helfen. Lily hätte nicht auf Becky gewartet – sie wäre zum Laster gerannt. Sie hätte versucht, Hilfe zu holen.

Sie öffnete mir nicht. Ich klopfte erneut.

»Sie ist nicht da.«

Ich drehte mich zu Jane um. Sie trug dieselbe dünne Jacke und dieselbe Jeans wie an dem Tag, als ich sie in der Scheune getroffen hatte, und ihre kurzen Haare waren vom Schlafen zerzaust. Sie kam zu mir und musterte mein Gesicht. »Geht's dir gut?«

»Ja.«

Mit einem Finger berührte sie meine Stirn, strich mir sanft oberhalb des Auges über die Haut. »Tut das weh?«

»Ich hab gar nicht gemerkt, dass da was ist.« Ich berührte die Stelle und spürte eine empfindliche Prellung. »War mir gar nicht aufgefallen.«

»Du siehst aus, als wäre dir kalt«, sagte sie, ging ans Feuer, wo schon ein paar andere saßen, und bedeutete mir, ich solle mich zu ihr gesellen.

Ich gehorchte. Harvard starrte immer noch in den Himmel. Ich fragte mich, ob er durchdrehen würde. Ich konnte mir irgendwie schwer vorstellen, dass man Birdman vermissen konnte – andererseits war Harvard auch nicht der Allernetteste. Sie passten gut zusammen. Und Mouse auch.

Jane und ich setzten uns auf die Kante des Bohlenwegs, dicht genug am Feuer, um die Wärme zu spüren. Ich streckte die Beine aus und schob meine kalten Füße an die Flammen.

»Mason mochte dich«, sagte Jane. »Sehr.«

Ich nickte.

»Er war einsam«, fuhr sie fort. »Ich meine, sein Double war einsam. Aber der echte Mason hat das gespürt. Du hast das geändert.«

»Ich habe kaum mit ihm gesprochen, seit ich hier ankam.« Ich sah sie an und merkte, dass sie die ganze Zeit mein Gesicht beobachtet, mich gemustert hatte. Sie lächelte schwach, dann wandte sie sich dem Feuer zu.

Ich zog meine nassen Schuhe aus und lehnte sie zum

Trocknen an einen Stein. Dampf stieg von meinen Socken auf, als ich die Füße wieder ans Feuer schob.

»Mason hat heute Morgen einen Fluchtversuch unternommen«, sagte ich.

Jane war offen bestürzt.

»Er hat versucht, Iceman durch elektrischen Strom außer Gefecht zu setzen«, erklärte ich. »Deshalb war Isaiahs Leiche am Bach.«

Jane kniff die Augen zusammen. »Warum hat er das getan?«

»Er wollte mir helfen – er wollte Iceman töten, dann sollte ich den Pick-up nehmen und fliehen.«

Eines der anderen Mädchen, die zuhörten, fragte: »Wusstest du davon?«

Ich zuckte die Achseln. »Er hat es mir etwa fünf Minuten, bevor Iceman kam, erzählt. Ich hatte keine Zeit, etwas zu unternehmen.« Das war gelogen. Ich wusste, Becky hatte recht gehabt. Ich hätte etwas unternehmen können.

»Iceman war aber nicht tot«, sagte jemand.

»Nein«, erwiderte ich. »Es hat wohl nicht funktioniert.« Ich wusste nicht einmal, ob das stimmte. Vielleicht hatte der Stromschlag ihn eine Minute lang außer Gefecht gesetzt, vielleicht auch länger. Er war tropfnass gewesen – vielleicht war er ja doch ins Wasser gefallen.

»Hat Mason dir mal erzählt, woher er stammte?«, fragte Jane.

»New York, glaube ich.« Ich zog die Socken auch aus und legte sie auf die Steine, die die Grube säumten. Meine Füße waren weiß. Ich setzte mich auf die Erde, näher ans Feuer.

Jane kam mir nach und setzte sich wieder neben mich.

»Er war nicht aus New York«, sagte sie. »Das hat er den Leuten bloß erzählt. Er war ein Ausreißer. Er ist auf einer Farm aufgewachsen. In Arkansas, glaube ich.«

»Echt?«

»Er wollte mehr als alle anderen von hier weg«, sagte sie. »Er hatte wirklich noch irgendwo Familie.«

»Ich dachte, die Maxfield nimmt keine Kinder, die noch Familie haben.«

Jane schüttelte den Kopf. »Sie nehmen Leute, die niemand vermisst. Als Mason hier gelandet ist, lebte er schon lange allein – schon seit etwa einem Jahr. Er war niedergeschlagen. Bevor du sein Zimmergenosse wurdest, hatten wir alle Angst, dass die Maxfield ihn tötet, wie Dylan.«

Ich blickte wieder ins Feuer. Ein Mädchen stand auf und legte noch ein Holzscheit in die Mitte. Das Feuer züngelte daran, hüllte es mit hellgelben Flammen ein, bis die Ränder sich schwärzten und das Scheit Teil des Feuers wurde.

»Die können so nicht weitermachen«, behauptete ich.

Ein anderes Mädchen sagte: »Guck dich doch um. Die waren schon hundert Jahre hier, bevor wir hier ankamen. Und sie werden noch hundert Jahre hier sein, nachdem wir wieder weg sind.«

Harvard, der so weit von uns entfernt war, dass er uns wahrscheinlich nicht hören konnte, lachte.

Das Mädchen deutete auf ihn. »Weißt du, was mit ihm los ist?«

Ich betrachtete ihn. Er starrte noch immer in den Himmel und grinste.

»Nervenzusammenbruch?«

Sie rieb sich durchs Gesicht und stand auf. »Feedback.«

Fragend sah ich sie an, dann beobachtete ich Harvard. Bei ihm war es anders als bei Shelly. Sie hatte sich hinsetzen müssen und hatte ausgesehen, als hätte sie schlimme Kopfschmerzen. Harvard wirkte wie in Trance oder high.

»Sie haben wieder angefangen«, sagte Jane. »Mit ihm und noch ein paar anderen. Heute Nacht.«

»Die Schule setzt wieder Doubles ein?«

Jane seufzte. »Deshalb sind wir ja hier.

»Ich hätte abhauen sollen«, sagte ich.

»Was?«

»Mason hatte mir doch von seinem Plan erzählt. Ich hätte einfach schneller sein müssen.«

Darauf erwiderte Jane nichts.

Ich starrte ins Feuer. »Ich werde von hier abhauen.«

»Wann?«, fragte sie leise.

»Sobald ich gepackt habe.« Ich deutete zu Harvard. »Und ich muss noch mit ihm reden.« Ich wusste noch immer nicht, ob er bei Icemans Sektion etwas herausgefunden hatte.

»Da draußen ist es nicht sicher«, sagte Jane.

»Sicherer als hierzubleiben.«

Ich versuchte, mir einzureden, dass ich fortging, weil ich eine Aufgabe zu erfüllen hatte. Dass es hier immer noch um Beckys Vertrauen ging, um die Rufe der Verwundeten am Zaun, die mich gedrängt hatten, Hilfe zu holen.

Aber in Wirklichkeit wollte ich jetzt weg, weil die anderen ohne mich sicherer sein würden.

»Birdman hat immer gesagt, das Fort sollte uns helfen zu fliehen.« Jane beugte sich vor und hielt die Hände ans Feuer. »Die ganzen Sicherheitsmaßnahmen hier hätten wir nur deshalb, weil wir etwas planen. Aber er hat nichts geplant. Hat er nie.«

»Und warum dann der ganze Aufwand?«

»Paranoia«, sagte sie. »Egal, was Birdman sonst noch war, egal, wie er sich verhalten hat, er hatte Angst. Ich meine, er hat sich in Kämpfe gestürzt und die Leute eingeschüchtert, aber er hatte schreckliche Angst vor der Maxfield. Er hat es gehasst, sie in seinem Kopf zu haben.«

»Aber …«, setzte ich an, doch dann fiel mir nichts weiter dazu ein.

Nun setzte Harvard sich auf den Boden, noch immer mit diesem entrückten Lächeln im Gesicht.

»Manchen Leuten gefällt es«, sagte Jane, als ihr auffiel, wohin ich sah.

»Das Feedback? Warum?«

»Hängt davon ab, was passiert. Wenn es gut ist, gefällt es allen – dagegen kann man nicht an. Aber manchmal ist sogar unangenehmes Feedback besser, als hier zu sein. Es ist, als hätte man noch ein Leben.«

Ich fragte mich, was Harvard sah. War er wieder an der Schule? Bevölkerte die Maxfield die Schule wieder mit Doubles, damit sie eine neue Ladung Menschen für ihre Tests hineinsetzen konnte?

Ich dachte an meinen ersten Tag an der Schule – daran, wie aufgeregt ich gewesen war auf der Hinfahrt. Es war die schönste Schule, auf der ich jemals gewesen war. Gut instand gehalten, alles funktionierte, gutes Essen. Im Rückblick betrachtet, das wurde mir jetzt klar, wirkten die Probleme, die wir an der Schule gehabt hatten, gar nicht so schlimm. Ich hatte meine Freiheit gewollt, und die Banden hatten Leute verletzt, aber niemand war gestorben. Da war nicht dieses ständige Leiden gewesen, das hier herrschte.

Ich sah wieder zu Jane.

»Weißt du, was mir an dir gefallen hat?«, fragte sie. Sie sprach jetzt leiser, wirkte zurückhaltender. Mit der einen Hand massierte sie die andere und betrachtete dabei ihre Finger, als wären die plötzlich ungemein interessant.

»Meine erstaunliche Fähigkeit, mich in Schwierigkeiten zu bringen?«

Jane lächelte. »Ich bin schon lange hier, und du hast ja gesehen, wie es hier ist. Es ist ganz erträglich, und manchmal macht es sogar Spaß, aber meistens ist es langweilig und frustrierend. Ich habe mein Double geliebt. Ich habe ihr Leben geliebt und mich auf das Feedback gefreut. Und als du an die Schule kamst, na ja … Ich hatte viel Feedback, wenn du bei mir warst. Es kam mir vor, als wäre ich die ganze Zeit an der Schule.«

Ich sah sie an. Ihre Augen wirkten müde, und ihr Gesicht wies die Spuren von jahrelanger körperlicher Arbeit und häufigem Aufenthalt im Freien auf. Aber sie war glücklich. Nein, es war mehr als das. Sie war zufrieden. Es war ein Gefühl, von dem ich nicht wusste, ob ich es jemals verspürt hatte, ein Zustand, den ich bei mir selbst nicht kannte.

Ich küsste sie.

Sie kam mir entgegen, ihre Lippen waren weich und warm. Ich berührte ihr Gesicht, ihre mit Sommersprossen gesprenkelten Wangen, und strich ihr durchs Haar.

Sie schlang mir die Arme um den Hals und zog mich an sich.

Ich legte ebenfalls die Arme um sie, dann küsste ich sie auf die Wange und drückte sie fest an mich.

Doch als ich die Augen wieder öffnete und mich zurücklehnte, um sie noch einmal ganz leicht zu küssen, stimmte etwas nicht. Nicht bei ihr. Sie lächelte mich an, glücklicher als ich sie je gesehen hatte. Die Zufriedenheit, die ich in ihrem Blick gesehen hatte, stand ihr nun ins ganze Gesicht geschrieben.

Aber mit mir stimmte irgendetwas nicht. Denn als ich die Augen wieder geöffnet hatte, war ich fast erschrocken gewesen. Als hätte ich nicht damit gerechnet, Jane zu sehen. Als hätte ich gar nicht gewollt, dass sie es war.

»Wenn ich es richtig in Erinnerung habe«, sagte Jane, während nur Zentimeter unsere Gesichter trennten, »sollte ich ab jetzt lieber aufpassen, wer von hinten kommt.«

Ich lächelte, aber mir wurde ganz anders. Ich blickte ihr über die Schulter. »Alles in Ordnung.«

»Gut.« Sie zog mich an sich und legte den Kopf an meine Schulter.

Langsam und müde atmete ich aus. »Alle Achtung. Du bist die erste Person, die ich kenne, die darüber witzeln kann, wie sie totgeschlagen wurde.«

Sie lachte und wandte sich wieder dem Feuer zu. Ich legte ihr den Arm um die Taille und zog sie an mich. So blickten wir in die Flammen. Aber es fühlte sich noch immer falsch an, und ich wusste auch genau, warum.

»Ich muss dich etwas fragen«, sagte ich.

Sie atmete tief durch. »Ich wünschte, es könnte warten.«

»Ich glaube nicht.«

Sie legte ihre Hand auf meine. »Tu das nicht wieder.«

»Was?«

Ihr Ton war jetzt ernst; Lebhaftigkeit und Zufriedenheit waren verschwunden. Sogar ihre Hand war kalt. »Als du mich an der Schule geküsst hast – als du mein Double geküsst hast –, hat es kein gutes Ende genommen.« Sie lachte leise. »Und ich rede nicht davon, dass ich ermordet wurde.«

»Du wolltest mich überreden, zu bleiben«, sagte ich.

Sie schwieg lange. Schließlich sagte sie: »Ich bin

froh, dass du nicht dort geblieben bist. Ich bin froh, dass du hierher gekommen bist.«

Ich nickte und überlegte, was ich darauf erwidern sollte. Ich mochte Jane. Ich mochte sie sehr. Aber sie war nicht Becky.

»Also frag mich.« Jane klang ein bisschen nervös.

Ich zögerte. »Ich weiß nicht, was ich fragen soll«, sagte ich schließlich.

Lily kam mit einem Schuhkarton durch die Forttür auf den Innenhof. Sie kam auf uns zu, hob die Augenbrauen und lächelte. Dann griff sie in den Karton, holte kleine Zellophantütchen heraus und warf jedem von uns eins davon zu.

»Cupcakes«, sagte sie und verdrehte die Augen. »Sind gerade mit dem Aufzug im Kasino gekommen. Das ist vermutlich Maxfields Art zu sagen: ›Tut uns leid, dass wir eure Freunde getötet haben. Nehmt euch einen Cupcake.‹«

Es war nicht gerade das typische Frühstück, aber ich riss die Verpackung meines Cupcakes trotzdem sofort auf. Das Essen hier war deutlich einfacher als das, was wir an der Schule bekommen hatten, und ich hatte seit Tagen nichts Süßes gegessen.

»Benson hat dich gesucht«, sagte Jane.

Lily lachte. »Anscheinend hat er zuerst dich gefunden.«

Jane errötete und konzentrierte sich auf ihren Cupcake.

Lily begegnete meinem Blick, und ich bedeutete ihr, dass wir irgendwo ungestört reden müssten.

»Die anderen teilen das Essen schon auf«, sagte Lily. »Ihr solltet rübergehen, bevor das Beste weg ist.«

Jane biss ein Stück von ihrem Schokoküchlein ab. Es war Fabrikware, Massenproduktion, aber Jane aß es, als käme es aus einem Sternerestaurant. Sie leckte sich ein abgesplittertes Stückchen Glasur von der Lippe und lächelte mich an.

»Gehst du hin?«

»Geh du«, sagte ich und beugte mich vor, um nach meinen nassen Socken zu sehen. »Ich gehe mich umziehen.«

Sie aß noch einen Bissen von ihrem Cupcake und stand auf. Für einen Augenblick huschte ein ernster Ausdruck über ihr Gesicht. Sie wusste, was ich dachte. Sie wusste, was ich ihr antun würde. Erneut.

»Geh nicht weg«, sagte sie in gespielt fröhlichem Ton.

Ich nickte.

17

»Du und Jane also, was?«

Lily ließ sich im Versammlungsraum auf eine Bank fallen und stellte den Karton mit den Leckereien neben sich auf den Boden. Ich stand am Fenster und beobachtete, wie die Leute Richtung Kasino wanderten.

Niemand hatte den Raum nach den Ereignissen des gestrigen Abends aufgeräumt. Einige Bänke waren an die Wand geschoben, andere umgestürzt. Die Stoffstücke – Birdmans sorgfältige, paranoide Aufzeichnungen – lagen auf dem Boden verstreut. Niemand interessierte sich noch dafür. Ich hob eines auf und betrachtete eine detaillierte Karte der unterirdischen Anlage. Notizen kennzeichneten Gegenstände im Raum, die Farbe des Anstrichs oder Stellen, wo üblicherweise Wachen standen.

Ich zuckte die Achseln.

»Weiß Becky Bescheid?«

»Falls nicht, wird sie es schnell erfahren.«

»Hast du Schluss gemacht oder sie?«, fragte Lily. Sie sah mich nicht einmal an – sie hatte sämtliche Essenspäckchen auf der Bank vor sich aufgereiht, ordentlich und sortiert.

»Beides«, sagte ich und lehnte mich an die alte Lehmziegelwand. »Ich weiß nicht. Sie hat Schluss gemacht, aber ich habe es verdient. Ich will nicht darüber reden.«

Lily wählte eine Reihe Müsliriegel aus und sortierte sie nach Geschmacksrichtungen. Entweder hatte sie einen Sortierzwang oder sie langweilte sich.

»Worüber wolltest du denn mit mir reden?«

»Du hast gesagt, Birdman wollte gar nicht fliehen, Shelly aber schon.«

Sie nickte.

»Ich will dabei sein«, sagte ich.

»Du hast die Regeln gehört.« Lily lachte grimmig. »Keine Gruppen mehr.«

»Ich glaube, wenn wir versuchen, zu fliehen, können wir ruhig gegen diese Regel verstoßen.«

Sie hielt den Karton an die Bank und fegte all ihre Schätze hinein. »Ich kann dich nicht in Shellys Gruppe bringen, weil ich selbst nicht dabei bin.«

»Woher weißt du dann, dass es sie gibt?«

»Beobachtung. Birdman hat mich über die unterirdische Anlage ausgequetscht, aber Shelly wollte alles über den Wald wissen – wie weit ich gekommen war und wie man mich geschnappt hat.«

Ich sah wieder aus dem Fenster. Von hier aus konnte ich die Furt nicht sehen.

Ein hochgewachsenes Mädchen mit braunen Haaren saß allein im Schneidersitz auf der Straße.

»Da bekommt jemand Feedback«, sagte ich.

Lily kam ans Fenster. »Eliana. Interessant.«

»Ich hab gehört, eine Menge Leute bekommen jetzt Feedback«, bemerkte ich.

Ich meinte, Eliana weinen zu hören, aber sie war zu weit weg, um sicher zu sein.

»Stimmt«, sagte Lily. »Maxfield hat die Schule wieder aufgemacht.«

Sie wandte sich vom Fenster ab und stellte sich mit verschränkten Armen vor mich hin. »Du musst mit Shelly sprechen. Sie leitet das Ganze, und sie erzählt niemandem alles. Aber ich weiß nicht, warum du dich damit aufhältst. Besorg dir Proviant und hau ab von hier.«

»Hast du das nicht schon versucht?«

»Und ich bin verdammt weit gekommen«, entgegnete sie verärgert. »Ich hatte bloß keine Waffe. Aber du hast alles, was du willst – Hämmer, Messer, Schaufeln.«

»Was, wenn ich versuche, Hilfe zu holen, und sie es herausfinden? Was werden die von der Maxfield dann tun?«

»Sie werden dich jagen.«

»Oder sie töten euch alle und brennen den ganzen Laden ab, um ihre Spuren zu verwischen.«

Darauf wusste Lily keine Antwort.

Ich zog mir die Kapuze meines Sweatshirts auf und ging zur Tür. »Ich gehe Shelly suchen.«

»Irgendwann muss man sich einfach um sich selbst kümmern«, sagte Lily.

»Ich gehe nicht ohne Becky weg.«

Lily drehte sich um, ein kleines Lächeln spielte um ihren Mund. »Meinst du nicht Jane?«

Ich starrte sie an. Ich wusste nicht, was ich meinte.

Nein. Das stimmte nicht. Ich meinte Becky. Nein, das stimmte auch nicht.

»Ich werde uns *alle* hier rausholen.«

Die Maxfield konnte nicht gewinnen.

18

Ich ging hinaus auf den Innenhof und setzte mich neben Harvard. Er grinste immer noch, und ich wusste nicht, ob er jetzt überhaupt in der Lage war, sich mit mir zu unterhalten.

Ich wedelte mit der Hand vor seinem Gesicht. »Bist du da?«

Er drehte den Kopf, aber nicht weit genug, um mich anzusehen. »Benson. Hi.« Er sprach langsam, als wäre er von irgendeiner Droge zugedröhnt.

Nicht zu fassen, dass ich Hilfe von ihm erwartete, während er in diesem Zustand war. Aber mir waren die Alternativen ausgegangen.

»Hey, Harvard. Komm zurück.« Ich klopfte ihm auf den Rücken. »Ich muss mit dir reden.«

»Sie sind an der Schule«, sagte er träumerisch. »Die Schwestern. Die, von denen wir gesprochen haben.«

»Die interessieren mich nicht«, sagte ich. »Ich muss wissen, was du über den Androiden herausgefunden hast, den ich dir gebracht habe. Irgendwas Nützliches?«

»Warum könnten die da sein?«, murmelte er. »Sie haben die unterirdische Anlage gesehen. Sie reden darüber.«

»Was?«

Er sprach eigentlich nicht mit mir – er blickte zum Himmel, doch er sah offenbar etwas, was ich nicht sehen konnte.

»Ich glaube nicht, dass sie Doubles sind. Ich glaube, sie haben das Implantat bekommen und dann sind sie an die Schule gekommen. Sie warnen die anderen Schüler.«

Das ergab keinen Sinn.

»Der Android«, sagte ich. »Irgendwas gefunden?«

Er drehte den Kopf ein kleines Stück. »Das Herz.«

»Was ist damit?«

»Ich liebe das«, sagte Harvard. »Ich bin so lange nicht aktiv gewesen.«

»Was ist mit dem Herzen?«

Seine Stimme klang euphorisch. »Es ist ein künstliches Herz. Das ganze Ding war wunderschön. Da drin sind keine Zahnräder oder so was. Es ist wie ein menschliches Herz, aber vollständig künstlich. Es ist … elegant.« Endlich sah Harvard mich an. »Es sitzt seitlich verschoben. Weil sich in der Mitte der Brust eine Energiequelle befindet.«

»Na und?«

»Ich weiß nicht«, antwortete er und driftete wieder ab. »Es ist erstaunlich. Aber das Herz … es ist ungeschützt und ragt sogar in die rechte Achselhöhle hinein.«

»In die Achselhöhle?«

»Er hatte eine Beule in der Achselhöhle«, erzählte Harvard. »Wirkt wie ein Konstruktionsfehler. Ich wette, den könnten wir ausnutzen, um Doubles von Menschen zu unterscheiden.« Einen Moment schien er ganz woanders zu sein, dann fuhr er fort: »Du solltest dir ein Implantat verpassen lassen. Das ist der Wahnsinn. Es gibt eine Menge neuer Schüler. Stündlich kommen welche dazu.«

Ich fluchte leise und versuchte, ihn mit einem leichten Stubser in die Seite wieder auf die Gegenwart zu konzentrieren.

»Und das ist alles, was du mir sagen kannst? Eine Beule in der Achselhöhle?«

»Es ist mehr als eine Beule.« Endlich sah er mich wieder an. »Das ist das Wunder, nach dem du suchst.«

»Wie meinst du das?«

»Das Herz ist dort nicht geschützt. Schlag auf diese Beule, und das Herz schiebt sich in die Energiequelle. Das sollte den ganzen Roboter abschalten. Ich sag dir, es war wunderschön.« Er blickte wieder zum Himmel, und dann schloss er die Augen und begann zu summen. Mehr würde ich von ihm nicht erfahren.

Harvards »Wunder« war eine kleine Beule in der Achselhöhle. Ich hatte mir deutlich mehr erhofft.

Ich traf Jane auf dem Bohlenweg, als sie gerade vom Kasino zurückkam. Ihr Karton mit Snacks war kleiner als Lilys und enthielt mehr Müsliriegel und weniger Süßigkeiten.

Ich erzählte ihr, ich müsste duschen, aber in Wahrheit konnte ich ihr nicht in die Augen sehen. Es war nicht so, als würde ich sie nicht mögen – Jane war witzig und hübsch, und in irgendeiner anderen Wirklichkeit würde ich ihr wahrscheinlich wie ein sabbernder Idiot hinterherlaufen.

Aber jetzt war es anders. Und sie wusste es. Sie hatte es in dem Augenblick gewusst, als sie das Fort verlassen hatte, ich las es in ihren Augen, obwohl sie mich anlächelte. Sie wusste, dass etwas nicht stimmte, dass ich sie erneut verraten hatte.

Also ließ ich Jane im Fort zurück. Ich hoffte, sie würde zurück in ihr Zimmer gehen und die Wände anschreien und allen ihren Freundinnen erzählen, wie sehr sie mich hasste, was für ein Arsch ich war, wie sehr sie wünschte, ich würde endgültig aus diesem bescheuerten Dorf abhauen.

Ich wollte, dass sie das sagte, dass sie das dachte. Es wäre so viel einfacher, wenn sie mich einfach verabscheute.

Ich verabscheute mich selbst.

Ich kletterte in den Keller und fand dort weitere Kleidung zum Wechseln. Sie war nicht direkt sauber – nichts war hier besonders sauber –, aber sie war trocken und hatte an der Wand gelegen, wo der Keller an den Kamin angrenzte, daher waren das Hemd und die Jeans warm. Ich hätte sie am liebsten sofort angezogen, aber ich zwang mich, zuerst in den Waschraum zu gehen.

Es gab keine Warteschlange vor den Duschen, und einen Augenblick lang dachte ich, ich hätte endlich einmal Glück. Doch der eigentliche Grund war, dass es kein heißes Wasser gab. Trotzdem duschte ich. Schlamm und Ruß spritzen auf den Boden der Duschkabine und verschwanden wirbelnd im Abfluss. Alles hier war schmutzig. Ob jetzt alle in die saubereren, bequemeren Baracken umziehen würden, da Birdman nicht mehr das Kommando über das Fort hatte und die Illusion von Sicherheit hier zusammen mit der Eingangstür zertrümmert worden war?

Als ich den Schmutz im Abfluss verschwinden sah, fragte ich mich, wohin die Rohre wohl führten. Wurde der ganze Dreck in irgendeinen gewaltigen

Klärbehälter gespült? Oder führten die Rohre aus der Stadt hinaus und mündeten irgendwo in einen Fluss? Ich tippte eher auf den Klärbehälter. Hier kam nichts jemals hinaus.

Ich trocknete mich ab und zog mich an, dann wusch ich halbherzig meine andere Wäsche – mein altes Steelers-Sweatshirt und die zerrissene, schlammverkrustete Jeans – und hängte die Sachen draußen auf die Wäscheleine, nach außen gedreht, damit das Logo nicht zu sehen war. Meine saubere Jacke hatte eine Kapuze, und ich hatte immer noch den Schal, um mein Gesicht zu verhüllen. Ich war froh, dass es Winter war – so konnte ich mich viel leichter verbergen.

Als ich ins Kasino kam, hatte der Andrang bereits nachgelassen. Von den wenigen, die noch hier waren, kannte ich die meisten, aber niemand wollte mit mir reden. Vielleicht gaben sie mir die Schuld an dem, was Birdman zugestoßen war, oder vielleicht wussten sie davon, dass ich Jane geküsst hatte, oder womöglich konnten sie mich auch einfach nur nicht leiden. Ich konnte mir noch jede Menge weiterer Gründe vorstellen.

Auf einem der Tische standen sechs große Kartons. Beinahe alle Esswaren waren fort. In einem Karton mit Müsliriegeln fehlten alle leckeren Geschmacksrichtungen – die mit Schokostückchen und Erdnussbutter –, und nur etwa vierzig Hafer-Rosinen-Riegel waren übrig. Es gab keine Schokoriegel, Cupcakes oder Cremeküchlein mehr. Ich nahm mir die letzte Süßigkeit: einen Doppelkeks mit Marshmallowfüllung und Bananenglasur.

Was sonst noch übrig war, nutzte mir wahrscheinlich sowieso mehr. Einer der Kartons sah beinahe unberührt aus – er war noch zu drei Vierteln mit Trockenfleisch, Trockenwürsten und ganz zuunterst kleinen Päckchen mit Crackern gefüllt.

Ich nahm so viel davon, wie ich tragen konnte, und stapelte es auf dem Tisch. Wenn ich fliehen wollte – ob ich nun zum Highway wanderte oder den Lastwagen folgte –, würde ich Proviant benötigen.

Es gab keine kleinen Kartons mehr wie die, die Lily und Jane hatten, daher ging ich in den hinteren Teil der Küche, um nach etwas zu suchen, worin ich meinen Proviant transportieren konnte.

Es sah nicht so aus, als würde hier viel gekocht. Es gab zwei große Herde und einen langen Grill, aber ich bezweifelte, dass man damit achtzig Personen verpflegen konnte. Das Essen kam täglich mit den Aufzügen, genau wie an der Schule.

Ich öffnete einen Schrank und fand Großpackungen mit Plastikbesteck, Servietten und Papptellern. Nichts war organisiert. Niemand hatte hier irgendwelche Jobs. Die wenigen echten Aufgaben erledigten die Leute freiwillig oder auf Befehl von Birdman. Jane molk die Kühe, weil sie die Tiere mochte. Die Jungs, die am Bau der Baracken arbeiteten, taten das, weil sie ihre Zimmer nicht mit den Neuankömmlingen teilen wollten. Aber anscheinend erklärte sich niemand freiwillig bereit, die Küche aufzuräumen oder die Böden zu fegen.

Ich öffnete den Aufzug, einfach weil ich hineinsehen wollte. Er war nicht als Schrank getarnt wie die Aufzüge an der Schule. Das war offensichtlich ungewöhnlich – die Tür war aus Metall, etwa einen Meter zwanzig hoch und neunzig Zentimeter breit. Von innen war der Aufzug matt grau, aber sauber, und ich spürte einen Lufthauch, der durch einen wenige Millimeter breiten Spalt vorne kam.

Ich stellte den Fuß hinein und drückte ein bisschen auf den Boden, um zu testen, wie solide er war. Der Aufzug schwankte ganz leicht. Mir kam eine Idee.

Es war voll in der Baracke. Als ich durch die zertrümmerte Tür eintrat, erstarben die Gespräche der Leute. Niemand schien etwas Bestimmtes zu tun – die rund zwanzig Jugendlichen drängten sich einfach um den kleinen Kamin, hatten sich Decken umgelegt, unterhielten sich und spielten Karten.

Becky saß am anderen Ende des Raums mit dem Rücken zu mir, unterhielt sich mit Curtis und Carrie und machte sich Notizen in ihrem Tagebuch.

Ehe ich auch nur fünf Schritte auf sie zugetan hatte, berührte mich jemand am Arm. Shelly.

»Was willst du?«

»Ich muss mit Becky reden.«

»Sie ist beschäftigt.«

»Dann warte ich.«

Shelly verschränkte die Arme. »Wenn sie bereit ist, mit dir zu reden, schicke ich jemanden zu dir.«

»Es ist wichtig.«

»Und du bist ein Vollidiot.«

»Ich weiß.«

Shelly zog mich in eine Ecke. Sie sprach mit gedämpfter Stimme.

»Sie hat das mit Jane gehört.«

»Auch darüber wollte ich mit ihr sprechen.«

»Ein bisschen spät.«

»Deswegen bin ich nicht hier.«

Verärgert atmete Shelly tief durch und sah zu Becky.

»Hör zu«, sagte ich. »Ich weiß, dass du dich um sie kümmerst, weil ich so ein Idiot war – das war ich wirklich. Aber du musst sie nicht vor mir beschützen.«

Shelly wollte ganz offensichtlich zu einer ausführlichen Beschimpfung ansetzen. Ich hob die Hände und trat einen Schritt zurück.

»Ich bin unmöglich. Ich weiß. Aber du musst mir glauben, dass es niemanden auf der Welt gibt, der mir wichtiger wäre als sie.«

»Sag das Jane.«

»Ich glaube, sie weiß es schon. Aber ich bin nicht hier, weil ich mit Becky darüber reden will – ich bin nicht hier, um mich zu entschuldigen oder sie zu bitten, mich zurückzunehmen.«

Shelly hob eine Augenbraue. »Du willst dich nicht entschuldigen?«

Ich lächelte. »Es wird jede Menge Entschuldigungen geben, da bin ich ganz sicher. Aber ich bin hergekommen, um mit ihr über etwas anderes zu sprechen.«

Shelly sah sich nach den Leuten am Kamin um. Es war inzwischen wieder so laut, dass uns keiner hören würde.

»Du haust ab?«, fragte sie.

»Vielleicht.«

»Du kannst sie nicht mitnehmen.«

»Ich weiß.«

»Also willst du dich bloß verabschieden?«

Ich schüttelte den Kopf. »Ich brauche ihre Hilfe. Sie ist klüger als ich. Und deine Hilfe brauche ich auch, falls du bereit bist, mir zu helfen.«

Shelly seufzte. »In Ordnung. Aber sie ist gerade mitten im Gespräch. Warte, bis sie fertig ist.«

»Was macht sie denn da?«

»Sie befragt Curtis«, sagte Shelly. »Du weißt schon, wie Birdman es immer gemacht hat. Auch wir machen das. Curtis ist gerade erst angekommen, und wir wollen wissen, was er gesehen hat.«

Ich nickte und setzte mich auf den Boden, um zu warten.

Ich hatte Becky so viel zu erzählen. Vielleicht würde sie mich hassen wegen der Sache mit Jane. Das konnte ich verstehen. Aber während ich dasaß und sie beobachtete, schwor ich mir, dass ich alles tun würde, um es wiedergutzumachen.

Shelly setzte sich mir gegenüber.

»Es ist vorbei, weißt du?«, sagte sie.

»Was ist vorbei?«

»Unsere Fluchtversuche.«

»Ihr habt es also wirklich versucht?«

»Ja. Aber das hat aufgehört, lange bevor du hier ankamst.«

»Warum?«

Shelly seufzte. »Nichts hat funktioniert. Wir haben diese Dinger im Kopf und können nicht über die Grenze hinaus. Wir haben alles versucht. Wir haben einen Helm gebastelt, haben monatelang daran gearbeitet, haben mit dem dichtesten Metall gearbeitet, das wir finden konnten …«

Ich musste schmunzeln. »Wie Magneto.«

»Genau. Aber er hat kein Stück geholfen. Es tat immer noch weh, wenn wir in den Wald gingen, und sie konnten uns noch immer orten – zehn Minuten, nachdem wir die Grenze überschritten hatten, kam ein Quad angefahren.«

»Und wenn es so ist, wie Harvard gesagt hat?«, fragte ich. »Dass es da draußen einen Sender gibt, und wenn man ihm zu nahe kommt, tut es weh? Könntet ihr nicht einfach an dem Sender vorbeigehen – die Schmerzen irgendwie aushalten – und je weiter ihr euch wieder entfernt, desto mehr würden die Schmerzen nachlassen?«

»Auch schon versucht«, erwiderte sie müde. »Aber die Schmerzen kann man nicht einfach aushalten. Wenn man zu weit in den Wald hineingeht, wird man ohnmächtig.« Sie stand auf und verschränkte die Arme. »Glaub mir. Alles, was du dir ausdenken kannst, haben wir schon versucht. Weißt du, warum der Keller, also dein und Beckys Versteck, Keller heißt? Weil wir hier einen unterirdischen Bunker haben – einen echten Keller, den wir gegraben haben, als wir versucht haben, durch einen Tunnel hier rauszukommen.«

Verblüfft lehnte ich mich zurück. »Im Ernst?«

»Deshalb haben wir das Ding im Fort Keller genannt, um sie auf eine falsche Fährte zu locken.«

»Warum hat Birdman uns nicht im echten Keller versteckt?«

»Wahrscheinlich weil er dich im Auge behalten wollte.«

»Der Tunnel hat also nicht funktioniert?«

Sie zuckte die Achseln. »Er ist tief. Ich bezweifle ernsthaft, dass sie uns da unten orten können. Aber wir sind nur ein paar hundert Meter weit gekommen, dann sind uns die Materialien ausgegangen.«

»Was für Materialien?«

»Um die Decke abzustützen, damit sie nicht einstürzt. Wir stehlen Sachen, wann immer wir können – wir haben auch vom Bauholz für die neuen Baracken etwas mitgehen lassen und ihnen erzählt, sie hätten nicht genug geschickt – aber wir haben keine Ahnung, wie weit wir graben müssen. Eine Meile? Fünfzig? Und wir sind immer wieder auf Fels gestoßen. Verdammt, wir sind sogar auf die Betondecke der unterirdischen Anlage gestoßen.«

»Es ist also nur eine große Höhle.«

»Ja. Taugt nicht viel«, räumte sie verärgert ein.

»Sonst habt ihr nichts? Keine geheimen Pläne? Schon mal daran gedacht, einen Waldbrand zu legen, um sie abzulenken?«

»Versucht und gescheitert.« Shelly schüttelte den Kopf. »Uns sind die Ideen ausgegangen, es sei denn, du wüsstest, wie man einen Funksender baut oder so was.«

»Dann werde ich gehen«, erklärte ich. »Aber ich brauche Hilfe.«

Sie sah zu Becky. »Und die willst du dir ausgerechnet bei ihr holen? Du hast Nerven.«

Ich nickte. »Ich weiß.«

Jemand schüttelte mich. Ich war wohl eingeschlafen. Es war dunkel. Das Feuer war ausgegangen, aber durch die zugigen Fenster schien Mondlicht herein.

»Bense.«

Ich brauchte eine Weile, um in der Dunkelheit sehen zu können, aber ich erkannte die Stimme. Becky saß mir gegenüber und berührte mich am Arm.

Neben ihr war noch jemand. Carrie. Und Curtis. Shelly saß neben mir. Lily lehnte an der Wand.

Ich sah wieder zu Becky. »Was ist los?«

Shelly antwortete. »Wir sind hier, um zu helfen.«

Ich wandte den Blick nicht von Becky ab. In diesem Licht war ihre Miene nur schwer zu deuten. Sie wusste von Jane. Sie musste mich hassen, und ich erwartete, dass sich das in ihrer Miene spiegeln würde. Es musste so sein – es war bloß zu dunkel.

»Ist es sicher, wenn wir hier reden?«, flüsterte ich.

Wieder antwortete Shelly und deutete in den Raum hinein. »Ich vertraue hier allen. Und die meisten Leute schlafen. Das heißt nicht, dass es sicher ist, aber mehr können wir nicht tun.«

Ich wandte mich an Lily. »Ich dachte, du hast nichts damit zu tun.«

Shelly lächelte. »Wenn es jemanden gibt, der mir damit noch mehr auf die Nerven geht als du, dann Lily. Sie ist dabei.«

»Also gehst du wirklich weg?«, fragte Becky mich.

»Jep.«

»Wann?«

Ich wünschte, wir hätten uns unter vier Augen unterhalten können. Ich hatte ihr Verschiedenes zu sagen. Es würde warten müssen.

»In ein, zwei Tagen«, sagte ich. »Zuerst muss ich noch ein paar Sachen erledigen.«

Curtis beugte sich vor, die Ellbogen auf den Knien. »Deshalb sind wir hier. Wir wollen helfen.«

»Sag uns, was wir tun sollen«, sagte Shelly. »Wir könnten ein Ablenkungsmanöver inszenieren oder so. Und ich habe Vorräte gehortet.«

Ich atmete tief durch. Es war an der Zeit, die Angst hinter mir zu lassen.

»Nicht durch den Wald«, erklärte ich. »Ich weiß ja

nicht einmal, in welche Richtung ich laufen müsste, um auf andere Menschen zu stoßen, und sie haben viel zu viele Kameras, als dass ich mich vor allen verstecken könnte.«

»Aber wie willst du denn sonst hier wegkommen?«, fuhr Shelly auf. »Im Heißluftballon?«

»Nein«, erwiderte ich. »Ich habe nur eine Chance. Wie wahrscheinlich ist es, dass ich wirklich lebendig aus dem Wald rauskomme? Und selbst wenn, wie wahrscheinlich ist es, dass ich dabei nicht entdeckt werde? Und wenn die Maxfield weiß, dass ich weg bin, glaubt ihr wirklich, die bleiben dann einfach hier sitzen und warten ab, bis die Polizei hier einfällt?«

Ich hielt kurz inne, dann sagte ich: »Die Maxfield würde euch evakuieren. Oder euch töten, und damit wäre meine Flucht vergebens.«

»Vielleicht hauen sie aber auch ab und lassen uns hier zurück.« Carrie klang nervös, aber hoffnungsvoll.

»Oder sie brennen den ganzen Laden ab«, versetzte Lily.

»Wenn schon Flucht, dann will ich euch andere auch hier rausholen.« Ich begegnete Beckys Blick. »Alle.«

Curtis fragte höhnisch: »Und wie? Willst du uns diese Dinger wieder rausoperieren?«

»Nein«, sagte ich. »Ich werde sie abschalten.«

Schweigen.

»Birdman hat über jede Kleinigkeit, die in der unterirdischen Anlage passiert, Buch geführt«, fuhr ich fort.

Endlich brach Becky das Schweigen: »Nein, das kannst du nicht.«

»Ich gehe nicht in den Wald, weil ich euch andere so nicht retten kann. Ich fahre mit dem Aufzug im Kasino runter. Damit werden sie nicht rechnen. Ich habe mir die Karten angesehen und die Notizen gelesen. Sie haben da unten nicht viele Wachen, weil …«

»Hey, Alter«, fiel Curtis mir ins Wort. »Wir waren da. Du kannst da nicht einfach ungestört rumlaufen.«

»Ihr wart da, als sie euch erwartet haben«, sagte ich. »Sie warten unten am Arrestaufzug und bringen euch in eine Zelle, und ohne Eskorte kommt ihr nirgendwohin. Außerdem wart ihr nicht bewaffnet.«

Carrie klang beinahe flehentlich. »Aber du hast doch gesehen, wozu sie fähig sind. Sie sind zu stark.«

»Ich habe schon Doubles getötet.« Ich versuchte, zuversichtlich zu klingen. »Ich habe Joels Double mit einer Gartenschere getötet. Becky hat Mason mit einem Taser erledigt. Und vor ein paar Tagen habe ich die Wache mit Shellys Beil erledigt.«

»Aber könntest du gegen mehr als einen gleichzeitig kämpfen?«, fragte Curtis.

»Wie viele haben wir denn auf einmal gesehen?«, fragte ich. »Neulich waren es drei Wachen mit Quads.«

»Es könnten Hunderte sein«, sagte Shelly.

»Niemand hat je mehr als zwei Icemans und eine Ms Vaughn zugleich gesehen.«

»Das ist optimistisch«, sagte Shelly sarkastisch.

Curtis schüttelte den Kopf und zischte über unser Flüstern hinweg. »Das ist nicht optimistisch. Das ist einfach nur dumm.«

»Nein«, warf Becky ein, den Blick auf mich gerichtet. »Ich glaube, er hat recht.«

Jetzt war es an mir, überrascht zu sein.

»Ich denke, es ist genial.« Sie wandte sich an die anderen. »Ihr habt diese Implantate im Kopf, damit ihr nicht weit in den Wald hinein könnt, richtig? Tja, als ihr in der unterirdischen Anlage wart, hat das Implantat keine Schmerzen ausgelöst, oder? Ihr könnt nicht raus, aber ihr könnt rein.«

Daran hatte ich gar nicht gedacht, und mein Herz setzte kurz aus; plötzlich war ich nervös. Ich wollte keine weitere Revolte anführen. Aber sie hatte recht.

Shelly fing an zu lächeln, dann auch Curtis. Nur Carrie blickte verängstigt und umklammerte Curtis' Hand. Sie hatte Curtis gerade erst zurückbekommen, und nun konnte er womöglich sterben.

Ich sah Becky an und seufzte. »Ich komme mit

einem Plan zu euch, wie ich mich allein da reinschleichen kann, und du schlägst gleich einen Krieg vor.«

Sie grinste bloß.

19

Wir vereinbarten, uns am Morgen an einem ungestörteren Ort zu treffen, um einen konkreten Plan zu machen. Ich hätte gern mit Becky allein gesprochen, aber wir waren die ganze Zeit über alle zusammen, und es ergab sich keine Gelegenheit. Wir sahen uns kurz in die Augen, dann wandte sie sich ab und ging zu ihrem Bett. Ich legte mich vor den Kamin und dachte über den Schlamassel nach, den ich angerichtet hatte, bis ich einschlief.

Kurz vor Morgengrauen stand ich auf und verließ die Baracke. Ich musste Verschiedenes besorgen, ehe der Rest des Dorfes erwachte.

Als ich zum Bach kam, war das Wasser über weite Teile zugefroren. Das schien sich beinahe täglich zu ändern.

Ich durchschritt die Furt. Mittlerweile kannte ich mich aus und wusste genau, wo ich hintreten musste, um schnell und trocken hinüberzugelangen. Ich hatte nicht erwartet, dass ich lange genug hier sein würde, um solche Dinge über das Dorf zu lernen.

Im Fort war alles still. In der Grube brannte kein Feuer, nicht einmal Glut war noch da, kein Rauch hing in der Luft. Durch die Tür eines der Zimmer auf der anderen Seite des Hofs fiel ein schmaler Lichtstreifen heraus. Ansonsten war alles ruhig.

Ich lief nicht über den Bohlenweg. Das war zu laut. Stattdessen schlich ich über den unbefestigten, mit Unkraut bewachsenen Innenhof, setzte meine Schritte mit Bedacht und blieb beim kleinsten Geräusch stehen. Schließlich musste ich den Holzweg doch betreten – ein, zwei, drei schnelle Schritte, dann war ich an der Tür zum Versammlungsraum.

Sie stand halb offen. Ich trat ein und spähte in die Dunkelheit. Der Raum war verlassen.

Ich benötigte nicht lange, um die Stoffkarten einzusammeln. Einige waren noch zusammengerollt, andere lagen achtlos über den Boden verstreut. Ich breitete die größte aus und legte die anderen darauf. Es waren zwanzig bis fünfundzwanzig Stück, und als ich schließlich alle zusammenrollte, war das Ergebnis eine dicke, schwere Stoffrolle. Ich warf sie mir über die Schulter und ging wieder hinaus.

Es war ein wenig heller geworden, aber nicht viel. Noch immer war alles still, das Fort eine Ansammlung von Schatten.

Drei Schritte über die knarrenden Bretter, dann

stand ich wieder auf dem Hof. Ich schoss quer hinüber zu Carries Zimmer. In knapp einer Minute war ich hinein und wieder heraus, die Karten immer noch über der Schulter.

Ich war gerade erst losgegangen, als ich Schritte auf den Brettern hinter mir hörte. Ziemlich nahe.

Ich drehte mich nicht erst um, sondern rannte los.

»Benson«, rief jemand im Flüsterton.

Jane.

Ich blieb stehen und wandte mich um. In der Dunkelheit erweckte ihre Silhouette den Anschein, als trüge sie ein Kleid, aber als sie näher kam, sah ich, dass es ihre Schürze war. Sie war auf dem Weg zum Melken.

»Was tust du?«, fragte sie, als sie bei mir war.

»Decken holen«, log ich. Ich hatte keine Ahnung, ob sie mir das glaubte.

»Los, komm«, flüsterte sie und ging auf die Eingangstür zu. Ich hätte jetzt gleich etwas sagen sollen, aber ich sorgte mich zu sehr wegen der Geräusche. Ich wollte nicht im Fort reden.

Wir gingen die Straße entlang. Reif knirschte unter meinen Füßen, und bei jedem Ausatmen erzeugten wir silbrige Eiswölkchen. Sogar die Stoffkarten waren kalt.

Ich wusste nicht, was ich ihr sagen sollte. Ich hätte

sagen können, dass ich sie nicht hätte küssen dürfen, dass es ein Augenblick der Schwäche gewesen sei, dass mir gar nicht klar gewesen sei, was ich da tat. Aber das stimmte nicht. Es hatte nicht eines Augenblicks der Schwäche bedurft, um Jane zu küssen – sondern eines Augenblicks der Kühnheit.

Ich hätte ihr sagen können, es liege daran, dass sie und ich nicht einer Meinung seien. Dass wir keine Zukunft hätten. Dass sogar wenn Jane und ich zusammen sein könnten, mir das nicht genügen würde. Ich brauchte Freiheit.

Aber auch das wäre gelogen oder nur halb wahr. Ja, ich wollte Freiheit, und ich würde niemals das sein können, was Jane sich wünschte – ich würde es niemals genießen, hier zu bleiben, nicht ein Jahr lang, nicht einen Monat oder auch nur eine Woche lang. Aber das war es nicht.

Es lag daran, dass ich jemand anderen liebte. Sogar das klang falsch – es klang, als gäbe ich Jane drei Sterne und Becky vier. So war es aber nicht. Entscheidend war, dass ich trotz allem, was wunderbar war an Jane – trotz allem, was ich an ihr mochte – trotzdem Becky *liebte*.

Ich liebte Becky.

»Ich gehe weg«, sagte ich.

Jane blieb stehen. Wir standen am Bach, das Wasser

neben uns suchte sich murmelnd einen Weg zwischen Eis und Steinen hindurch.

Sie sah mich an.

»Gestern …«, stammelte ich. »Ich hätte nicht … ich …«

So leise, dass ich es kaum hören konnte, flüsterte sie: »Ich weiß. Ich wusste es schon gestern.«

Ich starrte sie an, wünschte, ich könnte ihr Gesicht erkennen, ihre Augen, und nicht bloß den undeutlichen Fleck, den ich vor mir sah.

»Ich wollte dir nicht weh tun«, sagte ich und wusste sofort, wie bescheuert das klang.

Ihr Kopf bewegte sich, ich war nicht einmal sicher, ob es ein Kopfschütteln oder ein Nicken war.

»Ich werde hier sein«, erwiderte sie matt. »Wenn du uns holen kommst.«

Mir wäre lieber gewesen, wenn sie mich angeschrien hätte. Mir wäre lieber gewesen, wenn sie mich Lügner und Mistkerl genannt hätte. Mir wäre lieber gewesen, wenn sie mich geohrfeigt hätte.

»Viel Glück.« Sie legte die Hand an mein Gesicht und berührte mit den Lippen meine Wange. »Bitte pass auf dich auf.«

Dann zog sie die Hand zurück, zögerte kurz und hüpfte trotz der Dunkelheit flink von Stein zu Stein über den Bach.

Wir trafen uns in der Scheune, nachdem Jane die Kühe gemolken hatte und wieder gegangen war. Auch Gabby war jetzt bei uns, damit waren wir sieben. Von diesen sieben waren drei verletzt. Es war nicht gerade die schlagkräftigste Revolutionsarmee.

Wir saßen gleich hinter der offenen Tür, Gabby hockte an der Schwelle und hielt Wache. Ich hatte die größte, detaillierteste Karte auf dem Boden ausgebreitet, und wir knieten im Kreis darum.

»Sie wirkt ziemlich genau«, sagte Shelly, »soweit ich mich erinnere. Es ist ja schon lange her.«

»Auf mich wirkt sie auch gut«, stimmte Curtis zu. »Da geht der Arrestaufzug runter, und da ist dieser erste Korridor.« Mit dem Finger fuhr er den Korridor entlang. »Sie haben uns in diesen Wartebereich gebracht, und von da aus bin ich in einen OP gekommen.« Er studierte die Karte einen Augenblick lang, schloss die Augen, um nachzudenken, und klopfte dann wieder auf die Karte. »Ich glaube, in den hier.«

Gabby schüttelte den Kopf. »Ich habe das alles nicht bewusst miterlebt. Ich bin erst in der Zelle aufgewacht.«

»Sie sind wie Krankenhauszimmer«, sagte Curtis und suchte auf der Karte nach ihnen. »Außer dass sie Gitterstangen haben wie Gefängniszellen. Da erholt man sich von der Operation.«

Solche Räume hatte ich auf der Karte gesehen. »Die hier?«

Er und Gabby betrachteten sie. »Ich glaub schon. Ja.«

Shelly hielt ein weiteres Stück Stoff hoch. »Ich glaube, hier ist eine detailliertere Karte davon.«

Dieser Grundriss auf dieser Stoffkarte war dunkler, und am Rand stand viel mehr geschrieben. Er wirkte, als wäre darauf wirklich alles vermerkt, woran die Leute sich erinnert hatten – eine Notiz besagte, die Wände seien weiß gekachelt, eine andere, die Stangen an einer bestimmten Zelle seien locker.

Becky tippte auf eine Beschriftung und las sie laut vor. »Zugangscode für Zelle Nummer neun fängt mit drei sieben acht an.«

»Wie funktionieren die Zugangscodes?«, fragte ich und sah Curtis und Gabby an. »Hier steht, man kommt von innen an die Tastatur?«

Gabby zuckte die Achseln. »Stell dir eine Gefängniszelle vor, aber statt einem Schlüsselloch gibt es eine kleine Tastatur.«

»Man ist doch ziemlich lange da drin«, sagte ich. »Kann man nicht einfach so lange herumprobieren, bis man den Code heraushat?«

»Nein«, meldete sich Carrie zu Wort. »Wenn du den falschen Code eingibst, wird Alarm ausgelöst.«

»Das einzige Problem bei dieser Karte«, sagte Becky, »ist, dass sie nicht zeigt, wohin der Aufzug im Kasino führt.«

»So weit ist keiner von uns gekommen«, sagte Curtis und klopfte wieder auf die Karte. »Wir haben nur den OP und die Zellen gesehen, und als wir wieder weggebracht wurden, sind wir durch diesen anderen Bereich gekommen.«

Shelly lehnte sich zurück. »Das bringt uns zur großen Frage: Was wollen wir da unten?«

Ich wühlte in den übrigen Karten, bis ich eine fand, die sich deutlich von den anderen unterschied. Während die anderen hastig skizziert und beschriftet waren, war diese hier sorgfältig gezeichnet, in deutlichen Blockbuchstaben beschriftet und sogar illustriert. Sie war auf die Rückseite eines zerrissenen weißen T-Shirts gezeichnet und mit *KONTROLLRAUM* überschrieben.

»Ich hab sie mir heute Morgen genau angesehen«, sagte ich. »Birdman war der Einzige, der jemals dort war. Hier steht, er sei irgendwann entkommen und hätte eine Menge Türen geöffnet, um einen Weg hinaus zu finden. Hier wurde er wieder eingefangen. Diese Karte hat er persönlich gezeichnet.«

Ich legte sie so hin, dass die anderen sie lesen konnten. Der Raum war lang und schmal und von »Maschinen« und »Monitoren« gesäumt, wie Birdman notiert hatte. Auf der Seite gegenüber der Tür standen zwei Stühle vor einer Wand mit einer Reihe von Computern und etwas, das wie ein nach innen gewölbtes Fenster aussah. Der Sorgfalt nach zu urteilen, die Birdman auf die Anfertigung der Karte verwendet hatte, hatte er offenbar gewusst, dass der Raum wichtig war.

Wir betrachteten die Karte und lasen die Notizen. Sie waren sehr anschaulich – sie nannten die Farben der Lampen, die Größe der Monitore, den polierten Betonboden –, aber nichts davon erklärte, was wir tun sollten, wenn wir dorthin gelangten.

Es war Shelly, die schließlich sagte: »Falls wir da reingehen und anfangen, irgendwelche Schalter umzulegen, könnten wir jemanden töten.«

»Das müssen wir herausbekommen. Es ist unsere einzige Chance.«

Wir starrten auf die Karte. Das, was uns hier gefangen hielt, konnte vielleicht in diesem Raum zerstört werden. Konnten wir die Implantate abschalten? Iceman und Ms Vaughn abschalten? Vielleicht sogar Hilfe rufen?

»Ich gehe«, sagte ich. »Ihr müsst nicht mitkommen.«

Shelly schüttelte den Kopf. »Natürlich kommen wir mit.«

Den Rest des Tages verbrachten wir damit, uns die Karten einzuprägen. Carrie holte ein wenig Holzkohle aus dem Lagerfeuer, und wir zeichneten abwechselnd aus dem Gedächtnis die Grundrisse auf die Scheunenwand. Während einer zeichnete, schauten die Übrigen zu und berichtigten ihn. Nach mehreren Stunden hatten wir alle die Korridore im Kopf und konnten die wichtigsten Räume und sogar einige der kleineren benennen.

»Was ist mit Waffen?«, fragte Gabby, als es beinahe Zeit fürs Abendessen war.

Shelly lehnte sich an die Wand und fuhr sich müde mit den Händen durch die Haare. »Wir haben einen kleinen Vorrat an Messern, Eisenspitzen und ein paar selbstgebastelte Schlagringe. Und natürlich sämtliche Werkzeuge von der Baustelle und hier in der Scheune. Eine Menge fieses Zeug, das wir bis jetzt nicht einsetzen konnten, weil sie uns ja einfach über die Implantate aufhalten können.«

Carrie sah mich an. »Du weißt, das werden sie auch tun, sobald wir da unten ankommen.«

»Daran habe ich auch schon gedacht«, sagte ich. »Ich werde die Ablenkung sein. Ich gehe zuerst runter, dann jagen sie hinter mir her. Ihr kommt nach. Wenn es nur ich bin, schalten sie euch vielleicht nicht so schnell ab.«

»Und ich«, sagte Becky.

Wir sahen sie alle an. Es ging ihr schon sehr viel besser, aber ich wusste ja, wie schnell sich das wieder ändern konnte.

Doch sie bestand darauf, dass sie es tun könnte. Es wurde Zeit, dass ich ihr endlich vertraute.

»Du und ich«, sagte ich.

Lily meldete sich zu Wort und wechselte das Thema. »Wann gehen wir?«

»Nicht heute oder morgen. Wir brauchen mehr Zeit.« Ich wich Beckys Blick aus. Wir benötigten nicht mehr Zeit für die Vorbereitungen; ich wollte, dass sie sich so gut wie möglich erholte, damit sie bei einem Kampf eine Chance hatte.

»Oh«, sagte Curtis plötzlich, und ein breites Grinsen erschien auf seinem Gesicht. Er setzte sich auf eine Holzkiste und zog einen Schuh aus. »Diese schrottigen alten Schuhe hier habe ich zwei Jahre lang an der Schule getragen. Allmählich fallen sie auseinander.« Er zog ein abgerissenes Stück Innensohle heraus und legte es neben sich. Dann sah er Carrie an und zwinkerte. »Du hast immer …« Er brach ab und sah wieder auf seinen Schuh. Dann sagte er leiser: »Die andere Carrie hat mir immer gesagt, ich soll ein paar Punkte für neue Schuhe ausgeben, aber jetzt bin ich froh, dass ich das nicht getan habe.« Er tastete im

Schuh, nun ohne Innensohle, herum und streckte mir dann die Hand hin.

»Darauf laufe ich mir seit Wochen Blasen.« Er ließ zwei Pistolenkugeln in meine Hand fallen. »Dachte mir, die könnten vielleicht mal nützlich sein.«

»Aber wir haben keine Pistole«, wandte Becky ein.

»Wir können selbst eine basteln«, sagte ich. Alle starrten mich an.

»Schaut ihr denn keine Filme? Es ist im Prinzip ganz einfach – man braucht ein kleines Rohr als Pistolenlauf und noch ein paar Sachen.«

Curtis blickte skeptisch. »Und du weißt auch, wie man das macht?«

»Eigentlich nicht. Ich hatte irgendwie gehofft, einer von euch wüsste es.«

Shelly nahm mir die Kugeln ab. »Zum Glück habt ihr hier ein Mädchen aus Louisiana. Wir können ein Powerhead bauen.«

»Was ist das?«

»Damit tötet man bei uns Alligatoren«, sagte sie lächelnd. »Es ist wie ein Speer mit einer Kugel am Ende. Man rammt den Speer in irgendwas, und durch den Druck wird der Schlagbolzen hinten an der Kugel ausgelöst. Tötet den Alligator.«

Ich lachte. »Das ist perfekt.« Ich sah in die Runde. »Noch jemand irgendwelche versteckten Waffen?«

Becky griff in die Tasche ihres Parkas und zog den Taser heraus. »Den trage ich die ganze Zeit mit mir rum, aber er ist schon abgefeuert.«

Wortlos nahm Gabby ihr den Taser aus der Hand und zog die Kartusche vorne ab, dann legte sie einen winzigen Schalter um und betätigte den Abzug. Das vordere Ende des Tasers knisterte.

Becky fiel die Kinnlade herunter. »Du meinst, das Ding hat die ganze Zeit funktioniert?«

Gabby lächelte und reichte mir den Taser. »Die Projektile kann man nur einmal abfeuern, aber er funktioniert immer noch, wenn du jemanden damit berührst.«

Carrie lachte. »Ich glaube, ich bin hier die Einzige, die nicht irgendwelche irren Sachen weiß.«

In dieser Nacht schliefen wir in der Scheune. Die anderen im Lager vermuteten vielleicht, dass irgendetwas vor sich ging, falls sie genug Aufmerksamkeit und Interesse aufbrachten. Da im Augenblick aber alles dermaßen in Auflösung begriffen war, machten wir uns keine allzu großen Sorgen.

Ich hatte gehört, Skiver sei ins Fort gezogen, ebenso wie viele andere Havoc-Jungs, die ich nicht hatte leiden können. Nach dem, was mit Birdman geschehen war, war die Lage im Augenblick ruhig, aber es würde sicher nicht lange dauern, bis das Machtvakuum zu reizvoll wurde und die Schläger wieder ihre Muskeln spielen ließen. Irgendwann würde jemand versuchen, die Macht an sich zu reißen.

Falls unser Angriff über den Aufzug funktionierte, würde das keine Rolle mehr spielen.

Shelly und Curtis arbeiteten abends beim Licht der Laternen an den Powerheads. Sie hatten im Waschraum die Metallrohre zweier Waschbecken ausgebaut, um sie als Läufe zu verwenden, und nachdem sie ein halbes Dutzend unterschiedlicher Griffe ausprobiert hatten, entschieden sie sich für lange Schraubenzieher. Es würden keine Speere werden, aber ich war trotzdem begeistert, dass wir sie hatten – fünfunddreißig Zentimeter lange Stöcke, die eine Kugel abfeuerten, wenn man sie jemandem in den Leib rammte. Ich hoffte, ich würde einen gegen Iceman einsetzen können.

Carrie saß neben Curtis und sah ihm bei der Arbeit zu. Sie wirkten glücklich zusammen. Befangen, das ja, aber sie versuchten, sich zusammenzuraufen.

Gabby studierte die Karten, immer wieder, vorwärts und rückwärts. Als es dunkel wurde, schloss sie die Augen und deutete mit ausgestreckten Armen nach links und rechts. Vermutlich stellte sie sich vor, wie sie durch die Gänge der unterirdischen Anlage lief.

Lily behielt die Türen im Auge, ging nervös von einer zur anderen, machte sich an Ausrüstungsgegenständen zu schaffen, lief um die Scheune herum.

»Wissen wir, wie wir in den Aufzug kommen?«, fragte Becky, die seitlich aufgestüzt auf einem alten Heuhaufen lag.

Ich saß in der Nähe ihrer Füße. Wir waren den ganzen Tag zusammen gewesen, freundlich und unbehaglich, ohne uns auszusprechen.

»Die Wände, in denen er steckt, bestehen nur aus Hohlziegeln«, sagte ich. »Die können wir aufbrechen und uns dann abseilen. Seile haben wir ja.«

»Das wird aber laut.«

»Wir müssen eben schnell sein.«

Ich wollte noch mehr zu ihr sagen, aber mir fiel nichts ein, was nicht peinlich geklungen hätte.

»Ich muss dich was fragen«, sagte Becky leise.

Mein Herz setzte einen Schlag aus.

Sie drehte sich zu mir und sah mir direkt in die Augen. Ihr Gesicht wurde von der Laterne orange beleuchtet, ihr braunes Haar glänzte wie Kupfer.

»Und ich schwöre«, sagte sie, »dass ich hier nicht rumzicken will. Das will ich wirklich nicht. Es wird ein bisschen hintenrum klingen, wie so was, was Mädchen sagen, um sich gegenseitig niederzumachen. Aber wirklich, das ist nicht das, was ich will.«

»Okay, leg los.« Ich hätte mehr sagen sollen, aber ich brachte schon die paar Silben kaum heraus.

»Jane hat mich doch zusammengeflickt, als ich hier angekommen bin.«

»Ja«, sagte ich. »Aber du darfst dir nichts dabei denken, dass …«

»Darüber will ich nicht reden«, sagte Becky hastig und hob die Hand, um mich zu bremsen. »Nein. Es ist … es ist anders.«

»Okay.«

»Gestern habe ich geduscht.« Sie berührte ihren Arm. »Es ist verrückt. Vielleicht erinnere ich mich nicht richtig, weil ich so krank war, und weil es immer dunkel im Keller war, aber mein Arm war ziemlich übel aufgerissen, oder?«

»Es war schrecklich.«

Sie setzte sich auf und streifte die dünne Decke ab. Sie trug ein schlichtes weißes T-Shirt, dessen einer Ärmel an der Schulter abgeschnitten war. Ihr Arm steckte jetzt nicht in der Schlinge – die hatte sie zum Schlafen abgenommen –, aber er war frisch verbunden.

Sie streckte den Arm aus, als wollte sie nach mir greifen, dann streckte sie ihn zur Decke und danach zur Seite.

»Ich verstehe das nicht«, sagte sie. »Es ist, als würde

einfach alles nachwachsen. Es ist sogar Haut darüber – neue Haut, kein Schorf oder so was.«

»Ich weiß. Ich habe gesehen, wie sich die erste neue Haut gebildet hat, als wir im Keller waren. Ich weiß nicht, wie es funktioniert.«

Becky bedeutete mir, mich neben sie zu setzen, und wickelte langsam den Verband ab. Die Haut darunter war rot, aufgedunsen und glatt, aber sie bedeckte die Wunde vollständig.

»Tut es weh?«

»Nicht sehr. Die Haut ist ziemlich fest.«

»Echt unglaublich«, sagte ich.

Erneut streckte sie den Arm aus. »Hilfst du mir, den Verband wieder anzulegen?«

»Klar.«

Becky hielt den Arm gerade und legte die Hand auf meine Schulter. Ich legte den Anfang des Verbandes vorsichtig über die Wunde und begann, ihn wieder um ihren Arm zu wickeln.

»Also«, sagte Becky und blickte auf meine Hände, statt mir in die Augen zu sehen, »der Grund, warum ich nach Jane gefragt habe … Sie kann das nicht getan haben. Sogar ein echter Arzt in einem Krankenhaus hätte das nicht tun können – nicht so schnell.«

Ich wickelte weiter Verband um ihren Arm.

»Jane hatte ein Päckchen mit einem Puder«, erzählte

ich. »Sah aus wie Brausepulver. Und dann war da so was wie Alufolie.«

»Die habe ich gesehen, als ich duschen ging. Ich habe sie weggeworfen.«

Ich nickte und überlegte, wie ich es ihr erklären konnte. »Die Roboter heilen richtig schnell.«

Sie riss die Augen auf, und ihr Gesicht verzerrte sich vor Abscheu.

»Nein!«, sagte ich lachend. »Ich wollte sagen, ich glaube, dass die Maxfield eben solche Technologie besitzt. Die Roboter bluten, und ihre Haut fühlt sich an und sieht aus wie unsere. Sie müssen eine Menge über Anatomie und Medizin wissen. Jane hat bloß das benutzt, was in der Erste-Hilfe-Ausrüstung war.«

Ich deutete auf Gabby, die auf einem Feldbett lag und schlief. »Sie hätte eigentlich sterben müssen. Und Curtis – die Leute dachten, er würde ein Bein verlieren. Die Schule kann Menschen heilen. Wir sind hier wertvoll. Na ja, die Leute mit den Implantaten sind wertvoll. Die Schule sorgt dafür, dass sie am Leben bleiben, und dafür haben sie eine irre weit fortgeschrittene Medizin.«

Ich steckte das Ende des Mullverbands unter dem Rand fest. Becky zuckte zusammen.

»Jedenfalls«, sagte sie, »tut mir leid, dass ich angedeutet habe, Jane könnte …«

Sie nahm ihren Arm von meiner Schulter, spannte den Bizeps an und untersuchte den Verband. Ich nahm ihre Hand und hielt sie fest.

»Becky«, sagte ich, und mein Herz raste, »ich weiß, die Leute haben dir von Jane und mir erzählt.«

Sie errötete. »Du musst mir nichts …«

»Hör einfach zu«, sagte ich. »Was sie dir erzählt haben, stimmt. Ich habe sie geküsst und es sofort bereut.«

»Stopp. Du musst es mir nicht erklären.«

»Ich will aber.«

Sie sah zu mir hoch, sah mir endlich in die Augen. »Als ich aus dem Keller kam, als ich das erste Mal mit Carrie gesprochen habe …« Ihre Stimme verklang, doch sie wandte den Blick nicht ab. Dann atmete sie tief ein. »Ich hab Carrie nach David gefragt«, platzte sie heraus, und nun bebte ihre Stimme. »Du hast ihn nicht mehr kennengelernt. Wir waren mal zusammen. Lange bevor du an die Maxfield gekommen bist. Ich dachte … ich dachte, vielleicht …« Sie sah zu Carrie, die auf dem Boden neben Curtis schlief, die Hand auf seinem Bein, während er arbeitete.

Ich nickte. Mason hatte mir erzählt, dass Becky einen festen Freund gehabt hatte, der im Bandenkrieg getötet worden war. Ich hatte gar nicht mehr daran gedacht, aber sobald sie von den Doubles erfahren hatte, musste sie sich gefragt haben, ob hier irgendwo eine menschliche Ausgabe von ihm war.

In gewisser Weise gab dieser Ort den Leuten eine zweite Chance. Aber nicht jedem.

»Ich möchte nicht, dass du über den Aufzug nach unten gehst«, sagte ich.

Sie drückte meine Hand. »Ich gehe aber. Meinem Arm geht es schon viel besser.«

»Ich weiß.«

»Ich werde von Tag zu Tag kräftiger.«

»Ich will nicht, dass du stirbst.«

Sie schlang mir die Arme um den Hals und schmiegte ihren Kopf an meine Schulter. »Wir schaffen es hier raus«, sagte sie. »Du und ich, gemeinsam.«

20

Einige Stunden später hatten Curtis und Shelly die Powerheads fertig. Es gab keine Möglichkeit, sie zu testen – wir hatten ja bloß die zwei Kugeln –, wir konnten also nur das Beste hoffen.

Wir warteten, bis die letzten Laternen in den übrigen Baracken gelöscht wurden, und dann warteten wir noch mindestens gefühlte zwei Stunden, ehe wir die Scheune verließen.

Gabby und Carrie schliefen, als wir mit den Waffen nach draußen gingen, und wir ließen sie weiterschlafen.

»Da«, sagte Shelly und deutete auf einen der Hühnerställe – auf den, in dem Becky und ich übernachtet hatten.

»Im Ernst?«, fragte ich.

Shelly grinste. »Ich verstecke meine Sachen immer gut.«

Es stank, und unsere Plastikplane war inzwischen über und über mit Hühnerkot und Federn bedeckt. Als wir uns alle in den Stall gezwängt hatten, scheuchte Shelly einige der schlafenden Hühner aus dem Weg und hob eine lose Sperrholzplatte vom Boden hoch.

Darunter lag der Tunnel.

Es gab eine stabile Leiter aus grob behauenen Kanthölzern, und wir stiegen sie langsam hinunter. Die Erde um uns herum war sandig und grobkörnig. Es ging tiefer hinab, als ich gedacht hätte; erst mindestens sechs Meter tiefer erreichten wir einen kleinen Raum, der aber groß genug war, dass wir fünf bequem darin Platz hatten. Von dort aus erstreckte sich der neunzig mal neunzig Zentimeter große Tunnel in die Dunkelheit.

Es war alles so, wie Shelly es beschrieben hatte. Allerdings waren einige der Waffen rostig. Sie sagte, sie lagerten hier seit mindestens neun Monaten, und von oben müsse Wasser hereingesickert sein. Dennoch gab es viel Brauchbares hier. Sie hatte alles für eine größer angelegte Revolte gelagert; es war mehr als genug für uns sieben da.

Wir legten die beiden Powerheads und den Taser dazu. Wir durften nicht riskieren, sie jetzt noch zu verlieren.

»Morgen Abend, nach dem Abendessen«, flüsterte Shelly, als ich den Karton schloss. »Wir inszenieren ein Ablenkungsmanöver und versuchen, so viele Androiden wie möglich hierher ins Dorf zu locken, und dann folgen wir euch.«

»Was habt ihr vor?«, fragte Becky, die ein wenig zitterte.

»Ich weiß noch nicht«, erwiderte Shelly mit schadenfroher Miene. »Vielleicht stecken wir irgendwas in Brand.«

Lily grinste. »Dafür melde ich mich freiwillig.«

Shelly scharrte mit dem Fuß Erde zur Seite. Sie hielt die Laterne hoch und deutete auf die glatte, ebene Oberfläche, die sie gerade freigelegt hatte. »Das ist das Dach der unterirdischen Anlage.«

Ich kniete mich hin und tastete die massive, dicke Betondecke ab. In diesem Moment wurde mir die Schwere dessen, was wir vorhatten, bewusst.

Ich sah zu Shelly hoch. »Irgendeine Chance, dass wir uns hier durchgraben könnten? Es wäre weniger auffällig, als den Aufzug aufzubrechen.«

Curtis antwortete. »Das würde wahrscheinlich Tage dauern, und ich glaube nicht, dass es leiser wäre. Wir müssten mit der Spitzhacke arbeiten. Und wer weiß, wie dick der Beton ist?«

Ich nickte.

Wir sahen uns alle an. Es wurde wirklich ernst.

Morgen würden wir da hinuntergehen. Bald würde dieser Albtraum vorüber sein.

Ich erwachte lange nach Sonnenaufgang. Die Mädchen schliefen noch, aber Curtis saß an der Tür und starrte aufs Feld. Es hatte zu schneien begonnen, doch bis jetzt blieb der Schnee nicht liegen.

»Ist die Luft rein?« Ich stellte mich hinter ihn.

Er zuckte die Achseln. »Glaubst du, es wird funktionieren?«

»Heute Abend? Ich hoffe es. Wenn nicht, komme ich zu euch in den Implantatverein.«

»Ich hatte die ganze Nacht dieses Feedback«, sagte er.

»Echt?«

Er sah zu mir hoch. »Es ist wie ein Traum, aber man weiß, dass es wirklich passiert.«

»Wo ist dein Double?«

»Wieder an der Schule. Als wäre nie etwas geschehen. Als ich das erste Mal merkte, dass er aktiv war, saß er im Auto und fuhr wieder durchs Tor. Ms Vaughn saß am Steuer.«

»Also haben sie ihn einfach abgesetzt, als wäre er einer der Menschen.«

Er nickte. »Es waren noch andere Leute im Wagen. Menschen. Sie haben sie entführt. Sie haben Angst.« Er sah mich an. »Früher haben sie das nie gemacht – Leute entführen. Jeder, der an die Maxfield kam, wollte da hin.«

Ich klopfte ihm auf die Schulter. »Wir werden sie aufhalten.«

»Jep.« Er klang nicht überzeugt.

Ich schob mich an ihm vorbei und ging hinaus. »Ich gehe zum Fort. Ich will dieses Beil.«

»Okay.«

Als ich an den Baracken vorbeiging, herrschte schon ein wenig Betriebsamkeit – aus einer drangen Unterhaltungen und Lachen, bei zwei weiteren stieg Rauch aus den Schornsteinen auf.

Ich sah einen ganzen Haufen Leute, die Feedback bekamen. Anna, eine ehemalige V, saß in Shorts und T-Shirt auf der Erde, ein Badehandtuch neben sich im Schmutz. Sie sah aus, als wäre sie gestürzt, doch sie lächelte. Irgendwo geschah etwas Gutes.

Ich nahm ihr Handtuch und legte es ihr über die Beine, wo sie bereits eine Gänsehaut hatte.

Drei weitere Leute waren außer Gefecht gesetzt, allesamt auf der Straße. Ein Mädchen saß nahe am Bach, und ihre Freundin saß neben ihr und passte auf, dass sie nicht hineinfiel.

Auch im Fort waren schon Leute auf den Beinen. Sechs Typen befanden sich im Innenhof. Anscheinend hatten sie das neue Bauholz von der Baustelle hierher geholt und besserten damit den Bohlenweg aus.

Mouse saß auf einer Bank, sah ihnen zu und trank

irgendetwas Dampfendes aus einer Blechtasse. Als sie mich sah, verzog sie das Gesicht.

»Ist das eine neue Jacke?«, fragte ich, als ich an ihr vorbeiging. Anstelle der alten, ihr viel zu großen Lederjacke, die sie sonst immer getragen hatte, trug sie jetzt eine lange zweireihige Wolljacke, die ihr beinahe bis auf die Knie ging. Sie sah viel zu elegant und sauber aus für dieses Dorf.

»Wenn du ab und an mal nach draußen gehen würdest, hättest du vielleicht auch eine«, sagte sie. »Gestern kam eine neue Lieferung. Du hast sie verpasst. Was treibt ihr eigentlich da in der Scheune?«

»Nonstop-Party«, erwiderte ich. Mir fiel auf, dass vier der sechs Jungs auf dem Hof ebenfalls neue Jacken trugen.

»Wo willst du hin?«, rief Mouse, als ich einfach weiterging. Ich gab keine Antwort. Das konnte sie schließlich selbst sehen.

Ich klopfte an Carries Tür für den Fall, dass jemand Neues dort eingezogen war. Keine Reaktion. Ich öffnete die Tür.

Das Zimmer war geplündert worden – alle ihre Kartons waren ausgeleert und die Decken und die Matratze waren vom Bett gezerrt worden. Die meisten Bilder an ihren Wänden hatten die Plünderer zerrissen und auf dem schmutzigen Boden zertrampelt. Der

Wandbehang war von der Wand gerissen, aber das Brett noch an Ort und Stelle. Ich zog es heraus und kletterte ein letztes Mal in den Keller. Das Beil war genau da, wo ich es zurückgelassen hatte, und am hölzernen Griff klebte immer noch das Androidenblut.

Ich ließ mich zurück in Carries Zimmer fallen, sah mich ein letztes Mal im Raum um und ging dann hinaus auf den Bohlenweg.

Einer der Typen lag am Boden. Nein, alle lagen sie am Boden, einem war ein langes Kantholz quer über die Brust gefallen.

Ich rannte zur Mitte des Innenhofs. War das Feedback? Mouse war auf der Bank zusammengesunken, ihr noch dampfend heißer Kaffee sickerte in die Bretter unter ihr.

»Nein.«

Irgendwo hörte ich ein Dröhnen, es klang ähnlich wie der Lastwagen, nur lauter. Iceman war im Anmarsch. Und Becky war allein am anderen Ende der Stadt und schlief noch.

Verdammt. Niemand hatte die Warnglocke geläutet. Standen eigentlich noch Wachen auf dem Dach, jetzt, wo Birdman nicht mehr da war? Ich rannte zur zertrümmerten Eingangstür. Ein Pick-up kam in Sicht. Ich hätte mich im Keller verstecken können, aber das würde Becky nicht retten.

Ich rannte zur Leiter, die aufs Dach führte.

Was auch immer dieses Dröhnen verursachte, es war groß – größer als der Pick-up, den ich gesehen hatte. War es der Tieflader? Der weiteres Bauholz brachte?

Das Vordach war ein Chaos aus losen Schindeln und vermoderndem Holz. Ich kletterte hastig hinauf und von dort aus auf das Lehmziegeldach, wo ich mich flach auf den Boden legte.

Was *war* das bloß für ein Geräusch?

Mein Herz dröhnte wie eine Basstrommel, sogar noch lauter als das immer weiter anschwellende Dröhnen, das sich da auf der Straße näherte. Ich huschte übers Dach und versuchte dabei, einen Mittelweg zwischen Geräuschlosigkeit und Schnelligkeit zu finden. Als ich über den Rand spähte, hatte ich gute Sicht auf den Bach und die Dächer der Baracken. Es war niemand zu sehen, weder Mensch noch Android.

Mir blieb keine Zeit, um abzuwarten oder nachzudenken. Ich rutschte über den Rand, während unter mir die verwitterten Lehmziegel zerbröselten, und ließ mich außerhalb des Forts zu Boden fallen.

Scharfe Schmerzen schossen durch meine Beine, und ich fiel nach vorn aufs Gesicht, so dass mir kalter Sand in den Mund drang. Das Beil flog mir aus der Hand und rutschte über das gefrorene Gras.

Ich ließ es zurück. Becky zu wecken, war wichtiger. Ich ignorierte die Schmerzen, stand auf und raste über den gefrorenen Boden auf den Bach zu, wo ich in Deckung gehen konnte. Es war nicht weit – etwa fünfzig Meter –, aber der Weg führte über offenes Gelände. Ich konnte nur hoffen, dass Iceman ins Fort gegangen war.

Adrenalin schoss mir ins Blut, und so spürte ich nichts, als ich durch trockene Zweige die Böschung hinab in den Bach preschte. Erst als ich am anderen Ufer war, wagte ich, mich umzudrehen und zurückzublicken.

Von dem, was diesen gewaltigen Lärm verursachte, war nichts zu sehen.

Ich sah die Vorderseite des Pick-ups, aber nicht Iceman. Der Schneefall war ein wenig stärker geworden, doch nicht dicht genug, um mir die Sicht zu versperren.

Ich schlich die Böschung hinauf, meine Panik nahm ein wenig ab. Ich musste nachdenken, mich geräuschloser und überlegter bewegen.

Ich lief von Gebäude zu Gebäude, duckte mich tief und setzte meine Schritte mit Bedacht. Nach dem Lärm, den ich am Bach gemacht hatte, war es vermutlich sinnlos, sich Sorgen zu machen, ob ich auf trockene Zweige trat, aber ich wich ihnen trotzdem aus.

An der Betonwand des Waschraums blieb ich stehen und lauschte, dann rannte ich hinter die erste Baracke und machte es dort genauso. Wahrscheinlich benötigte ich nicht einmal zwei Minuten vom Bach zur Scheune, aber es kam mir wie eine Stunde vor.

Curtis war vor die Tür gestürzt und lag auf der Seite im Schmutz. Bei dem Sturz hatte er sich einen Kratzer an der Stirn zugezogen. Ich sprang an ihm vorbei ins dunkle stille Innere. Die vier Mädchen lagen reglos auf ihren Feldbetten. Ich rannte zu Becky und rüttelte sie wach.

Langsam öffnete sie die Augen. »Bense?«

»Iceman ist hier. Wir müssen zum Tunnel«, sagte ich. »Sofort.«

Ich rannte zurück zur Tür.

»Verdammt.«

»Was ist?« Sie stand jetzt hinter mir und spähte nach draußen. Der rote Pick-up kam über die Straße angefahren. Er hatte bereits den Waschraum passiert.

Ich zog den Kopf zurück. »Sie werden uns sehen.«

Becky verlor keine Zeit. Sie lief zwischen unseren bewusstlosen Freunden hindurch zur Hinterseite der Scheune und dort ans Fenster. Ich folgte ihr.

»Was ist mit ihnen?« Becky nickte in Richtung der reglosen Mädchen, während sie versuchte, das Fenster aufzuschieben.

»Ihnen wird nichts passieren«, sagte ich und half ihr. »Die Maxfield will nur uns.«

»Außer sie wissen von unserem Plan.«

Das Fenster klemmte. Nichts in dieser Scheune war ordentlich konstruiert. Der Fensterrahmen war vermutlich windschief. Jetzt konnte ich den Pick-up hören.

Becky sagte mir, ich solle zur Seite gehen, und ich konnte gerade noch gehorchen, da schlug sie die Scheibe schon mit einem Stück Feuerholz ein. Der Knall, mit dem das Glas zersprang, klang wie eine Explosion.

Sie fuhr mit dem Holzstück den Rahmen entlang und schlug die verbliebenen Scherben heraus.

Der Pick-up hielt genau vor der Scheune.

Das Letzte, was ich sah, ehe ich durchs Fenster nach draußen stürzte, war Ms Vaughn, die an der Tür stand und mich anstarrte.

21

»Sie kommt«, sagte ich, nahm Beckys Hand und lief mit ihr auf den Wald zu.

Ms Vaughn hinter uns schrie etwas, aber ich konnte es nicht verstehen. Ich hoffte nur, sie brüllte wirklich uns hinterher und rief nicht etwa Hilfe herbei.

Der Boden war uneben, dicht mit Gestrüpp bewachsen und voller herabgefallener Äste, und Becky und ich kamen nur schwer voran. Wir hatten versagt. Sie waren direkt zur Scheune gekommen, also mussten sie gewusst haben, was wir trieben, was wir planten. Wir waren zu sorglos gewesen, zu öffentlich. Wir hatten nicht permanent Wachen aufgestellt, um zu verhindern, dass jemand am Fenster lauschte. Wir hatten in der Baracke am ersten Abend zu viel besprochen.

Becky stolperte über irgendetwas und stöhnte, und ich drehte mich wieder nach Ms Vaughn um. Sie holte auf.

Jetzt lief Becky einen kleinen Abhang hinab und rannte in der Mitte eines ausgetrockneten Bachbetts weiter. Doch der Boden dort war steiniger als er aussah, und auch steiler, und wir wurden langsamer. Ich suchte nach einem Stock, nach irgendetwas, was unsere Chancen erhöhte, womit ich gegen Ms Vaughn kämpfen konnte.

Da. Ein abgebrochener Kiefernast, etwa so dick wie ein Baseballschläger und knapp einen Meter lang. Ich könnte ihn im Laufen aufheben, mich blitzartig umdrehen und Ms Vaughn damit schlagen. Sie würde es nicht kommen sehen.

Auf einem Flecken mit losen Kieselsteinen stolperte Becky, dann stolperte ich ebenfalls. Keiner von uns stürzte, aber Ms Vaughn war jetzt dicht hinter uns. Bis zu dem Kiefernast waren es noch etwa fünfzehn Schritte.

Da wandte Becky sich zur Seite und rannte die Böschung hinauf, raus aus dem Bachbett.

Verdammt.

Ich folgte ihr und ließ den Ast liegen. Ms Vaughns Schritte hinter uns klangen laut und sehr nahe.

Keine Zeit mehr.

Am oberen Rand der Böschung machte ich kehrt und sprang schreiend auf Ms Vaughn zu. Sie versuchte, stehen zu bleiben und ihren Taser zu heben, aber ich prallte auf sie, und wir rollten zusammen wieder hinab ins Bachbett.

Ich schlug nach ihrer Achselhöhle, wie Harvard es

mir geraten hatte, aber begriff augenblicklich, wie wenig mir diese Information nutzte. Wenn sie den Arm nicht gerade über den Kopf hob, würde ich nie an diese Beule herankommen.

Ich rang mit ihr, doch sie war viel stärker als ich. Ich schlug mit den Fäusten auf ihre Seite ein, aber ihr Arm war im Weg.

Becky stand über uns und hielt einen Ast in den Händen.

Ms Vaughn schlang mir den Arm um den Hals und schlug mich mit der Faust in den Rücken. Schmerzen schossen durch meinen Brustkorb. Ich schnappte nach Luft.

Dann hörte ich ein hölzernes, hohles Krachen, und Ms Vaughn ließ mich los.

Gierig schnappte ich nach Luft und zwang mich, aufzustehen.

Ms Vaughn stand jetzt zwischen uns, sie blutete am Kopf. Der Ast in Beckys Hand war zerbrochen und nur noch dreißig Zentimeter lang. Sie nahm ihn so in die Hand, dass sie mit der scharfen, zackigen Spitze zustechen konnte.

»Da kommen noch mehr«, sagte Ms Vaughn. »Geben Sie auf.« Sie blickte zurück.

Sobald sie den Blick abwandte, sprang ich auf sie zu. Becky kreischte und …

Schmerzen zuckten durch meinen Körper, plötzliche, starke Schmerzen, zugleich stechend und dumpf. Ich brach zusammen, unfähig mich zu rühren.

Ich konnte nicht klar denken. Ich sah etwas, aber wie durch einen Nebelschleier, und ich war unfähig, das, was ich sah, in einen Zusammenhang zu bringen.

Becky. Ms Vaughn.

Ich hatte einen Elektroschock bekommen. Die elektrisch geladenen Projektile steckten irgendwo in mir, aber ich wusste nicht, wo. Ich konnte mich nicht bewegen. Ich konnte nicht denken.

Dann stürzte Ms Vaughn. Becky war jetzt neben mir und schwang ihren blutigen Stock gegen etwas in der Luft.

Ich atmete tief durch. Die Lähmung war fort, aber die Schmerzen waren noch da.

»Bense«, sagte Becky. Die langen Taser-Drähte waren um ihren Stock gewickelt, und sie warf ihn beiseite.

Ich setzte mich auf und riss gleich darauf die Augen auf. Ich konnte nur noch stumm auf Ms Vaughn deuten, die wieder auf den Beinen war und sich bereits auf uns stürzte.

Ich war geschwächt, meine Muskeln gehorchten mir nicht. Becky lag schreiend am Boden, unter Ms Vaughn begraben.

Ich zog ein Bein an, dann das andere. Ich fühlte

mich wie betrunken. Ms Vaughn schlug mit der Faust zu, und Becky schrie erneut auf.

Ich packte Beckys Ast und schüttelte die Taser-Drähte ab. Ich versuchte, zu zielen, aber ich schwankte. Ich hatte keine Kraft.

Ms Vaughn hielt jetzt etwas Silbernes in der Hand: Handschellen. Sie legte eine um Beckys eines Handgelenk, dann drehte sie sie grob auf den Bauch und wollte ihre andere Hand ergreifen. Ich ließ den Ast niederfahren, mitten auf Ms Vaughns Rücken.

Die Astspitze bohrte sich in die Haut, doch nicht tief. Ich hatte einfach nicht genügend Kraft. Blitzartig holte Ms Vaughn mit dem Arm aus und traf mich mit der Kraft eines Bären unterhalb der Knie. Ich ging zu Boden.

Jetzt hatte Ms Vaughn Beckys anderen Arm erwischt – ihren verletzten Arm – und riss in ihr auf den Rücken.

Ich schlug noch einmal zu, aber mit einer geschmeidigen Bewegung wehrte Ms Vaughn mich ab.

Ich landete mit dem Gesicht im Dreck. Ich war benommen, und als ich den Kopf drehte, sah ich ihn. Den weggeworfenen Taser.

Ich riss die Kartusche ab, wie Gabby es getan hatte, legte den Schalter um und rammte Ms Vaughn die funkensprühende Spitze in den Nacken.

Lautlos brach sie über Becky zusammen, dann rollte sie hinab ins Bachbett. Sie war leblos, schlaff und still.

Becky setzte sich mit zusammengebissenen Zähnen auf und drückte den verletzten Arm schützend an die Brust.

Ich durchwühlte Ms Vaughns Taschen und fand die Autoschlüssel, nicht aber die Schlüssel für die Handschellen. Ich stopfte den Autoschlüssel in die Tasche und suchte weiter.

»Wie hast du sie aufgehalten?«, fragte Becky und stand auf. Ich reichte ihr den Taser.

»Ich kann den Schlüssel nicht finden.«

»Schon gut. Wir müssen abhauen.«

Ich nahm ihre Hand, und wir liefen los. Wir hatten nichts zu essen und keine Waffen. Becky trug keine Jacke. So konnten wir nicht fliehen. Wir würden warten müssen, bis die Lage sich beruhigte, und wir wieder in die Baracken konnten. Vielleicht würde unser Angriff über den Aufzug trotzdem funktionieren.

Ich konnte das Dorf nicht sehen, aber ich roch den Holzrauch. Und sogar hier hörte ich noch immer dieses Dröhnen.

»Danke«, sagte Becky nach einer Weile. »Dafür dass du meinetwegen zurückgekommen bist.«

»Immer.«

Als wir zum Dorf zurückkamen, hörten wir hinter uns im Wald bereits Quads. Sie waren auf der Suche.

In einem Flecken mit hohem Gras am Waldrand hockten wir uns hin und beobachteten das Dorf. In der Mitte schwebte eine Staubwolke, vom kalten Wind hin- und hergewirbelt.

»Planieren die die Straße?«, fragte Becky.

»Ich weiß nicht mal, was das heißt«, sagte ich grinsend.

Becky feixte. »Wir können nicht alle auf dem Land aufwachsen. So viel Glück hat eben nicht jeder.«

»Es klingt wie ein Motor. Aber von etwas Großem.«

Becky drehte sich um und blickte zurück in den Wald. »Wir müssen von hier weg.«

Ich deutete aufs Fort. »Wenn wir es zurück in den Keller schaffen, können wir uns da verstecken, bis sie abziehen.«

»Welcher Keller? Der im Fort oder der Tunnel?«

»Der im Fort. Wir dürfen nicht riskieren, sie zum Tunnel zu führen.«

»Zurück ins Zentrum von allem?« Sie stand auf. »Na, wenigstens rechnen sie damit nicht.« Sie tat so, als wäre alles in Ordnung, aber seit dem Kampf atmete sie mühsam und japsend, und ihre Hand in meiner zitterte.

Wir gingen ums Dorf herum und hielten uns dabei so tief im Wald, dass wir nicht zu sehen waren. Es dauerte rund zehn Minuten, bis wir auf der Rückseite des Forts waren. Von hinten sahen wir keine Spur von den Androiden. Sogar das Dröhnen schien aufgehört zu haben. Auch die Quads hörte ich nicht mehr. Wir warteten und lauschten. Nichts tat sich, weder vor noch hinter uns. Hier war auch nicht viel – es gab keinen Grund, diese Stelle zu beobachten. In der ganzen Zeit, die ich nun hier war, sah ich das Fort zum ersten Mal von dieser Seite.

»Rennen oder kriechen?«, fragte ich.

Becky stieß ein leises, japsendes Lachen aus. »Klingt beides ganz toll.«

»Ich kann dich auch tragen.«

Sie schüttelte den Kopf. »Mir geht's gut. Ich bin für rennen.«

Wir rannten los. Es war nicht weit, aber es fühlte sich fürchterlich an – ungeschützt und gefährlich. Becky hielt mit, sie lief so schnell sie konnte und ignorierte die Schmerzen in ihrem Arm. Wir kamen beide zugleich an der Lehmziegelmauer an und ließen uns in die Hocke sinken.

Ich schlich zum nächsten Fenster und spähte hinein. Der Raum war leer, aber ich konnte durch die offene Tür auf den Innenhof sehen. Ein paar Jungs standen dort und unterhielten sich. Ein Mädchen saß auf dem Gehweg und bekam Feedback.

»Sie sind wach«, flüsterte ich Becky zu. »Iceman ist wohl wieder weg.«

Vorsichtig und wachsam schlichen wir um die Ecke und an der Seite des Forts entlang. Niemand war auf der Straße, niemand in der Nähe des Waldes oder unten an der Furt.

Ich atmete tief durch und nahm Beckys Hand. Wir bogen um die Ecke und rannten zur Eingangstür.

Als wir auf den Hof kamen, starrten uns alle an und tuschelten, aber wir blieben gar nicht erst stehen. Becky lief voran zu Carries Zimmer und stieß die Tür auf. Der Raum war leer.

Ich schob das Bett an die Wand, und im Handumdrehen war Becky oben im Keller.

»Ich sehe nach den anderen«, sagte ich.

Becky runzelte die Stirn und sah zu mir herunter. »Kann das nicht warten?«

»Ich bin gleich wieder da. Es ist alles in Ordnung. Sie sind ja weg.«

Ich sprang zu Boden und entfernte das Bett von der Wand. Becky beobachtete mich durch die Öffnung.

»Hey«, sagte sie, als ich die Hand auf den Türknauf legte.

»Ja?«

Sie lächelte. »Beeil dich.«

»Drei Minuten, höchstens.«

Becky setzte das Brett wieder ein, und ich hängte rasch noch den zerrissenen Wandbehang davor. Dann ging ich hinaus.

Alle starrten mich an.

Ich ging über den Hof zu Mouse. Harvard saß grinsend und benommen neben ihr auf der Bank.

»Du lebst«, sagte sie. Ihr Gesicht war gerötet, ihre Miene wütend.

»Was ist passiert?«

Sie schüttelte den Kopf. Mir fiel ein Kratzer an ihrer Wange auf, vermutlich hatte sie sich den zugezogen, als das Implantat sie außer Gefecht gesetzt hatte.

»Was hat den Staub aufgewirbelt?«, fragte ich.

Mouse schnaubte verächtlich. »Hast du es nicht gesehen?«

»Nein. Nur den Staub.«

»Sie haben das Kasino eingerissen. Haben das ganze Ding plattgewalzt, es ist nur noch ein Trümmerhaufen.«

»Was?« Das war's. Unser Plan war geplatzt.

»Das Essen bringen sie jetzt mit den Lastern.«

»Haben sie gesagt, warum?«

Die ganze Zeit war ihr Blick hektisch über den Hof gezuckt. Nun sah sie mich an. »Nein. Aber ich könnte mir vorstellen, dass wir das dir zu verdanken haben?«

Ich schüttelte den Kopf und wandte mich ab. Unser Plan war zunichtegemacht. Ich würde durch den Wald fliehen müssen.

Ich steuerte auf die Scheune zu. Ich musste Shelly und die anderen suchen. Hatte die Maxfield sie bestraft, weil sie mitgemacht hatten?

»Wo gehst du hin?«, rief Mouse mir hinterher.

»Was kümmert's dich?«

Im Fort zu bleiben und mit Mouse und ihren Handlangern zu reden, war wirklich das Letzte, was ich jetzt wollte. Ich rannte die Straße entlang, zwischen den Bäumen hindurch und dann über den Bach. Sämtliche Steine waren verschoben, die Furt war ein einziger Schlamm- und Geröllhaufen. Offenbar war der Bulldozer hier durchgepflügt. Ich musste durchs Wasser waten, aber es war mir egal. Ich hatte anderes im Kopf.

Noch immer schwebte Staub in der Luft, als ich die Böschung emporkletterte und sah, was vom Kasino übrig war.

Sie hatten es nicht plattgewalzt, wie Mouse gesagt hatte. Nur den hinteren Teil, wo der Aufzug gewesen war. Sie wussten, was wir geplant hatten, und hatten uns eine Botschaft geschickt.

Überall waren Leute, einige starrten auf die Trümmer, andere saßen am Boden und bekamen Feedback. Der Schulbetrieb musste auf Hochtouren laufen, und es ging wohl sehr emotional zu – wahrscheinlich sahen sie die ganzen neuen Schüler ankommen. Es würde Kämpfe und Tränen und Streits geben. Und jetzt entführte die Schule die menschlichen Schüler auch noch; als ich dort angekommen war, hatten sie wenigstens am Anfang noch so getan, als wäre die Maxfield Academy eine gute Sache.

Ich wandte dem Kasino den Rücken zu und lief an den Leuten vorbei zur Scheune. Draußen war niemand. Ich stürzte zur Tür und sah hinein – drinnen war auch keiner. Hatten sie sie mitgenommen?

Jetzt war ich nicht mehr beunruhigt. Ich war stinkwütend. Die Botschaft, die die Maxfield heute geschickt hatte, war nicht an alle gerichtet – sie war an uns gerichtet, an mich. Sie wussten, dass ich hier war. Sie konnten tun und lassen, was sie wollten, und ich konnte sie nicht daran hindern.

Ich rannte zur nächstgelegenen Baracke und sah hinein.

»Hat jemand Shelly gesehen?«

Alle schüttelten die Köpfe.

Ich rannte hinaus und nach nebenan. Ich wollte dort die gleiche Frage stellen, doch unmittelbar hinter der Tür saß Gabby.

»Da bist du ja!«, rief sie, sprang auf und fiel mir um den Hals. Über Gabbys Schulter hinweg sah ich Shelly, die jemandem einen Kopfverband anlegte.

»Alles in Ordnung.«

»Was ist mit Becky?«

»Ihr geht's gut …«

Wir hörten es alle zugleich, es war auch nicht zu überhören: Motoren. Jede Menge.

Ich schaute nach draußen und sah ein Quad quer übers Feld rasen. Ich hörte noch weitere.

Hinter mir ertönte ein dumpfer Aufprall und dann noch einer und noch einer. Gabby fiel gegen mich, dann schlug sie mit dem Kopf auf den Boden.

Es war eine Falle.

Sie mussten uns gesehen haben. Sie hatten gewusst, dass wir zurückkommen würden, und Späher zurückgelassen.

Ich sprang die Treppe vor der Baracke hinab. Das Quad, das ich gesehen hatte, steuerte nicht auf mich zu. Es fuhr direkt zur Furt. Es fuhr zum Fort.

Nein.

Die Baustelle lag gleich auf der anderen Straßenseite. Ich raste zur Schubkarre und schnappte mir die beste Waffe, die ich finden konnte: eine Schaufel mit gerader Vorderkante. Sie war alt und schwer, hatte einen Holzgriff und ein Schaufelblatt aus Stahl. Ich rannte zum Bach.

Es war Mouse gewesen. Sie hatte versucht, mich im Fort festzuhalten, hatte mich gefragt, wohin ich ging. Sie und alle ihre Freunde hatten neue Jacken, neues Holz, um das Fort zu reparieren. Sie hatte uns verkauft.

Die Straße war übersät mit reglosen Körpern, und ich sprang über sie hinweg, während ich dem Quad hinterherjagte. Iceman hatte mich noch nicht gesehen. Er hatte Mühe, den aufgewühlten Schlamm am Bach zu durchqueren. Ein Rad stieß an einen Fels und drehte durch.

Ohne abzubremsen, holte ich mit der Schaufel aus wie mit einem Baseballschläger. Ich traf Iceman direkt am Kopf, schleuderte ihn vom Sitz und in den Bach. Einen Moment lang rührte er sich nicht, und als er es tat, war es zu spät. Ich ließ das scharfe Schaufelblatt auf seinen Hals niederfahren. Ein heller Funke stob auf, als der Kopf vom Körper getrennt wurde. Er fuchtelte noch eine Weile mit Armen und Beinen, dann lag er still.

Ich preschte die Böschung hinauf, überall um mich

herum hörte ich Motoren dröhnen. Oben hielt ich an, im Gebüsch verborgen.

Beide Pick-ups standen vor dem Fort, dazu ein weiteres Quad.

Ich hörte Becky laut aufschreien, dann verstummte sie.

Ich rannte weiter. Im Fort mussten sich mindestens drei Androiden befinden, einer für jedes Fahrzeug. Ich wusste nicht, ob ich es mit meiner Schaufel mit allen dreien aufnehmen konnte, aber ich durfte nicht zulassen, dass sie Becky mitnahmen. Auf keinen Fall.

Ich hatte gerade den vorderen Pick-up erreicht, als Ms Vaughn vor die Tür trat. Sie entdeckte mich sofort und zückte ihren Taser. Ich war noch zu weit entfernt für einen sicheren Schuss und hielt mich hinter dem Pick-up.

Als Nächster kam Iceman heraus. Er trug Becky über der Schulter. Sie war so bewusstlos wie die übrigen Schüler und blutete an der Stirn.

Ms Vaughn rief ihm etwas zu, und Iceman sah zu mir. Er ließ Becky unsanft auf die Ladefläche des Pick-ups fallen, aber anstatt Ms Vaughn im Kampf gegen mich zu unterstützen, stieg er ein und ließ den Motor an.

»Nein!«, schrie ich und rannte los. Ms Vaughn feuerte ihren Taser ab und verfehlte mich. Ich raste an ihr vorbei zu dem Fahrzeug, das rasch zurücksetzte. Iceman warf das Steuer herum und wendete. Einen Augenblick lang blieb er stehen, um einen andern Gang einzulegen, und ich schmetterte die Schaufel gegen das Fenster, zertrümmerte die Scheibe.

Dann schoss der Pick-up davon, dass die Erde nach allen Seiten spritzte.

Im Nu war er die Straße hinab und zwischen den Bäumen verschwunden. Becky war fort.

22

Ich hörte hinter mir Ms Vaughn, fuhr herum und schwang die schwere Schaufel. Doch sie hatte mich schon fast erreicht und stand zu dicht vor mir, daher traf ich nur mit dem Stiel, nicht mit dem Schaufelblatt. Dennoch verloren wir beide das Gleichgewicht und taumelten zurück.

Von den Androiden im Fort war noch immer nichts zu sehen, aber irgendwo vom Wald her näherte sich mindestens ein Quad.

Ich hielt die Schaufel wie eine Axt: eine Hand in der Nähe des Schaufelblatts, die andere weiter unten am schweren Stiel.

Ms Vaughn hielt den Taser in der rechten Hand. Sie lächelte.

Vielleicht sollte ich mich gefangen nehmen lassen. Damit ich auch da hinkam, wohin sie Becky brachten, und versuchen konnte, sie dort zu retten.

Nein. Selbst wenn sie uns nicht töteten, würden sie uns Implantate einsetzen. Danach kämen wir wieder hierher zurück und säßen genauso in der Falle wie alle anderen. Ich musste einen anderen Weg finden.

Ich stach mit dem Schaufelblatt nach Ms Vaughn, aber sie duckte sich und stürzte sich gleich darauf auf mich. Damit überrumpelte sie mich, doch trotz der unhandlichen langen Schaufel gelang es mir, dem Taser auszuweichen. Als sie einen neuen Versuch unternahm, war ich bereit. Ihr Blick war auf das Schaufelblatt gerichtet, daher rammte ich ihr den Stiel direkt in die Zähne.

Ms Vaughn taumelte, Blut lief ihr aus dem Mund, doch sie schien keine echten Schmerzen zu verspüren.

»Das ist zwecklos«, stieß sie hervor. »Ergeben Sie sich.«

Ich schwang die Schaufel – diesmal wieder mit dem Schaufelblatt voran –, und sie wehrte sie mit dem Arm ab. Der Zusammenprall erschütterte uns beide, doch sie zuckte nicht zurück, trotz der klaffenden, blutenden Wunde am Arm.

»Ich hole sie zurück«, sagte ich.

»Sie werden sterben.«

»Ich hab schon einen von Ihren Kumpeln getötet.«

»Wo der herkam, gibt es noch mehr.«

»Stört Sie das nicht? Dass sie nur ein Duplikat sind?«

Sie lachte, grausam und böse. »Versuchen Sie etwa,

eine Sinnkrise bei mir auszulösen?« Ihr Hals und die Vorderseite ihrer Bluse waren blutüberströmt.

»Sie sind eine Sklavin.«

»Ich mache meine Arbeit gern.« Sie stürzte auf mich zu.

Ich sprang zurück und schwang die Schaufel gegen ihre Beine. Es war kein besonders guter Schlag, aber sie stolperte und fiel auf ein Knie. Ich verlor keine Zeit, sondern stieß ihr den Stiel gegen das Brustbein. Sie taumelte rückwärts, ließ den Taser fallen und stürzte. Als ich gerade zum tödlichen Schlag ausholte, heulte hinter mir ein Motor auf. Vor Schreck verfehlte ich ihren Hals und stieß ihr das Schaufelblatt in die Schulter, wobei ich ihr beinahe den Arm abtrennte.

Ich sah mich um. Rund sechs Meter von mir entfernt stieg eine weitere Ms Vaughn von ihrem Quad. Sie trug so eine Art Polizeischlagstock – eine lange Metallstange, wie sie die Mitglieder der Society bei ihren Security-Aufgaben verwendet hatten. Ich schnappte mir den Taser, den die erste Ms Vaughn fallen gelassen hatte, und steckte ihn in die Jackentasche.

»Erinnern Sie sich an mich?«, fragte Ms Vaughn.

Ich wich zurück. Die Schaufel war noch immer meine beste Waffe – damit hatte ich eine viel größere Reichweite als sie.

Die verwundete Ms Vaughn stand nun auch wieder,

ihr mechanischer Arm hing nutzlos herab, nur noch von ein paar Kabeln gehalten. Aber auch mit nur einem Arm und ohne Waffe kam sie auf mich zu.

»Sie haben mir einmal ein Messer an den Hals gehalten«, sagte die neue Ms Vaughn. »Sie hätten mich töten sollen, als Sie die Gelegenheit dazu hatten.«

Jeder einzelne Muskel in meinem Körper schien zu schmerzen. Die Rippen taten mir von dem Kampf im Wald immer noch höllisch weh, und ich wusste, ich würde die beiden nicht mehr lange abwehren können.

»Lassen Sie die Schaufel fallen, dann töten wir Sie nicht«, sagte sie. Sie war kaum zu verstehen, weil hinter ihr der Motor des Quads brummte.

Ich rechnete kurz nach, während sie auf mich zukam. Zwei Pick-ups und drei Quads. Ich hatte einen Androiden getötet, und einer war mit Becky davongefahren. Zwei standen vor mir. Fehlte noch einer.

Becky hatte ihn erwischt.

Ich lächelte. Sie hatte den Taser bei sich gehabt. Wahrscheinlich hatte er den Kopf in die Kelleröffnung gesteckt, und sie hatte ihm das Ding ins Gesicht gerammt.

»Worüber freuen Sie sich denn so?«

Ich ließ die Schaufel sprechen. Ich täuschte einen Schlag gegen die verwundete Ms Vaughn an, zog die Schaufel aber im letzten Moment hoch und ließ sie wie eine Axt auf den Kopf der neuen niederfahren. Sie ging wie ein Stein zu Boden, der metallene Kopf klaffte um das Schaufelblatt herum auf.

Der Android mit dem herabhängenden Arm taumelte und starrte überrascht seinen toten Klon an.

Ich riss die Schaufel aus dem Schädel des zerstörten Androiden und wandte mich dem anderen zu – dem geschwächten, verwundeten.

»Sie haben gehört, wie sie mich verhöhnt hat, weil ich sie nicht getötet hatte, als ich die Gelegenheit dazu hatte?«

Vier erledigt. Drei von mir und einer von Becky.

Ich hatte keine Ahnung, wie schnell Verstärkung hier sein würde, aber jetzt wussten sie endgültig, dass ich hier war. Obwohl ich alle Androiden nach Schlüsseln durchsuchte, fand ich keine für den Pick-up, daher schraubte ich den Tankdeckel ab, stopfte einen in Laternenöl getränkten Stofffetzen hinein und zündete ihn an.

Ich wäre mit den Quads gerne genauso verfahren, aber ich wusste nicht, wie viel Zeit ich hatte. Ich versuchte kurz, sie zu starten, beschloss dann aber, lieber abzuhauen.

Die Leute im Dorf wachten nicht auf, was bedeutete, dass weitere Androiden hierher unterwegs waren.

Ich rannte los.

Ich war auf nichts vorbereitet – weder auf Verteidigung noch auf Flucht. Ich brauchte Proviant, ich brauchte die Waffen, und ich brauchte einen Plan.

Als ich am Waschraum vorbeilief, fiel mir an der Scheune eine Bewegung auf. Ein Reh. Ich ließ mich fallen und tat so, als wäre ich einer der bewusstlosen Jugendlichen. Das Reh sah nicht zu mir. Es trottete die Straße entlang, kam zwar in meine Richtung, aber sein Kopf drehte sich von links nach rechts. Ich umklammerte den Schaufelstiel. Doch dann bog das Tier zwischen zwei der Baracken ein und verschwand.

Ich musste mich verstecken. Der Keller war entdeckt, zum Tunnel wollte ich sie nicht führen, und im Wald würde es wahrscheinlich bald von Roboterspähern in Form von Rotwild und Waschbären nur so wimmeln.

Ich ging in die Hocke hoch und rannte dann über die Straße auf die Ruine des Kasinos zu. Die Hohlziegelwand und der Beton waren zusammengebrochen, und die Stahlträger, die die Decke trugen, neigten sich zum Trümmerhaufen hin. Ich spähte durch die Risse in den dunklen Raum. An der anderen Seite, ganz in der Nähe der Stelle, wo der Aufzug gewesen war, fand ich, wonach ich suchte: eine Höhlung etwa in der Größe eines Kühlschranks. Ich verwahrte meine

Schaufel in einem anderen Loch und zwängte mich dann in die Lücke. Es war eng, ich zerkratzte mir Arme und Gesicht an den rauen Hohlziegeln. Zudem bestand die Gefahr, dass das Gebäude über mir zusammenbrach und mich begrub. Aber hier konnte ich im Verborgenen die Dunkelheit abwarten.

Ich fragte mich, was nun mit Becky geschah, welche Schrecken ihr bevorstanden. Eine Gehirnoperation war noch das kleinste Übel. Ich musste mich zwingen, nicht weiter darüber nachzudenken, was sonst noch geschehen konnte.

Ich wusste nicht, was draußen im Wald war. Mit Sicherheit würden dort weitere Androiden sein. Weitere Quads. Kameras, Tiere, Sensoren. Ich würde mich absolut leise bewegen müssen.

Nein. Falls ich Hilfe holen ging, wer wusste, was dann aus den anderen würde – aus Becky? Ich würde keine Hilfe *holen*. Ich *war* die Hilfe.

Ein frontaler Angriff. Es würde nicht gerade unauffällig sein, aber dafür überraschend.

Ich würde zurück zur Schule gehen.

23

Den restlichen Tag über sah ich nichts – der Spalt in den Trümmern war zu schmal und ging auch nicht zur Straße. Die anderen waren offenbar wieder bei Bewusstsein – ich hatte Stimmen gehört, größtenteils gedämpft und nervös, und allesamt viel zu leise, um sie verstehen zu können. Als es dunkel wurde und ich das Gefühl hatte, es sei jetzt spät genug, krabbelte ich aus dem Loch und schlich übers Feld zur Scheune.

Es waren etwa fünf Zentimeter Neuschnee gefallen, und ich hinterließ Spuren. Daran konnte ich nichts ändern. Der Schnee in dieser Gegend schien schnell zu schmelzen; ich hoffte auf einen warmen Tag morgen.

Ich trug jetzt mein Steelers-Sweatshirt, das ich auf links gedreht hatte, damit das auffällige Logo nicht zu sehen war. In der Tasche hatte ich den Taser, den die eine Ms Vaughn heute Morgen hatte fallen lassen – und den anderen, den Becky so lange bei sich getragen hatte, würde ich mir gleich im Tunnel holen. Ich wusste, dass an der Furt ein weiterer Taser lag – der, mit dem Becky Iceman aufgehalten hatte –, aber den wagte ich nicht zu holen.

Ich musste zu den Waffen im Tunnel.

Die Hühner schliefen und gaben kaum Geräusche von sich, als ich den kleinen Stall betrat und die schmutzverkrustete Sperrholzplatte hochhob.

Es waren reichlich Vorräte da, all das, was Shelly jahrelang dort unten angesammelt hatte: Essen, Wasser, Waffen, so viel, dass das gesamte Lager damit hätte fliehen können, aber leider kein Rucksack.

Ich nahm mir so viel, wie ich tragen konnte. Den zweiten Taser hatte ich schon eingesteckt. In jeder Hand hielt ich nun ein Powerhead. Ich wollte sie noch nicht einsetzen, sondern für eine Situation aufsparen, in der ich sie wirklich brauchte, aber ich traute mich nicht, sie in die Tasche vorn am Sweatshirt zu stecken. Sie sollten von mir wegzeigen.

Von den übrigen Vorräten nahm ich mir eine Rolle mit dickem Draht, ein Teppichmesser und einen selbstgebastelten Schlagring, der ein wenig wie eine Ahle aussah, nur eben mit drei Nieten, die zwischen meine Finger passten. Schon als ich das Ding bloß in der Hand hielt, freute ich mich darauf, Iceman damit zu schlagen.

Ich stand an der Tür des Hühnerstalls und blickte zum Wald. Um mich herum herrschten Dunkelheit und Stille. Es war noch nicht lange her, dass ich dieses Feld mit Becky auf den Armen überquert und gehofft hatte, dieser Ort würde das Ende meiner Probleme bedeuten.

Ich hievte mir eine Plane auf die Schulter, und meine Schaufel mit dem geraden Schaufelblatt legte ich über die andere Schulter.

Irgendwo mussten Wachen sein. Ich spähte durch ein Fenster in eine der Baracken, auf der Suche nach einem freundlichen Gesicht. Alle lagen still in ihren Betten. Ich fragte mich, ob sie heute Nacht außer Gefecht gesetzt worden waren, damit sie mir nicht helfen konnten.

Es spielte keine Rolle. Vielleicht war es sogar besser für mich. Ich schlich mich in eine der Baracken, ging zwischen den Betten hindurch und sah mir die Gesichter an.

Lily. Sie war hier.

Ich suchte nach einem Stift, fand aber keinen. Schließlich nahm ich ein Stück verkohltes Holz aus dem erkalteten Kamin und kritzelte eine Nachricht auf ein T-Shirt. Ich schlug Lilys Decke zurück und schloss ihre Hand um das T-Shirt. Sie würde die Nachricht erhalten. Ob sie etwas daraus machen konnte, wusste ich nicht.

Leise verließ ich die Baracke, sprang die Treppe

hinab und bewegte mich dann von Schatten zu Schatten auf den Waldrand zu. Ich blieb stehen und sah zurück zum Dorf. Es war zu dunkel, um jemanden zu erkennen, und wenn ich Glück hatte, wusste niemand, dass ich noch da war oder dass ich jetzt abhaute. Jeder, der noch bei Verstand war, würde davon ausgehen, dass ich Hilfe holte.

War ich noch bei Verstand? Es spielte keine Rolle. Ich ging so oder so.

Ich holte tief Luft und rannte auf die Bäume zu. Meine Schuhe knirschten auf dem überfrorenen Schnee. Im Wald wäre ich auch nicht viel sicherer, aber besser als jetzt allemal. Dort konnte ich mich verstecken, konnte mit dem Gelände verschmelzen. Ich konnte die Bäume als Deckung und Unterschlupf benutzen. Das Feld hingegen war eine Todeszone.

Aber niemand griff mich an. Ich erreichte den Wald und rannte hinein, dann blieb ich stehen und ging kurz in die Hocke, um nachzusehen, ob mir jemand folgte. Niemand. Kein Reh, kein Motorengeräusch.

Sie hielten bestimmt nach mir Ausschau. Sie hatten ja Becky. Würden sie sie foltern, um sie zum Reden zu bringen? Damit sie ihnen erzählte, wo ich mich wahrscheinlich versteckte? Bei dem Gedanken krümmte ich mich innerlich – nicht weil ich um mich selbst Angst hatte, sondern weil ich Becky kannte. Sie würde nicht nachgeben. Sie würden die Folter immer weiter steigern – schlimmer und schlimmer, mehr und mehr –, aber Becky würde trotzdem nicht einbrechen. Sie war stärker, und deshalb würden sie sie zerbrechen.

Ich durfte nicht weiter darüber nachdenken. Ich würde zur Schule zurückgehen, um das zu verhindern. Ich tat, was ich konnte.

Nachdem ich mindestens eine Dreiviertelstunde lang gerannt war, hockte ich mich in ein Gebüsch und ruhte aus. Ich lauschte, ob mir jemand folgte, aber ich konnte kaum die leisen Geräusche des Waldes hören, so laut keuchte ich.

In diesem Wald war nichts. Es war zu kalt für Insekten und zu dunkel für vieles andere. Es wehte kaum Wind, und die Schritte eines Rehs oder das Rascheln eines Waschbären im Unterholz hätte ich hören müssen. Mit Sicherheit waren keine Quads in der Nähe. Es war praktisch völlig still.

Der Schnee erwies sich nicht als allzu großes Problem. Die Kiefern fingen ihn zum großen Teil ab, daher war der Boden nur hier und dort ein wenig bestäubt. So konnte ich einfach von einem schneefreien Fleck zum nächsten laufen.

Ich verließ den Schutz des Gebüschs und ging nun langsamer weiter. Ich nahm an, dass es die richtige

Richtung war. Es konnte eigentlich nicht weit sein. Becky und ich hatten zwar die ganze Nacht vom Zaun zum Dorf benötigt, aber Becky war sehr langsam gewesen und immer wieder gestolpert, und wir waren hauptsächlich parallel zur Mauer gegangen, anstatt uns direkt davon zu entfernen. Von den oberen Stockwerken der Schule aus hatte ich den Rauch des Dorfs sehen können. Die Entfernung konnte nur zwei oder drei Meilen betragen.

Aber im Wald hatte ich keine Orientierungspunkte – nur dunkle Bäume und hin und wieder ein Fleckchen Himmel. Ich suchte mir markante Punkte in einiger Entfernung aus, auf die ich zugehen und so einigermaßen die Richtung einhalten konnte, aber ich sah nur vierzig oder fünfzig Meter weit.

Ich überlegte, was jemand, der mich mit einem Ortungsgerät verfolgte, von meinem Kurs halten würde, und lächelte. Vielleicht schüttelte ich die Maxfield ab, ohne es auch nur darauf anzulegen.

Und dann, plötzlich und unerwartet, fühlte ich mich allein – mehr als je zuvor – und musste stehen bleiben. Ich war immer ein Einzelgänger gewesen, war immer auf mich allein gestellt gewesen, aber das hier war anders. Hier war niemand in meiner Nähe – zumindest *hoffte* ich das in diesem Moment –, und ich konnte wahrscheinlich eine Meile oder weiter in jede beliebige Richtung gehen, ohne auf jemanden zu treffen. Schlimmer noch, niemand wusste, wo ich war. Weder die Schule, noch die übrigen Jugendlichen oder Becky oder sonst jemand. Niemand hatte auch nur die geringste Ahnung.

Aber das war nicht das eigentliche Problem. Schließlich hatte ich mein gesamtes Leben verbracht, ohne dass jemand wusste, wo ich war. Ich hatte in einer Großstadt gelebt, umgeben von Menschen an jeder Straßenecke, in jeder Gasse, aber es hatte sie nie *gekümmert*, wo ich war – das war ja der Grund gewesen, weshalb ich überhaupt an der Maxfield Academy gelandet war. Alle an der Schule waren ausgewählt worden, weil niemand sie vermisste.

Und das war der Unterschied: Jetzt würde sich jemand fragen, wo ich war, würde sich wünschen, ich wäre da, verließ sich auf mich. Becky war irgendwo, hatte wahrscheinlich Schmerzen oder lag auf einem Operationstisch und bekam ein Implantat ins Gehirn, und sie wollte mich bei sich haben.

Ich war allein, und jemand vermisste mich. Und das tat mehr weh, als einfach nur so allein zu sein.

Ich fing wieder zu laufen an, wich eilig Büschen oder losen Steinen aus, allem, was ein Geräusch verursachen konnte. Ich war nicht besonders schnell – es war zu dunkel, und mein Ziel war zu wichtig, um einen verstauchten Knöchel zu riskieren –, aber ich lief, so schnell ich konnte.

Vor und zurück, fünfzig Meter vor, zwanzig Meter zur Seite, zehn Meter diagonal zurück, und dann wieder fünfzig Meter vorwärts. Ich musste mich beeilen, aber ich wollte mich nicht einfangen lassen.

Als ich zum Zaun kam, war es noch immer dunkel. Ich hätte ihn gar nicht gesehen – in der Dunkelheit war er beinahe unsichtbar –, wenn die breiten gerodeten Streifen auf beiden Seiten ihn nicht verraten hätten. Als ich näher heranging, meinte ich beinahe, das Summen des Stroms im Zaun hören zu können.

Ich wollte nichts zerschneiden – ich hatte keine Ahnung, wie der Zaun funktionierte, und wenn ich an der falschen Stelle schnitt und den Stromkreis unterbrach, würde ich die Schule womöglich darauf aufmerksam machen, dass hier jemand war. Oder ich konnte dabei sterben. Nein, ich wollte hinüberklettern.

Eine zwanzigminütige Suche erbrachte den idealen Baumstamm: abgestorben und trocken, etwa viereinhalb Meter lang und voller abgebrochener Aststummel, wie Dornen am Stiel einer Rose – im Grunde eine gebrauchsfertige Leiter. Noch so einen konnte ich zwar nicht finden, aber nun brauchte ich nur noch etwas, um ihn abzustützen; und zwei kürzere Baumstämme erfüllten diesen Zweck. Ich lehnte den langen Stamm an den Zaun, so dass er darüber hinausragte, und drückte ihn fest in den verschlungenen Stacheldraht, der oben auf dem Zaun angebracht war. Dann stützte ich ihn mit den beiden anderen Stämmen ab.

Ich kletterte den Baumstamm hinauf, ganz langsam, von einem Aststummel zum nächsten. Er wackelte, und der Zaun bebte, so dass der Maschendraht gegen die Stahlpfosten klirrte. Aus der Nähe konnte ich die Elektrizität in der Luft spüren, hörte sie knistern.

Je weiter ich nach oben kletterte, desto stärker bog sich der Stamm durch und knarrte vernehmlich.

Ich blieb stehen und balancierte meine Füße so aus, dass ich einen sicheren Stand hatte, ohne mich mit den Händen festzuhalten. Dann zog ich die Plane langsam und vorsichtig von der Schulter. Sie bestand aus schwerem Segeltuch und war mit etwas beschichtet, das wasserdicht wirkte. Ich hoffte, sie war so haltbar, wie sie aussah.

Ich ließ sie abrollen, so dass sie herabhing. Ich trug sie seit Stunden, doch jetzt kam sie mir fast unerträglich schwer vor. Ich wollte sie über den Stacheldraht werfen, wie eine Decke über ein Bett, aber sie war schwer und unhandlich. Der erste Versuch schlug fehl, und ich musste sie wieder zurückziehen, sie einmal falten und dann über die spitzen Stacheln des Drahts schieben. Schön war es nicht, und es bestand die Gefahr, dass sie seitlich wegrutschte, aber ich würde ja nicht lange brauchen.

Als ich mich auf die Plane stützte, federte der Stacheldraht darunter und bog sich unter mir durch. Er bot keinen Widerstand, und ich fürchtete schon, mitten hinein in die Drahtrolle zu sinken. Doch dann spürte ich unter der Plane die stählerne Querstange, mit der der Zaun oben abschloss.

Ich kletterte hinüber, und im nächsten Augenblick bogen sich die elastischen Stacheldrähte auseinander. In einem Regen aus Zeltplanenfetzen purzelte ich zu Boden und landete mit einem dumpfen Aufprall. Der Schnee stob nach allen Seiten, und meine alten Verletzungen schmerzten sofort wieder. Aber ich war auf der anderen Seite.

Die Plane hing am Zaun. Ich zupfte ein paar Mal daran, aber sie ließ sich nicht lösen. Sie hing fest, der Stacheldraht hatte sich an vielen Stellen durch das Material gebohrt.

Das Ganze ließ einiges zu wünschen übrig. Falls jemand den Zaun überwachte, konnte er diese Riesensauerei nicht übersehen. Es war offensichtlich, was hier passiert war.

Daher war es umso wichtiger, dass ich schnell war.

Alles andere hatte ich schon einmal getan. Ich wusste, dass die Mauer ganz in der Nähe war, und ich wusste, wie ich da hinüberkommen würde. Es würden Kameras dort sein, und ich wusste, dass ich jetzt mehr auf die Tiere der Schule achtgeben musste, aber trotzdem schwoll mir die Brust vor Zuversicht. Ich war bis hierher gekommen. Ich würde auch den restlichen Weg bewältigen.

24

Als ich die Mauer erreichte, fiel der Schnee dichter. In wattebauschgroßen weißen Flocken blieb er an meinem Sweatshirt haften. Hier waren Kameras, genau wie ich es erwartet hatte, und ich suchte aus der Deckung des Waldes heraus nach Schwachstellen in der Überwachung. Etwa alle dreißig Meter befand sich eine Kamera, auf die Mauerkrone gerichtet, nicht auf den Boden.

Eigentlich spielte das keine große Rolle. Mein einziges Ziel war ja, zum Arrest geschickt zu werden. Doch genau darum ging es: Ich musste in die Schule hineinkommen und mit dem Arrestaufzug in die unterirdische Anlage fahren. Sämtliche Karten waren von Schülern gezeichnet worden, die auf diesem Weg dorthin gelangt waren. Und wenn man mich hier draußen schnappte, wurde ich womöglich anderswo hingebracht – etwa zu dem Eingang, den sie benutzten, um zu den Lastwagen zu gelangen.

Ich musste den Kameras also ausweichen.

Ich stand da und dachte lange nach, ehe ich mich

schließlich für eine Vorgehensweise entschied. Ich konnte die Kameras nicht einfach wegdrehen – demjenigen, der sie überwachte, würde auffallen, dass sie bewegt worden waren. Zudem konnte ich auch nicht einfach über eine Kamera hinwegsteigen, weil jede Kamera die nächste überwachte.

Die Taktik, für die ich mich letztlich entschied, war ziemlich jämmerlich, würde aber hoffentlich ihren Zweck erfüllen.

Ich rannte über das offene Gelände und hoffte, dass sie mich im dichten Schneetreiben nicht sahen. An der Mauer angekommen, drückte ich mich mit dem Rücken dagegen.

Ich stand direkt unter einer Kamera.

Dann warf ich Schneebälle gegen das Objektiv wie ein kleiner Junge auf ein Stoppschild, um es zu verhüllen, und kam mir dabei ziemlich bescheuert vor. Aber wenn die Kamera nicht gerade ununterbrochen beobachtet wurde, würde vermutlich niemand merken, dass der Schneefall das Objektiv nicht von allein zugedeckt hatte.

Ich benötigte ein dutzend Würfe, ehe ich einen direkten Treffer landete, der das Objektiv zu zwei Dritteln zudeckte. Das würde genügen müssen.

Fünf Minuten später war ich auf der anderen Seite, mit dem gleichen Baumstammtrick, den ich am Zaun angewendet hatte. Es war erstaunlich, wie viel leichter es war, über die Mauer zu gelangen, wenn ich nicht gerade von einer Bande mit einem Security-Vertrag gehetzt wurde. Und wenn ich versuchte, *in* das Gefängnis *ein-* statt auszubrechen.

Ich rannte in den Wald hinein, fort von den Kameras.

Ich war wieder da. Ich hatte so darum gekämpft, vom Schulgelände zu fliehen – aber es fühlte sich seltsamerweise an wie zu Hause. Als ich gebückt unter den verblichenen pinkfarbenen Bändern hindurchschlüpfte, die die Paintballfelder begrenzten, überkam mich unwillkürlich ein wenig Nostalgie. Sicher, damals war ich gefangen gewesen, aber ich hatte Freunde um mich gehabt. Ich hatte zu einer Gruppe gehört. Diesmal war ich auf mich allein gestellt.

Der Pfad war jetzt mühelos zu bewältigen, dennoch ging ich langsam und hielt nach Tieren Ausschau. Es war Morgen – ohne den starken Schneefall wäre die Sonne längst aufgegangen. In der Schule wurden die Schüler jetzt vermutlich wach und gingen duschen. Ich fragte mich, was sie denken würden, wenn ich dort auftauchte.

Jetzt konnte ich das Schulgebäude sehen, eine dunkle Masse, umgeben von weißen Rasenflächen, Bäumen und Himmel. Ich war nur eine Woche fort gewesen, doch es fühlte sich viel länger an.

Ich bewegte mich von Baum zu Baum langsam auf die Vorderseite der Schule zu. Hier war weniger Unterholz, daher ging ich tiefer in den Wald hinein – gut zehn Meter weit – und verbarg mich schließlich am Fuß eines kurzen Kalksteinvorsprungs.

Ins Gebäude hineinzugelangen, würde schwieriger sein, als über die Mauer zu klettern. Die Fenster waren kugelsicher, und die Türen öffneten sich nur für Leute mit den entsprechenden Verträgen. Ich hätte zwar zur Tür rennen, dagegen hämmern und hoffen können, dass derjenige, der mich zuerst hörte, mich auch hereinlassen konnte. Aber falls die Betreiber der Maxfield mich kommen sahen, würde ich es niemals schaffen.

Ich zog die Beine an die Brust. Es war kalt, und der Schnee auf meiner Kleidung begann zu schmelzen, so dass sie von Minute zu Minute feuchter wurde. Ich zitterte. Ich zog die Hände in die Ärmel und setzte die Kapuze auf. Es konnte eine lange Wartezeit werden.

Da ich sonst nichts zu tun hatte, bereitete ich mich besonders gut vor. Ich krempelte die Hosenbeine hoch und band mir die Powerheads mit Draht an die Waden. Ich musste die Waffen verstecken, damit ich immer noch bewaffnet war, wenn ich im Arrestaufzug hinunterfuhr. Die Powerheads machten mich nervös. Würde ich mir in den Fuß schießen, falls ich stürzte?

Das Teppichmesser versteckte ich im Schuh. Die Taser konnte ich nirgends verbergen, daher steckte ich sie ins Sweatshirt.

Allmählich wurden meine Finger steif. Zu kalt.

Ich entdeckte ein Gesicht. Jemand sah aus einem der Fenster oberhalb der Eingangstür. Die Person war nicht gut zu erkennen – es war weit weg, auf der anderen Seite des Schulrasens, und die Fenster waren ein wenig trüb –, aber sie sah wie ein Mädchen aus. Lange dunkle Haare.

Roter Pulli, weißer Kragen. Die Maxfield-Uniform.

Sie sah hinaus und hatte die Hände auf die Scheibe gelegt. Ich wusste, dass sie mich nicht sehen konnte – ich war gut verborgen und von Schnee bedeckt –, aber sie blieb am Fenster stehen und starrte hinaus.

Ein weiterer Schüler erschien neben ihr. Sie sahen sich nicht an – sie blickten nach draußen.

Einige Minuten später kam ein dritter Schüler, und dann noch einer.

Das kannte ich. Gesichter an den Fenstern, die schauten und warteten, waren das Erste gewesen, was ich gesehen hatte, als ich hier angekommen war.

Sie erwarteten ein Auto.

Ich packte die Schaufel neben mir, die nun vollständig von Schnee bedeckt war. Das war meine Chance.

Zwanzig Minuten vergingen, dann waren es dreißig. Als ich den Motor hörte, warteten überall an den Fenstern Leute, um die neuen Schüler zu warnen, sie sollten nicht aus dem Auto steigen, nicht hereinkommen. Aber noch etwas anderes geschah – ich musste immer wieder an die beiden Schwestern denken. Sie waren in die unterirdische Anlage gebracht und dort operiert worden, aber sie waren niemals ins Dorf gekommen. Harvard hatte gesagt, er hätte sie an der Schule gesehen. Und Curtis hatte Leute gesehen, die entführt worden waren. Es lief jetzt anders hier. Die Schule hatte das Prozedere geändert.

Ich ging in die Hocke hoch, meine eiskalte Hand umklammerte die Schaufel. Ich war hin- und hergerissen zwischen der Schaufel und den Tasern, aber die Schaufel hatte sich bisher als sehr nützlich erwiesen.

Jetzt erschien rechts von mir das Auto und fuhr langsam über die ungeräumte Straße, die unter dem Schnee nur zu erahnen war. Es war eine große Limousine, vorne saß nur die Fahrerin, hinten zwei Passagiere.

Ich wäre ihnen am liebsten entgegengelaufen. Ich hätte gern eine weitere Inkarnation von Ms Vaughn getötet. Aber ich wagte nicht, mich vom Fleck zu rühren, ehe die Schultür offen stand. Ich durfte nicht riskieren, dass die Maxfield das Gebäude verriegelte.

Der Wagen wurde langsamer und blieb stehen. Die

Fahrerin – wieder Ms Vaughn, diesmal in einem Kostüm – stieg aus, öffnete die hintere Tür und beugte sich in den Wagen.

Als Erster stieg ein Junge aus. Klein, vielleicht dreizehn oder vierzehn. Er trug ein leuchtend rotes T-Shirt und Shorts. Er trug auch Handschellen. Das war neu.

Danach stieg durch dieselbe Tür ein zweiter, ein wenig älterer Junge aus. Er schien einen Schlafanzug zu tragen. Auch seine Hände waren mit Handschellen gefesselt. Beide wirkten völlig verängstigt, wussten aber nicht, was sie tun sollten. Sie waren Gefangene, mitten im Nirgendwo, in einem Schneegestöber.

Ms Vaughn stand vor ihnen und gestikulierte. Ich erinnerte mich daran, wie sie mir gesagt hatte, es werde mir hier gut gefallen, aber diese beiden wussten bereits, dass es ein Gefängnis war. Wahrscheinlich drohte sie den Jungen, anstatt sie zu beruhigen. Gleich darauf waren die Autotüren wieder geschlossen, Ms Vaughn saß hinter dem Steuer und fuhr los. Die Jungen sahen ihr hinterher, dann stieg einer von ihnen vorsichtig die Treppe hinauf, um dem Schneetreiben zu entkommen.

Ich achtete nicht weiter auf den Wagen, mein Blick war fest auf die Tür geheftet. Der andere Junge tat ebenfalls einen zögerlichen Schritt die Treppe hinauf.

Die Leute an den Fenstern winkten, um die beiden zu warnen.

Die Tür öffnete sich.

Ich sprang auf. Schnee fiel von mir ab, als ich zwischen den Bäumen hervor auf den verschneiten Rasen sprintete. Niemand schien mich zu bemerken.

Ein Mädchen erschien an der Tür. Roter Pulli, weiße Bluse, grauer Rock. Ganz kurz glaubte ich, sie sei tatsächlich Becky. Einer der Jungen bemerkte mich und machte den anderen mit seinen gefesselten Händen auf mich aufmerksam.

Ich sah mich zur Straße um. Ms Vaughns Wagen war nicht mehr zu sehen.

Ich hatte die Tür beinahe erreicht. Der kleinere der beiden Jungen wich zurück, der andere rief mich um Hilfe an.

Das Mädchen wich ebenfalls zurück und packte nervös die Tür.

»Nicht«, brüllte ich schroff; meine Stimme war belegt.

In ihren Augen stand Angst, aber ich war jetzt fast da.

»Gabby!«, schrie ich. »Mach sie nicht zu. Ich bin hier, um zu helfen.«

Drinnen würde die Schaufel mir nichts nützen, dort gäbe es nicht genügend Platz, um auszuholen, daher ließ ich sie fallen und zog die Taser aus der Tasche meines Sweatshirts. In jeder Hand hielt ich einen.

Ich nahm zwei Stufen auf einmal. Gabby – beziehungsweise ihr Double – hatte keine Ahnung, wer ich war, sie wusste nur, dass ich ihren Namen kannte. Sie hatte die Augen aufgerissen, stand aber wie angewurzelt da. Mehr brauchte ich nicht.

Gleich darauf war ich an ihr vorbei und in der holzgetäfelten Eingangshalle. Ich hielt die Taser wie Pistolen, drehte mich im Kreis und suchte nach Wachen.

»Wer bist du?«, fragte Gabbys Double leise. Sie stand immer noch auf der obersten Stufe und hielt die Tür auf.

»Das ist alles eine einzige Täuschung«, sagte ich, warf einen Blick zur Treppe und spähte in den Korridor. »Die Hälfte der Leute an der Schule sind nicht echt.«

Gabby antwortete nicht.

Niemand kam. Ich wollte, dass sie mich zum Arrest schickten, aber ich hatte keine Ahnung, wie die Security-Verträge neuerdings funktionierten oder ob es überhaupt noch Verträge gab. Ich ging zurück zur Tür. Ich bereute jetzt schon, was ich gleich tun würde, aber ich wusste ja, dass sie nicht echt war – sie war ein Roboter. Gabby war drüben im Dorf.

Ich steckte einen der Taser in die Tasche und zog

Gabby ins Gebäudeinnere. Dann packte ich ihr Kinn und schubste sie gegen die Wand. Sie begann zu zittern, aber das war genau das, was ich wollte. Sie sollte Angst haben. Ich hielt ihr den Taser dicht vors Gesicht und betätigte den Abzug. Die Mündung knisterte. Gabby kniff die Augen zu und versuchte, den Kopf wegzudrehen.

»Nein«, schrie ich und schüttelte sie. »Sieh mich an. Sieh mich an!«

Langsam öffnete sie ein Auge. Sie zitterte am ganzen Körper, aber sie wehrte sich nicht.

»Ich bin drin, Gabby«, sagte ich. »Sag den anderen, dass ich drin bin. Sag Lily, es ist soweit.«

Sie begann zu weinen, und ich ließ sie los.

Auf der Treppe waren jetzt Stimmen zu hören. Ich zog den zweiten Taser wieder aus der Tasche und wich rückwärts in Richtung Keller zurück.

»Das ist alles eine einzige Täuschung«, schrie ich. »Die Schule wird von Robotern geleitet.«

Ich muss wie ein Geistesgestörter geklungen haben.

Ich wartete noch immer darauf, dass Gabby durchknallte, dass die Maxfield sie übernahm und Gabby mich angriff, aber das tat sie nicht.

Sie konnte es wohl nicht. Die neuen Schüler waren gerade erst eingetroffen. Wenn sie jetzt schon sahen, wie einer von ihnen sich als Roboter zu erkennen gab, würde in der Schule gleich wieder das Chaos ausbrechen.

Irgendwo waren Schritte zu hören, Turnschuhe, die über den Marmor quietschten.

Ich fuhr herum, um nachzusehen, aus welchem Korridor das kam.

»Gabby, Curtis, Carrie, Shelly, Harvard, Mouse – sie sind alle nicht echt«, rief ich. »Sie sind Fälschungen. Sie sind Roboter. Tapti, Eliana, Walnut …« Ich führte so viele Namen aus dem Dorf auf, wie mir einfielen. Ich wusste nicht, ob es etwas nutzen würde. Ich wollte bloß, dass jemand mich zum Arrest brachte oder Ms Vaughn zurückkam.

»Das wissen wir«, sagte jemand, und ich blickte die Treppe hinauf, wo ein Junge stand, der mir vage bekannt vorkam. Nicht von der Schule her, sondern aus der Außenwelt.

Ein blondes Mädchen trat neben ihn, dann noch eines. Sie sahen beinahe identisch aus. Die Schwestern. Ich erkannte sie sofort.

Sie waren die Töchter des Präsidenten der Vereinigten Staaten. Ich starrte sie an – zu lange.

Licht explodierte um mich herum, und dann lag ich mit dem Gesicht nach unten auf dem Marmorboden. Beide Taser flogen mir aus den Händen und schlitterten über den glatten Stein.

Ich rollte mich auf den Rücken. Eine große Gestalt – Curtis! – stand über mir und griff gerade nach meinen Händen. Ich trat nach ihm, rammte ihm die Ferse ins Knie, und er ging zu Boden.

»Schnappt ihn euch!«, brüllte Curtis. Na, endlich.

Ich rappelte mich hoch. Skiver und Walnut trampelten die Treppe herab und jagten auf mich zu.

Ich musste es wie einen Irrtum aussehen lassen. Also rannte ich los, tat so, als wüsste ich nicht, wohin ich mich wenden sollte, und flitzte dann wie zufällig hinab in den Keller.

Ich wollte mich erst am Arrestaufzug fangen lassen – ich wollte ihnen keinen Grund geben, mich zu durchsuchen. Sie sollten mich einfach in den Aufzug stoßen und die Tür schließen.

Die einzige Waffe, die ich im Moment greifbar hatte, war der Schlagring mit den Stacheln, und ich legte ihn im Laufen an. Drei schwere Nägel, jeder ragte fünf Zentimeter über meine Finger hinaus, wenn ich die Faust ballte.

Ich hörte sie hinter mir herrennen, als ich in den richtigen Gang kam. Die Decke hier war niedrig und der Gang schmal. Die Wände bestanden aus altem Beton, und es roch klamm. Ich rannte an den Türen leerer, dunkler Lagerräume vorüber. Als ich vielleicht noch fünf, sechs Meter vom Arrestaufzug entfernt war, drehte ich mich schließlich zu meinen Verfolgern um.

»Ihr seid nicht echt«, sagte ich lächelnd.

»Der Typ hat sie nicht mehr alle«, sagte Walnut, der Nervösere der beiden.

Skiver kam weiter auf mich zu, er war unbewaffnet. Ich fragte mich, ob er sah, dass meine Faust nicht bloß eine Faust war.

»Skiver, ich weiß, du kannst mich sehen«, sagte ich und meinte den Menschen Skiver. »Der hier ist für dich.«

Ich stürzte mich auf den Roboter und traf ihn mit der Faust in den Magen. Er kreischte, als die Nägel sich in seine Haut bohrten, und starrte mich mit schmerzverzerrtem Gesicht an. Als Walnut erkannte, dass ich bewaffnet war, wich er zurück.

»Was?«, stammelte Skiver und hielt sich den Magen.

Und dann war er fort. Der Schmerz verschwand aus seiner Miene, und er kam furchtlos auf mich zu. Skiver war durchgeknallt.

Ich holte erneut aus, und er blockte meine Faust mit dem Arm ab, so dass die fiesen Nägel ihm den Unterarm aufrissen. Er ignorierte es und rammte mir den Handballen gegen die Brust. Es fühlte sich an, als hätte mich ein Hammer getroffen. Ich fiel nach hinten.

Ich schnappte nach Luft. Den Schlagring hatte ich jetzt auch verloren. Ich krabbelte von Skiver fort und versuchte, wieder auf die Beine zu kommen.

Aber ich war nicht schnell genug. Der Roboter stürzte sich auf mich und legte mir die Hand um den Hals. Mit einer Hand hob er mich hoch und schleuderte mich dann wieder von sich. Ich hatte keine Zeit, mich zu wehren. Ich bekam keine Luft. Ich konnte mich nicht rühren.

Er packte mich an der Schulter, und ich dachte schon, seine Finger würden sich durch meine Haut bohren und mir das Schlüsselbein zermalmen.

Mit einer geschmeidigen Bewegung schleuderte er mich zur Seite. Ich rechnete damit, gegen eine Wand zu prallen, aber stattdessen flog ich durch eine Tür und stürzte auf einen harten Linoleumboden.

Ich wappnete mich, um mich zu verteidigen, merkte dann aber, dass er nicht näher kam. Er stand an der Tür. Nun zog er sie zu und schloss mich im Dunkeln ein.

Stille.

Dann bewegte sich der Raum. Ich fuhr nach unten.

25

Meine Taser waren fort, der Schlagring ebenfalls. Ich krempelte die Hosenbeine hoch und band die Powerheads los. Sie schienen beide in Ordnung zu sein, aber ich hatte keine Ahnung, ob sie funktionieren würden. Trotzdem gefiel es mir, sie in Händen zu halten – sie fühlten sich solide an, die schweren Griffe der Schraubenzieher lagen gut in der Hand.

Ich hatte auch noch das Teppichmesser im Schuh, doch ich beschloss, es einstweilen noch nicht hervorzuholen. Die Tür konnte sich jeden Augenblick öffnen, und da wollte ich nicht ohne Schuh dastehen.

Der Aufzug ruckelte und kam zum Stehen. Vorübergehend wurde die Beleuchtung schwächer, dann wurde es wieder hell.

Ich stand mit Blick zur Tür, mit einem Mal voller Panik. Auf dem Boden dieses Raums war früher schon Blut gewesen, hatte Becky mir einmal erzählt. Nicht jeder, der zum Arrest geschickt wurde, ergab sich einfach und kam in den OP. Manche hatten sich gewehrt, genau hier, und sie waren gestorben.

Klick.

Jemand machte sich an der Tür zu schaffen. Schloss sie auf. Ich duckte mich.

Quietschend wurde die Tür geöffnet, und ein heller Lichtstreifen fiel herein.

Ich tat einen vorsichtigen Schritt nach vorn.

Nichts zu hören.

Ich streckte den Fuß aus und trat die Tür vollends auf.

Der Korridor war hier breit. Zu beiden Seiten könnten sich Androiden verbergen. Sie gingen sicher davon aus, dass ich bewaffnet war, insofern war es logisch, dass sie mir auflauerten.

Ich blickte den Korridor entlang. Es war heller, als ich es mir vorgestellt hatte, die Wände waren weiß gekachelt und verputzt und wurden in Abständen von eineinhalb bis zwei Metern von nackten Glühbirnen erleuchtet. Es erinnerte mich an ein altes Krankenhaus. Da war auch ein chemischer Geruch, wie von einer scharfen Seife.

»Ihr seid tot«, sagte ich.

Keine Reaktion.

Falls da jemand war, würde er damit rechnen, dass ich heraussprang und angriff. Darauf würde er vorbereitet sein. Also würde ich genau das nicht tun.

Ich holte Luft, so tief ich konnte. Und dann rannte ich los, zur Tür hinaus und den Korridor entlang.

Nach fünfzehn Metern wirbelte ich herum.

Zwei von ihnen – beide Iceman. Einer trug einen Blaumann und hielt einen Schlagstock aus Metall in der Hand. Der andere trug Krankenhauskleidung und hatte einen Taser in der Hand. Er war bereits abgefeuert worden – die Projektile und Drähte lagen in einem Wirrwarr am Boden. Offensichtlich hatte er mich verfehlt.

Nun riss er die Kartusche ab und kam auf mich zu. Meine Hände waren verschwitzt, und plötzlich hatte ich Angst, die Powerheads könnten mir ausrutschen.

»Bitte leisten Sie keinen Widerstand«, sagte der im Blaumann.

»Haben Sie gehört, was ich mit den anderen gemacht habe?«, fragte ich. »Ich hab vier von Ihnen getötet.«

Der im Blaumann lächelte, während sie beide weiter auf mich zukamen. »Der Tod macht uns keine Angst.«

»Und warum sind Sie dann nicht in den Aufzug gekommen, um mich zu holen?«

Ich musste bald handeln. Ich stand mit dem Rücken zu einem offenen Korridor. Jeden Augenblick konnte sich jemand hinter mich schleichen.

»Wo ist Becky?«

»In Sicherheit. Wie Sie auch, wenn Sie sich ergeben.«

Sie waren mir jetzt sehr nahe, vielleicht noch zwei Meter entfernt.

»Sie kennen Fort Maxfield schon«, sagte der Arbeiter-Iceman. »Sie wissen, dass wir nicht töten oder foltern.«

»Ich gehe nicht dorthin zurück.«

»Doch, das werden Sie.«

»Wo ist Becky?«

Der Mann im Krankenhauskittel stürzte auf mich zu, die Mündung des Tasers sprühte weiße und blaue Funken. Ich schlug seinen Arm mit der Linken zur Seite, doch dabei flog mir das Powerhead aus der Hand und schlitterte über den Boden.

Er stand jetzt ganz dicht vor mir. Ich hob das andere Powerhead und stach ihm damit zwischen die Rippen.

Peng!

Alles hielt inne.

Der Knall hallte durch den Korridor. Die Erschütterung ließ uns beide zurücktaumeln. Das Powerhead fiel mir aus der Hand.

Er hatte ein blutiges Loch in der Brust – einen Ring aus aufgerissener Haut und Kleidung um zerstörte Schaltkreise und Getriebe.

Er sah mich an und stürzte zu Boden.

Ich sprang wieder auf. Der Arbeiter-Iceman starrte wie gelähmt auf seinen toten Partner.

Ich nahm den Taser auf. »Immer noch keine Angst vor dem Tod?«

Er sprang auf mich zu und schwang den Schlagstock dabei wie eine Axt. Doch die Decke war zu niedrig, und der Schlagstock stieß dagegen und zertrümmerte eine Glühbirne, ehe er harmlos dreißig Zentimeter von mir entfernt herunterfuhr.

Ich stürzte an ihm vorbei zum zweiten Powerhead. Er war mir dicht auf den Fersen.

Dann drosch der Schlagstock neben meinem Ohr vorbei, die Spitze strich schmerzlos über meine Schulter, während ich mich nach der Waffe bückte. Ich schnappte sie mir, drehte mich um und rammte ihm den Lauf in den Magen.

Das Powerhead verbog sich, der Lauf löste sich erst an einer Seite und sprang dann ganz ab, so dass ich nur noch einen Schraubenzieher in der Hand hielt.

Er verlor keine Zeit, sondern schmetterte den Schlagstock gegen meinen Arm. Schmerzen schossen von den Fingerspitzen bis hoch in meine Schulter. Ich schrie auf und ließ den Taser fallen.

Unerbittlich drängte der Arbeiter-Iceman mich zurück Richtung Aufzug. Ich hatte keine funktionstaugliche Waffe mehr – bloß den Schraubenzieher und das

Teppichmesser in meinem Schuh, aber da kam ich jetzt so schnell nicht dran.

»Sagen Sie mir, wo sie ist, und ich lasse Sie gehen«, sagte ich.

Er antwortete nicht, verzog keine Miene, sondern ging einfach weiter, und ich musste zurückweichen.

Ich sah mich um. Nichts, was mir helfen konnte. Die Tür zum Arrestaufzug, das Bedienfeld des Aufzugs, eine Glühbirne. Nichts. Er ließ den Schlagstock nochmals durch die Luft sausen, doch damit wollte er mich bloß erschrecken. Er wusste, er hatte mich in die Enge getrieben.

Aber ich war nur dann in Bedrängnis, wenn ich hier unten blieb.

Ich drehte mich um, rannte zum Aufzug und hämmerte auf den Knopf, der ihn nach oben schickte.

Hinter mir hörte ich seine Schritte. Ich wusste, er würde mich nicht gehen lassen. Er wollte mich jetzt nicht mehr schlagen, sondern bloß in den Aufzug gelangen, ehe der abfuhr.

Sobald ich im Aufzug war, fuhr ich herum, knallte die Tür zu und klemmte damit seine Schulter und seinen Arm ein. Er taumelte.

Ich rammte ihm den Schraubenzieher in die Brust.

Ob ich nun sein künstliches Herz oder die Energiequelle, von der Harvard gesprochen hatte, getroffen hatte, spielte keine Rolle. Er stürzte zu Boden. Ich sprang wieder aus dem Aufzug und schob seine Leiche vollends hinein. Dann schloss ich die Tür und schickte den Aufzug mit der Leiche eines Roboters hinauf zu den Schülern.

Ich war schweißgebadet, mein Herz schlug so heftig, dass ich den Puls am Hals, in den Armen und den Fingern spürte. Aber ich hatte keine Zeit, erst wieder zu Atem zu kommen. Bestimmt war schon Verstärkung unterwegs. Ich nahm den Taser, starrte in den Korridor und versuchte, mir die Karte wieder vor Augen zu rufen. Ich musste zu den Zellen.

Ich rannte los.

Auf den Korridoren war niemand. In den Räumen ebenfalls nicht. Ich hatte in der vergangenen Woche sechs Androiden getötet, und Becky hatte vermutlich einen siebten mit dem Taser erledigt. Vielleicht gingen sie ihnen langsam aus. Ich bog um die Ecke zum Zellenbereich. Die Beleuchtung war eingeschaltet, aber nur trübe. Curtis hatte recht gehabt – es sah aus wie in einem Krankenhaus, mit einer Schwesternstation und allem Drum und Dran.

Vorsichtig betrat ich den Zellenbereich, aber es gelang mir nicht, mich geräuschlos zu bewegen. Meine

Kleidung war noch immer nass vom Schnee, und meine Schuhe quietschten auf dem Fliesenboden.

Alle Räume sahen gleich aus: ein Bett, ein Waschbecken und eine Toilette. Alle verfügten über Zellentüren wie im Gefängnis, und anstelle eines Schlüssellochs gab es eine Zifferntastatur. Diese Tastaturen waren das Einzige im gesamten Zellenbereich, was weniger als fünfzig Jahre alt aussah.

Ich lief an den Zellen entlang, und das Herz schlug mir bis zum Hals. Nach zwei dutzend Zellen und einer Kreuzung, an der ein anderer Gang abzweigte, fand ich sie.

Ich packte die Stangen und starrte sie an.

Becky war nicht bei Bewusstsein. Sie trug einen Verband um den Kopf, und eine Plastikmaske bedeckte Nase und Mund. An ihrem Bett stand ein kleiner Wagen, mit dem sämtliche Schläuche, Kabel und Sensoren an ihrem Körper verbunden waren. Es zischte, wenn sie atmete.

Sie hatten sie operiert. So musste es sein.

Abgesehen davon schien sie unverletzt zu sein. Sie trug ein T-Shirt und Shorts, und ihre Arme und Beine sahen unversehrt aus. Ihr Oberarm war vollständig verheilt. Nur eine breite blasse Narbe war zu sehen. Sogar die leichten Erfrierungen an Kinn und Nase waren fort und hatten makellose, gesunde Haut hinterlassen.

Ich zwängte den Arm zwischen den Stangen hindurch und versuchte, sie zu berühren, doch sie war zu weit entfernt. Meine Fingerspitzen berührten den Wagen, und ganz kurz dachte ich daran, ihn zu benutzen, um sie zu mir heranzuziehen, aber das würde nicht funktionieren. Ich würde bloß all die Schläuche und Kabel abreißen.

Ich rannte zurück zum Stationszimmer und riss wahllos Schubladen und Schränke auf. Irgendwo musste doch der Code für die Zifferntastatur sein. Aber ich fand nur Verbandsmaterial, Pflaster und Blätter dieser Folie, die Jane verwendet hatte. Das Zeug – was es auch war – wäre in der freien Welt Milliarden wert gewesen, aber für mich war es im Moment nicht wertvoller als Abfall.

»Probleme?«

Ich drehte mich um und hielt Ms Vaughn den Taser entgegen. Sie stand in der Tür zum Korridor, scheinbar unbewaffnet. Sie trug ein Kostüm. Ich fragte mich, ob das dieselbe Ms Vaughn war, die ich draußen gesehen hatte, als sie die neuen Schüler abgesetzt hatte.

»Lassen Sie sie raus«, sagte ich, doch ich hörte die Angst in meiner Stimme selbst. Ms Vaughn trat ein. Sie drohte mir nicht, sie bereitete keinen Angriff vor. Sie tat ganz unbekümmert, als wären wir Freunde.

Ich wedelte mit dem Taser. »Kommen Sie nicht näher.«

»Was wollen Sie jetzt tun?«, fragte sie. »Sie sind ihretwegen hierhergekommen, aber Sie kommen nicht an sie heran. Sie haben verloren.«

Ich umrundete sie und bewegte mich dann vorsichtig auf Beckys Zelle zu. Ms Vaughn folgte mir.

Gab es eine Möglichkeit, sie zu veranlassen, die Zelle zu öffnen?

Hinter ihr erschien ein zweiter Android – noch eine Ms Vaughn. Diese trug Krankenhauskleidung wie der Iceman, den ich vorhin getötet hatte. Auch sie schien unbewaffnet zu sein.

Ich richtete meine Aufmerksamkeit wieder auf die Frau im Kostüm.

»Sind Ihnen die Wachen ausgegangen?«, fragte ich. »Sie sind nicht für einen Kampf angezogen.«

Sie hob die Augenbrauen. »Wollen Sie denn kämpfen?«

Ich stand jetzt wieder vor Beckys Zelle und sah mich nach ihr um. Ich hatte immer noch keine Ahnung, wie ich Ms Vaughn dazu bringen konnte, die Tür zu öffnen.

»Geben Sie auf«, sagte sie und griff in die Tasche.

Kein Taser diesmal, sondern eine Pistole. Dasselbe Model wie die .38er, die die Maxfield damals Isaiah gegeben hatte. »Wir benutzen Taser, weil die Schüler wertvoll für uns sind«, sagte sie. »Aber ich glaube, Sie machen mehr Ärger, als Sie wert sind.«

Ich sah keinen Ausweg. Ich konnte nicht fliehen. Ich saß in der Falle und konnte Becky nicht retten.

Beckys tiefe, laute Atemzüge unter der Sauerstoffmaske waren die einzigen Geräusche. Ich stellte mich direkt vor ihre Zellentür.

Die Frau im Kostüm lachte. »Sie müssen sich nicht für Ihre Freundin opfern. Sie hat nie so viel Ärger gemacht wie Sie. Außerdem ist sie bereits operiert – das würden wir nur ungern vergeuden.«

Genau darauf zählte ich.

Ich atmete tief durch, dann kehrte ich den Androiden den Rücken zu und streckte meine freie Hand zwischen die Stangen. Ich kam mit den Fingern ganz dicht heran.

Eine der Ms Vaughns packte mich an der Schulter. Ich ließ den Taser fallen, klammerte mich an die Zellentür und reckte den anderen Arm.

Mit dem Mittelfinger berührte ich den Gerätewagen, dann erreichte ich ihn auch mit den übrigen Fingerspitzen und schließlich mit der ganzen Hand.

»Benson!«, schrie Ms Vaughn und riss mich zurück. Ich ließ es zu. Mit der Hand hielt ich den Wagen fest.

Ich flog rückwärts, von der Frau im Kostüm mit Roboterstärke fortkatapultiert. Den Wagen riss ich mit, bis er gegen die Zellentür krachte.

Ein Alarmsignal ertönte, und trotz der Pistole an meinem Kopf verrenkte ich mir den Hals, um nach Becky zu sehen. Ich betete darum, dass ich ihr mit meinem Manöver nicht geschadet hatte.

Sämtliche Sensoren und Schläuche waren von ihrem Körper abgerissen, und ich sah, dass sie nach Luft rang.

Die Ms Vaughn im Krankenhauskittel brüllte mich an. »Sie sind so weit gekommen, nur um sie zu töten!« Dann stürzte sie an uns vorbei zur Tür. Zur Tastatur.

6–5–6–3–8. Ein Summen. Ein Klicken.

Die Zellentür sprang auf, Ms Vaughn lief hinein, untersuchte den Wagen und schob ihn wieder an Beckys Bett.

»Es ist vorbei, Benson«, sagte Ms Vaughn. Und dann schlug sie mich mit dem Pistolengriff nieder.

26

Ich erwachte im Dunkeln.

Es dauerte eine lange Zeit, bis ich mein Bewusstsein wieder ganz zurückerlangte – ein mühsamer Kampf gegen die Chemikalien, die sie mir ins Blut gepumpt hatten. Leute kamen und gingen. Sie stellten mir Fragen, und ich glaube, ich beantwortete sie, doch worum es dabei gegangen war, daran konnte ich mich nun nicht mehr erinnern.

Ich lag in einem Krankenhausbett, aber das Kopfteil war aufgestellt, so dass ich den gesamten Raum sehen konnte. Am Boden und an den Wänden bis zu halber Höhe waren die gleichen weißen Fliesen. Oberhalb der Fliesen bestanden die Wände aus nacktem Beton.

Der Raum roch nach nichts. Nicht nach Seife, nicht modrig, er roch gar nicht.

Eines meiner Augen wollte sich nicht ganz öffnen, doch ich hatte keine Schmerzen. Ich versuchte, es zu berühren.

Meine Hände waren mit dicken Lederriemen gefesselt. Meine Fußknöchel ebenfalls.

»Mr Fisher. Sie sind wach.«

Ich drehte den Kopf, aber ich sah niemanden.

Es war eine Männerstimme, doch sie klang nicht wie Icemans.

»Wer sind Sie?«

»Sie haben mir viel Ärger gemacht, Mr Fisher.« Die Stimme klang blechern, als käme sie aus einem Lautsprecher. Oder meine Ohren funktionierten nicht richtig. Oder ich bildete es mir nur ein.

»Sind Sie Maxfield?«

Er gluckste, eine Art tiefes Gurgeln, wie von einem alten Mann. Als er wieder sprach, klang er, als hätte er den Mund voller Speichel. »Es gibt keinen Maxfield. Das ist nur ein Name. Es hätte irgendetwas sein können.«

»Was wollen Sie?«

»Spielt es eine Rolle, was ich will? Ich bin hier, um zu besprechen, was Sie wollen.«

»Sie wissen, was ich will.«

»Ach ja?«, fragte er. »Sie ändern Ihre Meinung häufig. Als Sie an meine Schule kamen, wollten Sie lediglich Ihre Freiheit. Aber bald war Ihre Freiheit nicht mehr genug. Sie wollten Freiheit für alle.«

»Was kümmert's Sie?«

»Jetzt weiß ich nicht mehr, was ich glauben soll. Alle anderen sind Ihnen nicht mehr wichtig. Ihnen ist nur noch eine Person wichtig. Rebecca Allred.«

»Wo ist sie?«

»Warum schreien Sie so?«, fragte er. »Ich kann Sie sehr gut hören.«

Ich kämpfte gegen die Fesseln an. Es musste irgendeinen Ausweg geben.

»Ich bin es nicht gewohnt, zu verhandeln, Mr Fisher.« Er klang müde. »Ich habe mich daran gewöhnt, die Kontrolle zu haben. Daher macht es mich traurig, dass es so weit gekommen ist.«

Ich gab den Kampf gegen die Fesseln auf, lag keuchend da und hörte ihm zu.

»Es heißt, man sollte nie unvorbereitet in eine Verhandlung gehen, nie ohne die Alternativen zu einer Vereinbarung zu kennen. Was, Mr Fisher, sind Ihre Alternativen zu einer zwischen uns ausgehandelten Vereinbarung?«

Ich antwortete nicht. Ich wusste nicht recht, was er meinte.

»Ich werde Ihnen helfen.« Seine Stimme troff vor Verachtung. »Ihre Alternative zum Verhandeln ist, dass ich Sie töte. Wenn Sie jedoch verhandeln, werde ich Sie als Teil des Programms in Fort Maxfield leben lassen.«

»Des Programms?«

»Des Programms. Mit dem Programm sind Sie ja schon bestens vertraut.«

Darüber wollte ich nicht sprechen. »Wo ist Becky?«

»Ah, richtig. Sie ist auch Teil der Verhandlung, nicht wahr? Sie können sie retten oder sie ebenfalls töten. Ich sage Ihnen das nur, damit Sie wissen, woran Sie sind. Sie wollen doch immer, dass das Dorf oder die Schule fairer sind, also bin ich fair. Ich erkläre Ihnen die Regeln.«

Ich war gefangen und unterhielt mich mit einem Wahnsinnigen. »Warum tun Sie das?«, schrie ich.

Er ignorierte mich. »Jetzt, wo Sie die Grundregeln und die Folgen kennen, lassen Sie uns verhandeln. Sie wissen etwas, was ich gerne erfahren würde.«

»Das ist keine Verhandlung«, sagte ich. »Sie drohen mir, um an Informationen zu gelangen.«

Er lachte, feucht und kehlig. »Verhandlungen sind immer Drohungen. Jede Verhandlung besagt: ›Stimmen Sie dem zu, oder es wird Folgen haben.‹«

Ich rieb den Hinterkopf am Kopfkissen, um herauszufinden, ob ich einen Verband hatte. Hatten Sie mich operiert? Ich spürte nichts.

»Nun?«, fragte er.

»Nun was?«

»Sie haben Informationen, die Sie vor mir geheim halten.«

»Was wollen Sie denn wissen?«, brüllte ich. »Walnut nimmt sich immer mehr als seinen Anteil am

Nachtisch. Harvard duscht lange und braucht das ganze heiße Wasser auf. Gabby …«

Er fiel mir ins Wort, unvermittelt war sein Ton scharf und schroff. »Sagen Sie mir, wo die Schüler sind.«

Ich zögerte. Die Nachricht, die ich Lily hinterlassen hatte, hatte also ihren Zweck erfüllt: Sie sollte so viele Schüler wie möglich im Tunnel verstecken und dort bleiben. Falls es stimmte, dass man die Implantate da unten nicht orten konnte, dann hatte die Maxfield keine Ahnung, wohin sie verschwunden waren. Das war meine Trumpfkarte.

»Welche Schüler?«

»Spielen Sie keine Spielchen.«

»Nein, im Ernst«, beteuerte ich. »Ich weiß nicht, von welchen Schülern Sie reden.«

»Lilian Paterson, Curtis Shaw, Caroline Flynn, Michelle Bowers … Muss ich fortfahren? Die Liste ist recht umfassend.«

Ich lächelte.

»Sie wissen also, wo sie sind.«

»Ich nehme an, sie sind geflohen. Gut für sie.«

Einen Augenblick herrschte Schweigen.

»Ich werde ein kleines Zugeständnis machen«, sagte er dann. »Und geben Sie gut acht, denn es ist das Einzige, das ich machen werde. Und es ist ein sogenanntes zeitlich begrenztes Angebot.«

Ich wartete. Ich wusste, er würde mir nichts anbieten, was ich akzeptieren würde. Ich war nicht so weit gekommen, um die Sache jetzt nicht zu Ende zu bringen.

»Sie und Ms Allred stehen unter Schutz«, sagte er. »Sie müssen nicht im Fort und im Dorf bleiben. Ich werde anderswo auf dem Gelände ein kleines Haus für Sie bauen lassen. Sie werden sich keine Sorgen wegen der anderen Schüler machen müssen – wegen der Banden und der Kämpfe. Sie können dort Ihr Leben führen und glücklich sein.«

Ich sah es vor mir, und flüchtig klang es perfekt. Es wäre nicht die Freiheit, aber es wäre ein bequemes Leben. Und ich wäre mit ihr zusammen.

Er fuhr fort, ehe ich antworten konnte. »Sie sollten wissen, dass sie zuhört. Sie ist hier bei mir.«

»Lassen Sie mich mit ihr reden.«

»Eine Verhandlung gründet auf Vertrauen.« Er lachte leise.

»Die Antwort ist Nein«, sagte ich. »Wenn Sie bei Ihnen ist und Sie sie reden lassen, wird sie das Gleiche sagen.«

»Mr Fisher …«

»Fahr zur Hölle, du Arsch!«

Schweigen. Flüchtig dachte ich, er wäre fort, doch ich konnte leises Atmen hören.

»Ich werde Ihnen etwas Zeit geben, um darüber nachzudenken«, sagte er schließlich. »Das Angebot ist noch auf dem Tisch. Für eine begrenzte Zeit.«

Dann verstummte die Stimme wirklich. Gleich darauf ging das Licht aus, und ich lag im Dunkeln. Irgendetwas hinter mir leuchtete schwach blau und spiegelte sich auf den glatten Fliesen.

Ich fragte mich, ob sie wirklich zugehört hatte. Aber eigentlich spielte es keine Rolle. Keiner von uns hätte dem zustimmen können. Hier ging es nicht mehr um Freiheit. Für Becky ging es darum, die anderen zu retten. Für mich ging es um das Leben voller Schuldgefühle, das ich dann haben würde. Vielleicht lag darin irgendwo eine gewisse Würde verborgen. Ich wusste es nicht.

Die Stimme ließ lange auf sich warten. Ich schlief wieder ein und wurde durch einen schmerzhaften Nadelstich geweckt.

Ms Vaughn stand an meinem Bett, ein schattiger Umriss, der mir irgendetwas in den Arm spritzte.

»Wahrheitsserum?«, fragte ich.

»Frühstück«, erwiderte sie.

Und dann war sie wieder fort. Ich wusste nicht, ob das jetzt die Wahrheit oder ein Psychospielchen war.

Ich schlief wieder ein.

Ich träumte von meiner ersten Begegnung mit Becky, als sie vor die Schultür getreten war und mich mit einem warmherzigen, zuversichtlichen Lächeln begrüßt hatte. Sie hatte sich damals wie alle Society-Bandenmitglieder gekleidet, hatte zu viel Make-up aufgetragen und die braunen Haare in altmodische Wellen gelegt. Sie war wunderschön.

Ich streckte die Hand nach ihr aus, doch sie entfernte sich immer weiter von mir, und die Treppenstufen vervielfachten sich, bis sie wie ein Berg zwischen uns lagen. Während Becky immer kleiner wurde, sich immer weiter entfernte, schlängelte sich ein Arm – ein Tentakel – durch die Tür und zog sie zurück hinein. Sie schrie, und ich schrie auch.

Plötzlich war ich wach, lag zitternd im Bett und wand mich in meinen Fesseln.

Das Licht ging an und blendete mich wie Flutlicht. Ich kniff die Augen zu und drehte den Kopf zur Seite.

»Guten Abend, Benson«, sagte die Stimme. »Haben Sie über mein Angebot nachgedacht?«

»Die Antwort ist immer noch Nein.«

»Sie können die Implantate nicht untauglich gemacht haben. Muss ich das ganze Dorf dem Erdboden gleichmachen?«

»Vielleicht sind sie geflohen, während ich Sie abgelenkt habe?«

»Unmöglich.«

»Vielleicht sind wir schlauer, als Sie glauben.«

»Sie sind schlau, Benson, aber nicht so schlau.«

»Wenn ich Ihnen sagen würde …« Ich brach ab. Ich hatte sagen wollen, dass ich, wenn ich es ihm erzählte, kein Druckmittel mehr hätte – dass es dann keinen Grund mehr für ihn gab, seine Versprechungen einzuhalten.

Unfassbar, dass ich das beinahe gesagt hätte.

»Wenn Sie mir was sagen würden?«

»Nichts.«

»Sie sehen nicht gut aus, Benson.«

»Sie wollen mich zermürben.«

Er lachte. »Ich zermürbe Sie bereits.«

»Die Antwort ist immer noch Nein«, wiederholte ich.

»Dann machen Sie mir ein Gegenangebot! Ich bin hier, um zu verhandeln. Was ist Ihr Preis?«

»Lassen Sie alle frei. Machen Sie die Schule dicht.«

Er lachte schallend – ein lautes, lang anhaltendes dröhnendes Lachen. »So viel will ich dann doch nicht wissen.«

»Doch«, entgegnete ich. »Ich glaube, Sie wollen es wissen. Je länger Sie warten, desto näher kommen die Leute der Zivilisation und damit ihrer Rettung. Ihre Zeit läuft ab.«

»Ich wiederhole«, sagte er völlig gelassen, »Sie

können die Implantate nicht unbrauchbar gemacht haben.«

»Warum sind die Töchter des Präsidenten an der Schule?«, fragte ich, um ihn in die Defensive zu drängen.

»Das sollte Ihre geringste Sorge sein.«

»Wer sind Sie?«

Die Beleuchtung ging aus, doch an der Wand vor mir erschien ein Bild, das von irgendwoher über meinem Kopf projiziert wurde. Becky.

Ich spürte, wie Panik in mir aufstieg, und kämpfte wieder gegen die Fesseln an.

Sie saß allein in ihrer Zelle, die Hände hinter dem Rücken, die Beine an den Stuhl gebunden. Ihr Gesicht und ihr T-Shirt waren schweißfeucht.

»Sie ist ein hübsches kleines Ding, nicht wahr?« Beim Klang seiner Stimme schoss Beckys Kopf in die Höhe.

»Wir haben eine Konferenzschaltung«, sagte er, »vielleicht sollten Sie also Hallo sagen.«

»Becky?«

»Bense?«

»Wir werden hier rauskommen«, sagte ich und spürte die Tränen über mein Gesicht laufen.

Er mischte sich ein. »Ganz bestimmt. Becky, der gute Benson erzählt mir nicht, was ich wissen möchte.«

Sie sah hoch, wohl dorthin, woher die Stimme kam. Anscheinend sah sie kein Bild von mir.

»Vielleicht sollten Sie Benson auffordern, mit der Sprache herauszurücken.«

»Benson«, rief sie, »wo bist du?«

»Mir geht's gut«, erwiderte ich. »Wir kommen hier wieder raus.«

»Ich weiß nicht mal, wovon der redet«, sagte sie. »Was will er denn wissen?«

Darauf antwortete ich nicht – ich durfte es nicht.

»Er will die anderen nicht freilassen«, sagte ich einfach nur.

Sie nickte.

Meine Worte hingen im Raum. Sie widersprach nicht, doch das musste sie auch nicht, denn nun haderte ich mit mir selbst. Natürlich würde er niemanden freilassen. Er hatte recht – er wusste, dass die Schüler das Gelände nicht verlassen haben konnten. Ich hatte überhaupt nichts in der Hand.

»Benson«, sagte er. »Sie können das verhindern.«

Ich wollte schon fragen, was, doch da erschien noch jemand auf dem Bild: Iceman, der von hinten auf Becky zuging.

Becky sah ihn ebenfalls und wand sich auf ihrem Stuhl.

Iceman klappte ein Messer auf – kurz, gebogen, fies.

»Stopp!«, schrie ich. »Was tun Sie da, verdammt?«

»Ich habe es mit Zuckerbrot versucht«, sagte die Stimme. »Das ist die Peitsche.«

Beim letzten Wort rammte Iceman Becky das Messer in die Hand.

Sie schrie auf – ein hoher, verängstigter, verzweifelter Schrei. Das Bild verschwand, und das Licht ging wieder an.

»Lassen Sie sie frei«, brüllte ich und warf mich auf dem Bett hin und her. »Lassen Sie sie in Ruhe.«

»Sie faszinieren mich«, sagte er gelassen.

»Was passiert da? Was macht er mit ihr?«

»Ich muss meine Einschätzung von Ihnen offenbar revidieren, Benson. Bei unserer letzten Unterhaltung ging ich davon aus, dass Ihnen das Mädchen am wichtigsten ist, aber jetzt bin ich mir da nicht mehr so sicher.«

»Natürlich ist das so!«, stieß ich wutentbrannt hervor. »Ich traue Ihnen bloß nicht.«

»Sie haben Angst, dass ich mein Versprechen nicht einlöse?«

»Nein.«

»Was wollen Sie? Soll ich Sie und Becky zu dem kleinen Haus im Wald fahren und Sie dort zurücklassen, und Sie können mir die gewünschte Information mailen?«

»Ich glaube nicht einmal, dass das die echte Becky war.« Ich deutete mit dem Kopf auf die Wand.

Er zögerte. »Wie meinen Sie das?«

»Sie haben sie gefoltert, aber vielleicht war das ja ein Roboter. Woher soll ich das wissen? Ich habe gesehen, dass Becky schon das Implantat hat.«

Erneut zögerte er, und jetzt klang seine Stimme nachdenklicher. »Wenn Sie wollen, kann ich ihren Arm aufschneiden, wie Sie Barbaren im Fort es immer gemacht haben.«

»Das kann man vortäuschen.« Er hatte mir bloß ein Bild gezeigt. Alles hätten Androiden sein können. Es könnte ein neueres Androidenmodell sein.

»Meinen Sie?«

»Fahren Sie zur Hölle.«

Das Licht erlosch.

Das ging alles zu schnell, lag völlig außerhalb meiner Kontrolle. Ich wusste nicht, was ich tun sollte. Schützte ich sie besser, indem ich schwieg, oder wäre es besser, zu reden?

Es war unfair, dass ich diese Entscheidung überhaupt treffen musste. Warum? Weshalb war ich dafür verantwortlich, alle im Dorf in Sicherheit zu bringen? Weil ich der Einzige ohne Implantat im Kopf war? Das machte mich noch nicht zum Anführer – ich hatte einfach nur ein Quäntchen mehr Glück.

Aber das Messer, das in Beckys Hand steckte. Ihr Schrei. Das verdrängte alles andere aus meinen Gedanken, und in der Dunkelheit sah ich nur sie an der Wand. Voller Schmerzen.

27

Ich wurde wach, also musste ich wohl geschlafen haben.

Ich hörte ein Alarmsignal, und irgendwo hinter mir blinkte ein Licht. Minutenlang. Stundenlang. Ich wusste es nicht. Und dann erlosch es.

Ich lag jetzt seit Tagen in diesem Bett – vielleicht schon seit Wochen. Ich konnte es nicht einschätzen.

Ich lauschte, ob die Stimme sich wieder melden würde, aber ich hörte nur das Schwirren eines Ventilators in der Ferne.

Und ein Kratzen. Irgendetwas kratzte über etwas. Ich drehte den Kopf.

War es eine Maus? War es Ms Vaughn? Wurde ich verrückt?

Da war es wieder, bloß war es kein Kratzen, sondern eher ein Scharren. Da bewegte sich etwas, rutschte, scharrte über den Boden. Schlich sich da jemand von hinten an mich heran?

Das Bett erbebte – kaum merklich, aber ich wusste, etwas war dagegen gestoßen.

»Wer ist da?«

»Pst.«

Ich drehte den Kopf und erblickte Beckys Gesicht an meinem Bett. Sie grinste und hatte den Finger an die Lippen gelegt.

Ich hatte das Gefühl, zu schmelzen, als wäre Wasser über mir zusammengeschlagen und hätte jeden anderen Gedanken aus meinem Kopf geschwemmt. Sie war da, neben mir. Sie löste die Fessel an meinem Arm.

»Wie bist du …?«

Sie sah schrecklich aus – die Haare nass und verfilzt, die Haut im Gesicht streifig von getrockneten Tränen. Ich wollte sie küssen. Wollte sie in die Arme nehmen und nie wieder loslassen.

»Ich hab's dir doch gesagt«, flüsterte sie. »Ich bin auf einer Ranch aufgewachsen. Ich hab eine Kaninchenfalle gebastelt.«

Sie löste den ersten Riemen, und ich zog die Hand heraus. Die Muskeln in meinem Arm fühlten sich schwach und wund an. Ich nahm ihre Hand und betrachtete sie. Keine Narbe.

»Sie haben dich gar nicht verletzt?«

Beckys Miene verfinsterte sich, und sie ruckte irgendwie mit dem Kopf. Ich wusste nicht, was das bedeuten sollte, aber die glatte Haut auf ihrem Handrücken sprach Bände. Das Mädchen, das sie mir gezeigt hatten, war nicht sie gewesen. Ich hatte recht gehabt.

Sie ging zu meinem Fuß, und ich versuchte, mit der freien Hand den Lederriemen an meinem linken Handgelenk zu lösen. Aber das war so gut wie unmöglich – man benötigte beide Hände, und meine rechte Hand war völlig verkrampft und schmerzte, so dass sie kaum von Nutzen war.

»Was haben sie mit dir gemacht?«, flüsterte sie, befreite meinen rechten Fuß und wandte sich dann dem linken zu. Ich beugte das Knie und spannte die lange nicht benutzten Beinmuskeln an.

»Sie wollten mich zum Reden bringen. Stehen Wachen auf den Gängen?«

Sie schüttelte den Kopf. »Was wollten sie denn wissen?«

Sie befreite meinen linken Fuß.

»Ich bin so froh, dich zu sehen«, sagte ich. Als sie an meine linke Seite kam und sich über meinen Arm beugte, berührte ich ihr Gesicht. »Ich bin froh, dass es dir gutgeht.«

Becky lächelte glücklich und legte das Gesicht einen Augenblick in meine Hand, dann flüsterte sie mir lautlos »Warte« zu und befasste sich mit der verbliebenen Fessel.

»Haben sie nach den Waffen gefragt?«, flüsterte sie. »Woher wir die Kugeln hatten?«

»Nein.«

Sie drückte den Dorn aus der Schnalle und löste den Lederriemen. »Was dann?«

Ich schwang die Füße über die Bettkante und stand auf. Mir zitterten die Beine, und Becky streckte die Hand aus, um mich zu stützen.

Ich wollte nicht länger warten. Ich schlang die Arme um sie und zog sie eng an mich.

So hatte ich mir unseren ersten richtigen Kuss zwar nicht vorgestellt, aber ich musste es tun.

Ich wölbte die Hände um ihr Gesicht, und unsere Lippen begegneten sich sanft, doch dann drückte sie sich an mich, und ich legte die Arme um sie. Ich musste ihr zeigen, was ich empfand, wie sehr ich sie vermisst hatte. Wie sehr ich sie liebte.

Ihre Finger zogen sanft an meinen Haaren, während sie meinen Mund, mein Gesicht, meinen Hals küsste.

Ich hielt sie umarmt, fuhr mit den Händen an ihren Seiten entlang, dann weiter über ihre Rippen und durch die Achselhöhle. Über den kleinen anomalen Knoten unter der Haut.

»Becky«, sagte ich, packte ihr Gesicht und sah ihr in die Augen. »Ich liebe dich.«

Sie kicherte und sagte irgendetwas, aber ich hörte gar nicht hin. Sie war nicht Becky. Sie war eine Kamera.

»Ich liebe dich«, sagte ich. »Alles wird gut. Der Code für die Tastatur ist sechs, fünf, sechs, drei, acht.«

Sie runzelte die Stirn. »Wovon redest du?«

»Geh zum Kontrollraum«, sagte ich und sah ihr unverwandt in die Augen. »Da treffen wir uns.«

Sie erstarrte.

Gleich darauf fuhren ihre Hände – mit denen sie mir eben noch durch die Haare gestrichen hatte – an meine Kehle.

Doch sie hatte keine Zeit mehr, mich zu würgen. Mir war nicht viel Kraft verblieben, aber ich stieß ihr die Faust in die Achselhöhle. Das System brach zusammen, ihr künstliches Herz saß zu dicht an der Energiequelle. Sie fiel wie ein Stein zu Boden.

28

Ich rannte durch die kahlen weißen Gänge und versuchte, mich zu orientieren. Ich war bewusstlos gewesen, als sie mich in diesen Raum geschafft hatten, daher hatte ich keine genaue Vorstellung, wo ich war.

Wieder ertönte der Alarm, und etwa alle fünfzehn Meter blinkten kleine rote Lämpchen, aber bis jetzt war niemand zu sehen. Ich bog um eine Ecke, dann um eine weitere. Alle Gänge sahen gleich aus.

Ich riss eine Tür auf, in der Hoffnung, irgendetwas zu finden, was ich wiedererkannte, doch der Raum war bloß voller Kartons. Im nächsten standen Dutzende von Computern, die ich für Server hielt – unzählige Lämpchen blinkten, Kabel leuchteten –, doch ich verstand nicht genug von Technik, um sicher zu sein.

Am Ende des Korridors stand jemand, und ganz kurz glaubte ich, es sei Becky, aber nein – es war eine Ms Vaughn. Ich machte kehrt und rannte in die andere Richtung.

Nichts war mir vertraut – oder besser gesagt: Alles

war vertraut. Alles sah gleich aus, jeder Gang und jede Tür. Ich bog um eine Ecke und wäre beinahe von Becky über den Haufen gerannt worden.

»Bense!« Sie umarmte mich ungestüm. Ich schob sie zurück und deutete zur Erklärung hinter mich auf Ms Vaughn.

»Das muss warten.« Ich nahm ihre Hand, und wir rannten los.

»Das ist es wert.«

Sie führte mich durch die Gänge – auf den Karten hatten wir gesehen, wie man vom Zellenbereich zum Kontrollraum kam, daher wusste sie, wo sie war.

Ich war barfuß – sie ebenfalls –, und als ich über den harten Fliesenboden rannte, taten meine Fersen und Waden höllisch weh. Alles tat mir weh; sogar Beckys Hand zu halten fiel mir schwer. Einem weiteren Kampf war ich nicht gewachsen.

»Hier drüben«, rief Becky und führte mich durch einen langen Gang, der so schmal war, dass wir nicht nebeneinander laufen konnten. Becky lief voran und ich hinterher. Ich sah mich nach Ms Vaughn um, die rasch aufholte.

Becky wurde langsamer und blieb stehen. Mit verwirrter Miene drehte sie sich zu mir um. Die Tür war da, aber es war bloß eine normale Holztür, wie alle anderen auch. Sie drehte den Knauf. Die Tür war verschlossen. Ms Vaughn war nur noch gute zehn Meter entfernt.

Becky fing laut zu zählen an: »Eins, zwei, drei …«

Gemeinsam warfen wir uns gegen die Tür und prallten zurück. Sie war kaum erzittert.

Eine zweite Ms Vaughn erschien hinter der ersten. Und dann ein Iceman.

Becky und ich warfen uns erneut gegen die Tür und hörten etwas splittern, doch noch hielt sie stand.

»Sie kommen da nicht hinein«, sagte die vordere Ms Vaughn, hob ihren Taser und näherte sich uns vorsichtig.

Weiter hinten auf dem Gang ertönte ein Schrei – laut und zornig. Beide Ms Vaughns drehten sich um und sahen gerade noch, wie Curtis Iceman eine rostige Spitzhacke in den Rücken stieß. Der Android stürzte vornüber. Er war sofort tot.

Hinter Curtis tauchten Carrie und Shelly auf.

»Los!«, brüllte Shelly. »Wir kümmern uns um die hier.«

Becky grinste, als unsere Blicke sich begegneten. Wir zählten erneut bis drei und rammten mit den Schultern die Tür. Diesmal zersplitterte das Holz um den Knauf, und wir fielen in den Raum und zu Boden. Ich sprang sofort wieder auf und prallte gegen einen hohen Computerschrank.

Becky reagierte schneller als ich. Sie warf sich mit dem Rücken gegen die aufgebrochene Tür und schob sie zu.

Der Raum war genau so, wie Birdman ihn gezeichnet hatte. Hohe Computer säumten die Wände, eleganter und fremdartiger als alle anderen Computer, die ich je gesehen hatte. Ein leises, tiefes Summen war zu hören, das von überall zugleich zu kommen schien.

Im hinteren Teil des Raums saßen zwei Männer auf Drehstühlen und blickten auf Tausende von quadratischen Bildschirmen. In der Mitte der Monitore – genau, wie Birdman es gezeichnet hatte – befand sich das große Fenster. Es wölbte sich in den Raum hinein. Auf den Monitoren flimmerten bunte Bilder. Das Fenster selbst war dunkel.

Keiner der beiden Männer drehte sich um.

»Bense«, sagte Becky und lenkte meine Aufmerksamkeit wieder auf die Tür.

Ein lautes Krachen ertönte, und Holz splitterte – einer der Androiden versuchte, zu uns hereinzukommen. Ich stürzte zur ramponierten Tür, doch ich würde nicht viel ausrichten können. Ms Vaughn war zu stark.

»Warte.« Becky lief zu den Computerschränken und lehnte sich mit dem ganzen Körper gegen den ersten. Er mochte einen Meter achtzig hoch sein und war so schmal wie ein Aktenschrank. Gerade als Ms Vaughn erneut gegen die Tür schlug, kippte der Computerschrank und rutschte diagonal davor.

»Sie wird ihn einfach umwerfen«, sagte ich, aber Becky hatte sich schon den beiden Männern zugewandt.

»Schicken Sie sie weg«, schrie sie. »Sonst fällt das Ding um.«

Die beiden starrten weiter auf ihre Computer, als würden sie uns gar nicht wahrnehmen.

Becky kam zu mir zurück.

Ich wartete auf Ms Vaughns nächsten Schlag, bei dem die Tür erbeben und der Computerschrank zu Boden fallen würde. Aber der Schlag kam nicht.

Einer der Männer drehte sich um. Es war kein Iceman. Dieser Mann war alt.

»Nun?«, fragte er.

Ich stammelte etwas und sah zu Becky. Sie nahm meine Hand.

»Lassen Sie sie gehen«, sagte ich. »Alle.«

»Sonst?«

Ich kannte diese Stimme. Das war der Mann, der mich befragt hatte, der Mann, der gelacht hatte, als Iceman Becky gefoltert hatte. Erst jetzt warf ich einen Blick auf ihre Hand. Da war eine gezackte Narbe zwischen zwei Knöcheln, rosig und beinahe verheilt. Der

Mann lachte. »Sie haben gedacht, wir hätten ein Duplikat verletzt, aber Sie haben sich geirrt.«

»Wer sind Sie?«

»Tatsächlich war es gerade Ihr Einwand, Sie glaubten nicht, dass Ihre Freundin echt sei, der uns auf die Idee gebracht hat, Ihnen heute das Duplikat zu schicken. Es hat ganz offensichtlich nicht funktioniert, aber Sie müssen zugeben, dass es eine gute Idee war.«

Becky ging zu einem Computer und blickte den Mann finster an. »Welche Taste soll ich zuerst drücken?«

»Das hängt davon ab, wen Sie töten wollen«, erwiderte er scheinbar völlig unbesorgt.

Er war noch immer nicht aufgestanden. Er wusste, wir waren unbewaffnet und schwach.

»Vergessen Sie nicht, jeder Ihrer Freunde hat ein hochempfindliches Stück Technologie im Gehirn. Wenn Sie hier etwas zerschlagen – beispielsweise diesen Computerschrank umwerfen –, werden Sie dadurch womöglich zum Massenmörder.«

»Es wäre mir sehr unangenehm, Ihnen diesen Titel streitig zu machen«, erwiderte ich.

Seine Mundbewegungen passten nicht ganz zu seinen Worten. Er wirkte wie eine schlechte Computeranimation. Vielleicht einer der ersten Androiden?

»Wer sind Sie?«, fragte ich erneut.

»Was glauben Sie denn, wer ich bin?«, fragte er mit Donnerstimme. »Ich bin Gott! Ich erschaffe Leben. Ich kontrolliere es.«

Becky schüttelte den Kopf und ging auf ihn zu. Ich folgte ihr.

»Sie zerstören mehr, als Sie erschaffen«, sagte ich.

»Wir üben noch«, entgegnete der alte Mann. »Werden ständig besser. Aber endlich ist Bewegung in die Sache gekommen.«

Als wir näher traten, blickte ich auf die Bildschirme, auf denen ich nun kleine Bilder erkennen konnte. Da waren Gesichter, Landschaften …

»Das sind alles Doubles?« Ich deutete auf die winzigen Monitore.

»Ja. Wir haben eine ganze Menge. Mehr als Sie gedacht haben?«

Ich starrte auf die Bildschirme. Becky umklammerte meine Hand ein wenig fester, während wir nach und nach alles Mögliche wiedererkannten: ein flüchtiger Anblick der Vorderseite des Forts, ein Korridor in der Schule, Gabbys Gesicht, während sie direkt in die Kamera sprach. Aber da waren noch mehr Leute – Erwachsene in Häusern, Autos oder auf Straßen.

»Wer sind die?«, flüsterte Becky.

Mir war schwindelig. Die Sache war größer, als ich

geahnt hatte. Ich dachte an die Präsidententöchter. »Warum ersetzen Sie echte Menschen?«

»Sind Sie etwa überrascht? Wir üben seit damals, als wir das Fort gebaut haben. Wir haben ein Duplikat von jedem Menschen in dem Dorf, in dem Sie sich versteckt haben, und da ist es Ihnen nie in den Sinn gekommen, dass wir versuchen, die Menschen zu ersetzen? Nur darum ging es.«

Aus nächster Nähe wirkte der alte Mann überhaupt nicht wirklichkeitsgetreu. Seine Haut war so offensichtlich unecht wie eine Halloweenmaske.

»Aber warum sie?«, fragte ich. »Warum die Töchter des Präsidenten?«

Der andere Android sah noch immer nach vorn, aber er tat nichts. Ich fragte mich, ob er sich überhaupt bewegen konnte.

»Was glauben Sie denn?«, fragte der alte Mann. »Ich möchte, dass Sie beide gründlich darüber nachdenken, aus welchem Grund man wohl den Präsidenten kontrollieren können wollte. Na, los. Ich warte so lange.«

Ich blickte in das gewölbte schwarze Fenster. Da war etwas auf der anderen Scite. Nicht mehr als ein Schatten, den man aus dem Augenwinkel erhaschte.

Becky streckte die Hand aus und berührte den alten Mann. Er schlug nach ihrer Hand, doch er bewegte sich unbeholfen und ruckartig. Er verfehlte sie.

»Wer kontrolliert Sie?«, fragte sie.

Ich blickte mich um. Ich suchte nach etwas Hartem.

»Wie kommen Sie darauf, ich sei nicht wie die anderen? Wie Ms Vaughn?«

»Sie sind zu glaubwürdig.«

Er lachte. »Das hier ist glaubwürdig?«

»Ich meine Ihre Persönlichkeit«, sagte sie. Sie hatte jetzt überhaupt keine Angst mehr vor ihm, sondern stand direkt vor ihm und berührte sein gummiartiges Gesicht und seine Hände.

»Mit Ms Vaughn und Iceman sind keine Menschen verbunden. Das ist offensichtlich.«

»Und Sie meinen, mit mir schon?«, fragte er. Er war uralt. Seine seltsame künstliche Haut war in einem schlimmen Zustand. Diese Androiden waren seit Jahrzehnten nicht nachgerüstet worden. Womöglich sogar hundert Jahre lang nicht mehr.

»Nope«, erwiderte ich und schob den zweiten, reglosen Roboter vom Stuhl. Er plumpste ohne jede Reaktion zu Boden. Becky blickte verwirrt, und der alte Mann wandte sich mir zu. »Gewalt ist keine Lösung.« Er lachte und deutete ungelenk auf Becky. »Das habe ich sie einmal sagen hören.«

»Wer sind Sie?«, fragte ich. »Sind Sie der Erste?«

»Sehe ich nach irgendetwas anderem aus als einer Marionette?« Dann deutete er auf den Androiden am

Boden. »Wir sind Relikte aus einer Zeit, als dieser Raum wichtiger war. Jetzt wird alles ferngesteuert. Eine Neuralverbindung direkt zu Mr Maxfield.« Er lachte, als hätte er einen Witz gemacht.

Ich hob den Stuhl hoch, auf dem der zweite Androide gesessen hatte. Er war schwer und unhandlich, aber etwas Schweres war genau das, was ich wollte.

Becky berührte mich am Arm. »Was hast du vor?«

Ich nickte zum gewölbten Fenster hin. »Ich kann die Computer nicht zerstören, also werde ich das da zerstören.«

Der alte Mann schlug nach mir, und Becky schubste ihn, so dass er aufs Gesicht fiel. Er schlug wild um sich und versuchte, wieder aufzustehen. Becky sprang ein Stück zurück. Ms Vaughn hämmerte wieder gegen die Tür.

»Bei drei«, kündigte ich an, denn ich wusste, dass jemand zuhörte. »Eins, zwei, drei.«

Ich ließ den Stuhl gegen die Scheibe prallen, aber er hinterließ kaum einen Kratzer. Ich schlug nochmals zu, mit dem gleichen Ergebnis.

»Bravo«, sagte der alte Mann und drehte sich schließlich auf den Rücken.

»Hey, Bense.« Becky berührte mich am Arm, und ich wandte mich zu ihr um.

Sie hielt die beiden verlorenen Taser, das Teppichmesser und das abgebrochene Powerhead in der Hand. Sie hatten allesamt auf einem Regal gelegen. Der alte Mann lachte. »Was habe ich über eine Beschädigung der Computer gesagt? Ich glaube nicht, dass ein Taser klug wäre. Und was soll ein Teppichmesser einer Marionette antun?«

Ich stellte den Stuhl ab und nahm das Powerhead. Es war nur noch ein Rohr mit einer Kugel, denn der Schraubenzieher war ja auf dem Korridor abgebrochen.

Ich hielt das Rohr an die Scheibe.

»Hey, Becky«, sagte ich. »Such mir was Spitzes.«

Wieder schlug der Android nach mir, aber er war uralt und schwach. Er konnte nicht einmal aufstehen.

»Geht auch ein Kuli?«, fragte Becky.

»Ich weiß nicht.«

»Oh«, sagte sie. »Hier. Die ist abgegangen, als wir den Computerschrank bewegt haben.« Sie reichte mir eine lange Schraube.

Ich hielt die Schraube ans hintere Ende des Powerhead. Ich versuchte, mir meine Nervosität nicht anmerken zu lassen, aber ich hatte Angst, mir selbst die Hand wegzusprengen.

Und da erschien es.

Hinter der Scheibe war ein Gesicht, nur unscharf zu erkennen in der dunklen Flüssigkeit, in der es schwamm. Die beiden Augen starrten uns an, und es hatte einen Mundschlitz, doch das waren auch die einzigen vertrauten Merkmale. Die Haut war rot und fleckig – beinahe wie bei einem Leoparden, aber blasser –, und es war glatt und geschmeidig wie ein Fisch.

»Was ist das?«, flüsterte Becky.

Da bewegte sich noch etwas – ein Tentakel oder eine Hand. Es drückte sich kurz gegen die Scheibe und zuckte dann wieder zurück in die Dunkelheit.

»Was zum Teufel sind Sie?«, stammelte ich erschrocken.

Die Stimme kam aus dem Mund des alten Mannes, während das Gesicht wieder mit der Dunkelheit hinter der Scheibe verschmolz. »Vielleicht hat Ihr Astronom Carl Sagan es am besten ausgedrückt: ›Irgendwo wartet etwas Unglaubliches auf seine Entdeckung.‹ Sie sollten sich glücklich schätzen. Das ist ein Meilenstein in der Geschichte der Entdeckungen durch den Menschen.«

Der alte Mann, seine gummiartige Haut, versuchte zu lächeln.

Ich hielt das Powerhead erneut an die Scheibe und setzte die Schraube an.

»Es ist mir egal, was Sie sind«, sagte ich. »Aber wenn Sie nicht jeden einzelnen Menschen, den Sie kontrollieren, freilassen und sämtliche Androiden ausschalten, zertrümmere ich diese Scheibe und lasse Sie hier auf den Boden klatschen.«

Das fremdartige Gesicht schwamm wieder an die Scheibe, die Worte aber kamen aus dem Mund des alten Mannes. »Ich habe zu lange daran gearbeitet, als dass Sie jetzt alles zerstören dürften.«

»Sagen Sie das mal der Pistolenkugel«, sagte ich.

»Schau.« Becky deutete auf einen der Monitore. Es war das Bild einer Kamera, die einen der Korridore hier in der unterirdischen Anlage überwachte. Mindestens zehn Jugendliche aus dem Dorf rannten vorüber, allesamt bewaffnet. Shelly und die anderen nahmen die Anlage ein.

Das Gesicht verschwand wieder, wirbelte außer Sicht. Offensichtlich erregt schoss das Wesen in seinem Tank hin und her.

»Ja«, fuhr der Mann mich an. »Die ganzen Befragungen, dabei hätte ich bloß warten müssen. Die vermissten Schüler haben vor ein paar Stunden einen Tunnel hier herunter gegraben. Sie haben mir reichlich Ärger gemacht. Ich kann sie jetzt gleich alle töten, wenn Sie wollen.«

Ich klopfte mit dem Powerhead an die Scheibe, und das Gesicht blitzte wütend in der dunklen Flüssigkeit auf.

»Sie glauben, Sie haben gewonnen, aber Sie sind

Narren«, kreischte der Android. Das Wesen erschien wieder, diesmal dichter am Glas. Jetzt erkannte ich winzige Zähne in dem unmenschlichen Gesicht und Schuppen auf seiner Haut, die sich wellenartig bewegten. Es war ein grotesker Anblick.

»Tu's«, forderte Becky. »Jetzt.«

Einer nach dem anderen wurden die kleinen Bildschirme schwarz und schalteten sich gleich darauf wieder ein. Jetzt zeigten sie andere Bilder – Livebilder von den Überwachungskameras. Die Schüler in der Schule gerieten in Panik, als die Hälfte ihrer Klassenkameraden scheinbar tot neben ihnen zusammenbrach.

»Die Implantate sind ausgeschaltet?«, fragte Becky leise.

»Ja«, knurrte der alte Mann sie verbittert an.

»Und die Sicherheitsvorkehrungen? Die Tore und die ganzen Schlösser?«

»Sie sind frei, Sie können gehen!«, brüllte er. »Aber Sie sollten wissen, was Sie angerichtet haben. Der Präsident glaubt, er hätte gerade mit angesehen, wie seine beiden Töchter tot zusammengebrochen sind, und wenn man sie wiederzubeleben versucht – wenn man sie ins Krankenhaus bringt und sie röntgt und eine Autopsie an ihnen vornimmt –, dann erfahren alle die Wahrheit.«

Diese Vorstellung schien Becky Angst zu machen, sie zitterte, als sie sagte: »Sie haben das getan.«

»Wir haben keinen Krieg begonnen«, entgegnete er. »Wir haben lediglich beobachtet. Sie dagegen haben eine weltweite Panik ausgelöst.«

Das klang nicht gut. »Wir?«

Er lachte, das letzte Lachen des Besiegten. »Ich habe Sie Ihre Theorien aufstellen hören, und einige Ihrer Mutmaßungen waren nicht ganz so schwachsinnig wie andere. Die Maxfield Academy ist tatsächlich nicht die einzige Trainingseinrichtung. Die Nachbildung des menschlichen Verhaltens ist bei Jugendlichen anders als bei Erwachsenen, bei Amerikanern anders als bei Chinesen.«

»Lassen Sie *alle* frei«, forderte Becky.

»Ach, das steht nicht in meiner Macht«, sagte er. »Ich bin nur einer von vielen.«

Allmählich wurde mir das Rohr in meinen geschwächten Händen zu schwer. »Ich vermute, Sie haben eine Möglichkeit zu fliehen?«

»Ich bleibe nicht hier bei Ihnen.«

»Gut«, sagte ich. »Weil ich diese Scheibe nämlich in zehn Sekunden zertrümmern werde. Becky, zähl bis zehn.«

Sie grinste und begann zu zählen. Das Gesicht schoss wütend zurück in die Dunkelheit, und ein

Schaum aus schwarzen Bläschen schlug gegen die Scheibe. Während Becky zählte, lief sie zurück zur Tür, schob den Computerschrank – der nun völlig still und dunkel war – aus dem Weg und ließ ihn zu Boden krachen.

Die Flüssigkeit hinter der Scheibe begann zu schäumen, und der Pegel sank stetig.

Als Becky bei zehn ankam, stand die schwarze Flüssigkeit nur noch etwa dreißig Zentimeter hoch.

»Willst du die Scheibe nicht zerstören?«, fragte Becky.

Ich sah mich zu ihr um. »Und wenn das Zeug giftig ist?«

»Und wenn er zurückkommt?«

Ich nickte, holte tief Luft und stieß dann die Schraube in das Powerhead.

Es gab einen explosionsartigen Knall, und ich ließ das Rohr fallen. Die Scheibe wurde nicht vollständig zertrümmert, aber die Kugel hatte ein fünf Zentimeter großes Loch geschlagen, und Risse überzogen das Glas.

Becky nahm meine zitternde Hand. Wir beobachteten die Monitore. Die Schüler waren in Panik, aber im Erdgeschoss versuchte ein Junge, eine Tür nach draußen zu öffnen. Sie war nicht verriegelt. Er rief es den anderen zu.

»Komm.« Becky zog mich zur Tür. »Sie brauchen bestimmt Hilfe. Und wir müssen Shelly und die anderen suchen.«

Wir gingen um den zerstörten Computerschrank herum und traten durch die demolierte Tür auf den Korridor. Eine Ms Vaughn lag leblos auf dem Boden. Weiter hinten lag der Iceman, den Curtis getötet hatte.

»Ich habe nicht geglaubt, dass es funktioniert«, sagte ich, ließ Beckys Hand los und zog sie neben mich. Der Korridor war schmal, aber wenn wir uns ganz dicht aneinanderdrückten, mussten wir nicht hintereinander gehen.

»Ich bin mir nicht sicher, was überhaupt passiert ist«, erwiderte Becky. Die unterirdische Anlage lag still und verlassen da, als wir durch die Gänge zurück zum Arrestaufzug gingen. Der Alarm war abgeschaltet, aber es war unheimlich hier unten. Wir wussten nicht genau, was passiert war, aber wir wussten genug.

Jemand kam um die Ecke. Gabby. Aus einem Schnitt an ihrer Stirn lief Blut, aber sie lächelte glücklich.

»Seid ihr okay?«

»Es ist vorbei«, sagte Becky.

Gabby stieß einen Freudenschrei aus und lief zurück in den anderen Korridor.

Ich blieb stehen und atmete tief durch.

»Meinst du, er hatte recht?«, fragte ich Becky. »Weltweite Panik?«

»Falls die noch nicht ausgebrochen ist, dann spätestens, wenn wir allen erzählen, was hier passiert ist, wenn wir ihnen erzählen, was er gesagt hat.«

Er. Es. Was es auch sein mochte.

Becky drückte meine Hand und hielt inne. »Du bist gekommen, um mich zu holen.«

Ich lächelte und sah sie an. »Hatte ich doch gesagt.«

Sie schlang mir die Arme um den Hals. »Ich habe gehört, du kannst ziemlich gut küssen.«

»Ich wusste, dass du das nicht warst«, sagte ich und spürte, wie ich rot wurde.

»Klar.«

Ich tastete ihre Seite ab, drückte den Daumen in ihre Achselhöhle.

»Hey!« Sie zuckte zurück und lachte.

»Man kann nie wissen.«

Personenverzeichnis

Vertreter der Maxfield Academy

Iceman ist in der Schule als der Mann bekannt, der jeden Morgen via Fernsehbildschirm die Ansagen zum Ablauf des Tages macht und die Strafen verhängt. Im Dorf ist er für die Überwachung und Bestrafung der Jugendlichen zuständig.

Ms Vaughn bringt die neuen Schüler im Auto zur Schule. Im Dorf tritt sie als Aufseherin auf.

Schüler/Jugendliche

Becky ist hübsch, dunkelhaarig und siebzehn Jahre alt. Als Mitglied der *Society* ist sie für den Empfang und die Einführung der Neuankömmlinge zuständig. Sie vertraut *Benson* von Anfang an und ist eine der Ersten, die bereit ist, mit ihm zu fliehen. Bei der Flucht wird sie von *Mason* schwer verletzt.

Benson Fisher, genannt *Bense* oder *Fish*, ist ein siebzehnjähriger Waisenjunge, der nach zahlreichen Aufenthalten bei Pflegefamilien hofft, in der Maxfield Schule endlich eine Heimat zu finden. Als er erfährt, dass die Schüler Gefangene der Schule sind, will er unbedingt fliehen. In der Schule tritt er den *Variants* bei und verliebt sich in *Jane*, die sich jedoch als Android herausstellt. Gemeinsam mit *Becky* kann er fliehen und schafft es ins Dorf, beziehungsweise ins Fort. Auch dort ist sein oberstes Ziel die Flucht in die Freiheit.

Birdman ist der älteste Junge im Dorf und der Anführer im Fort. Der Junge mit der Glatze sammelt Informationen über die Maxfield Academy, um aus dem Dorf rauszukommen.

Carrie ist die Freundin von *Curtis*. Gemeinsam mit diesem leitete sie die *Variants*. Im Dorf lebt sie im Fort.

Curtis ist der Anführer der *Variants*. Er handelt stets überlegt und wird bei der großen Flucht am Ende des ersten Bandes von seiner Freundin *Carrie*, die sich als Android herausstellt, schwer verletzt.

Gabby war Mitglied der *Variants*. Sie wurde bei der Flucht im ersten Band schwer verletzt. Im Dorf zieht sie zu den Greens.

Harvard ist ein Freund von *Birdman* und immer auf der Suche nach Informationen über die Maxfield Academy. Der Junge mit den schwarzen Dreadlocks lebt im Fort.

Isaiah ist einer der ältesten Jungen an der Maxfield Schule. Er leitet die *Society* und überwacht die Bestrafung anderer Schüler. Er hasst *Bense* und hat sich im ersten Band gegen die Flucht ausgesprochen.

Jane hat leuchtend rotes Haar, grüne Augen und Sommersprossen. Mit vierzehn Jahren kam die damalige Obdachlose als eine der Ersten an die Maxfield Schule. Sie ist ein Mitglied der *Variants* und die Freundin von *Bense*. Wie sich jedoch herausstellte, war die Jane an der Schule ein Duplikat. Die echte Jane lebt im Fort und kümmert sich um Kühe.

Laura war in der Schule bei der *Society* und für den Unterricht zuständig. Nach dem brutalen Überfall auf *Jane* und *Benson* wurde sie in den Arrest geschickt. Auch im Dorf wird sie für diese Tat verurteilt. Sie lebt bei den Greens.

Lily ist eine kleine, zierliche und sehr willensstarke Person. Sie ist die Freundin von *Jane* und die beste Paintballspielerin der Schule. Ihr Fluchtversuch im ersten Band scheitert; seither lebt sie im Fort. Lily ist kämpferisch und unterstützt *Bense*.

Mason zählt zu den jüngsten Schülern. In der Schule war er *Bensons* Zimmergenosse und ein *Variant*-Mitglied, im Dorf lebt er im Fort.

Mouse ist groß, braungebrannt und hat braune Haare. In der Schule war sie mit *Oakland* die Anführerin der *Havocs*. Später stellt sie sich als Duplikat heraus. Im Dorf ist die menschliche Mouse immer in der Nähe von *Birdman* zu finden, weil dieser Macht hat.

Shelly ist eine Art Anführerin der Greens, der Jugendlichen, die im Dorf in den grüngestrichenen Baracken leben.

Skiver war ein *Havoc*-Junge und zieht im Dorf ins Fort ein. Er hasst alle *Society*-Mitglieder, besonders *Isaiah* und *Becky*.

Walnut, ein *Havoc*-Junge, wurde im ersten Band von *Isaiah* und seinen Jungs zum Arrest geschickt. Im Dorf lebt er im Fort.

Glossar

Die Banden an der Schule

Society ist die zahlenmäßig größte Bande an der Schule. Ihre Mitglieder sind für Sicherheit, Gesundheitsversorgung, Verwaltungstätigkeiten sowie den Unterricht zuständig. Ihr Anführer ist *Isaiah*. Die Society-Mitglieder betrachten sich selbst als eine Gesellschaft zur Überwachung des strengen Verhaltenskodexes der Schule.

Havoc ist die zweitgrößte Bande. Ihre Anführer sind *Oakland* und *Mouse*. Die Gruppe ist für die Instandhaltung des Schulgeländes und die Küchenarbeit verantwortlich. Die Mitglieder der Bande sind in zahlreiche Kämpfe verwickelt; sie tragen auffälligen Schmuck und Tattoos und missachten die Regeln der Schule.

Variants oder *Vs* sind all jene Schüler, die weder zur *Society* noch zu *Havoc* gehören. Viele von ihnen denken über Fluchtmöglichkeiten nach und hinterfragen das Schulsystem. Zahlenmäßig sind die Variants die kleinste Gruppe; ihre Anführer heißen *Curtis* und *Carrie*. Die Bande erledigt alle Hausmeistertätigkeiten.

Danksagung

Dieses Buch ist in einer der schwersten Zeiten meines Lebens entstanden, und ich schulde vielen Menschen eine Menge. Anderen verdanke ich alles, was dieses Buch ist, und was ich bin. Erin, die immer zu mir gestanden, in Krisen meine Hand gehalten und mich in die Arme genommen hat, wenn ich weinte.

Ich verdanke meine geistige Gesundheit auch denjenigen, die keine Mühe gescheut haben, um mir an meinen dunkelsten Tagen Mut zuzusprechen: Annette Lyon, Josi Kilpack, Jeff Savage, Larry Correia, Luisa Perkins, Dan Wells und besonders Krista Jensen. Ihr seid allesamt erstaunliche Menschen.

Joel Hiller war maßgeblich an der Entstehung dieser Geschichte beteiligt, durch Brainstormings beim Mittagessen, bei denen wir einem Job entflohen, den wir beide hassten.

Tausendfacher Dank geht an meine Alpha- und Betaleser: meine Schreibgruppe, Sarah Eden, Michele Holmes, Annette Lyon, Heather Moore, Jeff Savage, Lu Ann Staheli, Ally Condie, Krista Jensen und Dan Wells.

Auch Erica Sussman, meiner zutiefst ehrfurchtgebietenden (und außerordentlich geduldigen) Lektorin gilt mein Dank. Ein großes Dankeschön geht an alle im Harper-Team – Tyler, Christina, Arianna, Patty und Dutzende mehr –, die mir geholfen haben, aus diesem Haufen Wörter ein tolles Buch zu machen.

Und Sara Crowe, die dies alles hat Wirklichkeit werden lassen, werde ich ewig dankbar sein.